# GRADO UND DIE TOTE IN DER LAGUNE

AF202768

Andrea Nagele leitete über ein Jahrzehnt ein psychotherapeutisches Ambulatorium. Heute arbeitet sie als Autorin und betreibt in Klagenfurt eine psychotherapeutische Praxis. Sie pendelt zwischen Klagenfurt am Wörthersee, Grado und Berlin.

ANDREA NAGELE

# GRADO UND DIE TOTE IN DER LAGUNE

*Ein Adria Krimi*

emons:

**Bibliografische Information der Deutschen Nationalbibliothek**
Die Deutsche Nationalbibliothek verzeichnet diese Publikation
in der Deutschen Nationalbibliografie; detaillierte bibliografische
Daten sind im Internet über http://dnb.d-nb.de abrufbar.

© Emons Verlag GmbH
Alle Rechte vorbehalten
Umschlagmotiv: shutterstock.com/Desizned
Umschlaggestaltung: Nina Schäfer, nach einem Konzept
von Leonardo Magrelli und Nina Schäfer
Umsetzung: Tobias Doetsch
Gestaltung Innenteil: DÜDE Satz und Grafik, Odenthal
Lektorat: Marit Obsen
Druck und Bindung: CPI – Clausen & Bosse, Leck
Printed in Germany 2023
ISBN 978-3-7408-1657-5
Ein Adria Krimi
Originalausgabe

Unser Newsletter informiert Sie
regelmäßig über Neues von emons:
Kostenlos bestellen unter
www.emons-verlag.de

Meinen Herzensfreunden
Pipsi und Helmut Grasser

*Die Leiche sank zu Boden,*
*aber es waren nicht die Gase, die sie wieder hochtrieben,*
*sondern die einsetzende Ebbe gab sie frei.*

# Prolog

Sie wachte beduselt auf.

Das Atmen fiel ihr noch schwer, aber sie war wieder etwas klarer im Kopf.

»Wo bist du?«, brachte sie gequält hervor.

Er hatte sie einfach hiergelassen.

Gedankenverloren drehte sie am Ring, den er ihr geschenkt hatte. Er war wunderschön, jedoch wertloser Plunder.

Keuchend rappelte sie sich hoch und krabbelte zu einer Holzbank am Ufer.

Dort verharrte sie eine Weile.

Der Akku ihres Handys war leer.

Es war so schwer aufzustehen, und der Weg hin zu dem einzigen Gebäude, in dem man ihr helfen würde, erschien ihr endlos weit.

Menschen sah sie um sich herum keine mehr.

So dämmerte sie auf der Bank vor sich hin, bis sie eine wohlbekannte Stimme hörte.

»Mein Mädchen.«

Sie sah in ein vertrautes Gesicht.

»Du?« Ein warmes Gefühl umfing ihr Herz.

Zum Glück war er gekommen und würde sie aus der misslichen Situation befreien.

»Danke«, murmelte sie leise, »mit dir hätte ich nicht gerechnet.«

Sie wollte sich erheben, sackte jedoch kraftlos zur Seite.

Seine kräftigen Hände packten zu, schlossen sich um ihren Hals, und ein unerwartetes Gefühl der Panik ergriff sie, als ihr abermals die Luft wegblieb.

»Das war es mit uns, meine Kleine, du kehrst nicht mehr zurück.«

Innerhalb von Sekunden beendete er ihr Leben, kaum dass sie sich dessen bewusst wurde.

Was danach geschah, erlebte sie nicht mehr.

Als er mit ihr fertig war, schwamm sie noch einige Zeit mit ausgebreitetem Haar auf dem Wasser, ehe sie langsam in der Lagune versank.

—

# 1

Maddalena saß mit ihren Freundinnen Bibiana und Stella auf der schmalen Terrasse der neuen Wohnung, in der sie nun seit über einem halben Jahr lebte. Sie prosteten einander mit Prosecco zu. Es war später Nachmittag, und Maddalena baute heute ein paar ihrer Überstunden ab.

»Ich wusste, du würdest dich hier wohlfühlen. Immerhin habe ja auch ich dieses Kleinod für dich ausgesucht«, frohlockte Bibiana, die Immobilienmaklerin, sichtlich zufrieden mit sich und ihrer Entdeckung.

»Da gebe ich dir gern und unumwunden recht. Du kennst meinen Geschmack eben in- und auswendig.«

»Geschmack?« Stella grinste. »Unsere Maddalena trägt Boots, kaputte Jeans und unter der obligatorischen Lederjacke irgendein T-Shirt, das sie wahrscheinlich in einer Mülltonne gefunden hat.«

»Pfui«, entgegnete Maddalena lachend. »Wenn du weiter so über mich herziehst, rufe ich deinen ehrenwerten Ehemann an und lasse dich in Handschellen von ihm abführen und in Gewahrsam nehmen.«

In den letzten Monaten hatte sie sich immer enger mit der Frau ihres Mitarbeiters Guido Lippi angefreundet.

»Commissaria, ist Ihnen eine derart rigorose Ahndung angesichts eines doch so geringen Vergehens denn überhaupt erlaubt?«, erkundigte sich Bibiana mit unschuldigem Blick. »Überschreiten Sie da nicht ein wenig Ihre Befugnis? Comandante Scaramuzza hängt Ihnen ein Disziplinarverfahren an den Hals, so schnell können Sie gar nicht schauen.«

»Schlage du dich nur auf Stellas Seite. Wirst schon sehen, was passiert, wenn ich Guido Lippi herbeordere.«

»Der bringt höchstwahrscheinlich zwei weitere Flaschen Prosecco mit und beginnt danach, Lieder im heimischen Dialekt zu schmettern«, gibt Stella zu bedenken.

»Ein Volkstümler ist er also auch noch, dein Gatte?« Maddalena zog eine Augenbraue hoch.

»Nein und ja«, sagten Stella und Bibiana gleichzeitig.

»Da du aus dem Karst kommst, verzeihen wir dir deine Unwissenheit«, fuhr Stella fort. »Guido singt jedes Jahr im März mit großer Freude beim Graisan-Lieder-Festival. Sänger und Künstler aus Grado treten dort gegeneinander an. Der Sinn der Veranstaltung liegt darin, den Dialekt, der dem venezianischen ähnelt, zu erhalten. Insofern sind es Volkslieder. Dante, der Mann von Giorgia, deiner Freundin aus der Bar, hat den Wettbewerb schon einmal gemeinsam mit seiner Tochter gewonnen. Guido fühlt sich seiner Heimat also tatsächlich sehr verbunden, was aber nicht heißt, dass er deshalb ein reaktionärer Mensch ist.«

»Das habe ich so nicht gemeint«, gab Maddalena kleinlaut zurück und schämte sich ein wenig ob ihres Vorurteils. »Ich mag halt lieber Pop- oder Rockmusik und stehe nicht so auf Schlager und Volkslieder.«

»Themenwechsel«, schlug Bibiana vor. »Stellas Mann ist doch der Kollege, mit dem du früher oft Zoff hattest. Jetzt schaust du nicht mehr verbissen, wenn du über ihn redest, und mit seiner Frau bist du inzwischen befreundet. Anscheinend hat sich die Lage zwischen euch geändert oder gar verbessert, richtig?«

Maddalena hatte Bibiana nicht in jedes Detail ihrer teils schwierigen Beziehung zu Guido Lippi eingeweiht und blieb daher oberflächlich. »Dem kann ich guten Gewissens zustimmen. Wahrscheinlich liegt es auch daran, dass er Stella zurückerobern konnte, jedenfalls gab es keine Konflikte mehr mit ihm, und er war mir eine große Hilfe in meiner schweren Zeit.«

Stella lächelte fein und nahm einen Schluck Prosecco.

»Auch jetzt arbeiten wir quasi Hand in Hand«, fuhr Maddalena fort, »und er hat endlich sein Konkurrenzverhalten abgelegt und akzeptiert mich anstandslos als seine Vorgesetzte. Das hat sich in den letzten Monaten positiv auf das gesamte Team ausgewirkt.«

Immer noch konnte sie es kaum fassen, dass Franjo nicht mehr bei ihr war.

Bibiana, die wohl merkte, was in ihr vorging, legte ihre Hand auf Maddalenas Schulter.

Auf ihre Freundinnen war Verlass. Sie waren da und spendeten ihr Trost. Giorgia fehlte, aber sie kam so selten aus der Bar weg, dass Maddalena sie meistens dort besuchte.

Maddalena zündete sich eine Zigarette an und versuchte, ihre trüben Gedanken zusammen mit dem Rauch in den Himmel zu blasen.

Sofort ging es ihr besser. Auch mit ihrer Mutter, Sibilla, verstand sie sich neuerdings. Sie war feinfühliger als sonst und nervte nicht mehr ständig mit Banalitäten.

»Was haltet ihr davon, demnächst mal gemeinsam bei ›Rickys‹ zu Abend zu essen?«, fragte sie in die Runde. »Stella, du kannst Guido mitbringen. Bibiana kümmert sich um einen Babysitter für Simonetta, dann kann Fabrizio dich ebenfalls begleiten, und ich …« Sie spürte den Schatten, der ihre Worte begleitete, und wischte ihn bewusst weg. »Nun, ich werde eben jemandem einen Wunsch erfüllen.«

»Wem denn?« Bibianas Augen funkelten neugierig.

»Leonardo Morokutti, meinem Kollegen aus Triest.«

»Doch nicht dem Ungeheuer, das dir schon so lange nachstellt?« Bibiana machte ein enttäuschtes Gesicht. »An den hätte ich am allerwenigsten gedacht.«

»So schlimm kann er nicht sein, schließlich hat er unsere Maddalena an ihrem Geburtstag im Karst mit seinem Besuch überrascht und sie ein bisschen wachgerüttelt.«

»Das warst ebenso du, Stella«, antwortete Maddalena ehrlich. »Auch wenn es noch bis zu diesem Tag gedauert hat, bis ich mein Leben wieder in die Hand nehmen konnte.«

Nach Franjos Tod hatte Maddalena sich von allem und jedem zurückgezogen und war beinahe in ihrem Leid ertrunken. Stella konnte zu ihr durchdringen, aber erst nach Morokuttis ungebetenem Besuch war sie bereit gewesen, ihren Rat auch anzunehmen. Über dessen überzogenes Verhalten musste sie oft innerlich lachen. Er fand sich so megacool wie wahrscheinlich kein anderer, dabei war er abgemagert, mit erschlaffenden Muskeln und einer Mönchstonsur auf dem Kopf. Und er roch zehn Meter gegen den Wind. Nicht schlecht, sondern im wahrsten Sinn des Wortes umwerfend. Er war nichtsdestotrotz ein freundlicher Zeitgenosse, der sich stets viel zu sehr an ihr interessiert gezeigt hatte. Trotzdem war es ihm gelungen, sie zumindest für ein paar Stunden aus ihrer Schockstarre zu reißen. Er hatte etwas in ihr gelöst, das sie nicht genauer bestimmen konnte.

»Ist Morokutti nicht der schräge Vogel, der sich wie ein alt gewordener Jugendlicher kleidet?«, warf Bibiana ein.

»Stimmt, aber dennoch erheitern mich seine albernen Sprüche auf den T-Shirts. Zum Beispiel der: ›Alle Verbrecher schlecken ihr Eis aus der Tüte, nur nicht die Polizei, denn die hat einen an der Waffel.‹ Übrigens trägt er diese Shirts auch während seiner Dienstzeiten. Irre, oder? Seine Kollegen finden das nicht sehr witzig.«

»Ich schon. Das klingt umwerfend komisch«, entgegnete Bibiana lachend. »Habe meine Meinung soeben korrigiert. Ruf ihn an, gib Gas, ich will Spaß!« Sie klatschte begeistert in die Hände.

»Na, wenn sogar du darauf bestehst … Was bleibt mir da anderes übrig?« Maddalena griff gottergeben zum Handy und wählte die Nummer ihres Kollegen.

»Maddalena«, begrüßte Morokutti sie erfreut, »mit deinem Anruf hätte ich am allerwenigsten gerechnet, auch wenn ich ihn beinahe ständig herbeisehne. Womit kann ich dir behilflich sein? Sicher geht es um etwas Dienstliches.«

»Nein.« Sie zögerte, bevor sie fortfuhr. »Meine zwei Freundinnen wollen demnächst mit ihren Ehemännern und mir bei ›Rickys‹ in Grado abendessen. Hättest du Lust, mich dorthin zu begleiten?«

»Ich?«, fragte Leonardo erstaunt nach. »Habe ich dich richtig verstanden? Nichts lieber als das. Wann schlägst du vor, dass wir uns treffen?«

»Ich beratschlage mich und schicke dir dann eine WhatsApp mit Datum und Uhrzeit.«

»Klingt verlockend. Ich freue mich.«

Maddalena verabschiedete sich und sah ihre Freundinnen auffordernd an.»Leonardo ist mit dabei. Stella, checke den Dienstplan deines Mannes. Ich wäre für Samstag, denn am Sonntag habe ich frei und kann ausschlafen. Außer«, sie seufzte,»es passiert etwas, das mich daran hindert.«

»Wird schon nicht.« Bibiana winkte begütigend ab.»Auch du hast das Recht, dich zu entspannen.«

»Das erkläre mal bitte den Kriminellen. Mein Recht oder gar Gerechtigkeit spielen in meinem Job keine Rolle«, konterte Maddalena und trank den letzten Schluck Prosecco aus ihrem Glas.

Stella und Bibiana taten es ihr gleich. Schweigend beobachteten sie die weißen Schäfchenwolken, die gemächlich über den noch blauen Himmel schwebten. Bald würde er sich verdunkeln. Ein feines Lüftchen war aufgekommen und trug die Schreie und das Klagen der Möwen, die über dem Kanal kreisten, zu ihnen herüber.

Maddalena fühlte sich an ihre Gespräche mit Franjo erinnert, an ihre Zeit mit ihm, die sie viel zu wenig genossen hatte.

Was hatten sie sich über das Keifen der Möwen amüsiert!

Stella, die anscheinend ihre Gedanken lesen konnte, meinte lapidar:»Alles ist nie möglich, auch wenn wir uns das wünschen. Irgendetwas bleibt immer ungesagt.«

Bibiana blickte verständnislos zwischen ihnen hin und her, ehe eine Bewegung unterhalb des Balkons sie ablenkte.

»Schau mal, Stella«, sagte sie trocken,»wer da über die Stufen zu uns heraufsteigt. Ist das nicht derjenige, der dich in Handschellen abführen sollte? Den hat Maddalena wohl heimlich angerufen.«

Das dunkelgraue Metallgitter quietschte, als Guido Lippi die schmale Tür zur Veranda öffnete.

»Meine Damen«, grüßte er gut gelaunt und stellte zwei Flaschen Prosecco auf den Tisch.

»Was habe ich orakelt? Wusste ich es doch.« Stella stand auf und drückte ihrem Mann einen Kuss auf die Stirn.

Auch Bibiana sprang auf und holte ein weiteres Glas aus Maddalenas Küche. Sie verhielt sich zu Maddalenas Vergnügen stets so, als wäre sie die eigentliche Besitzerin der Wohnung.

Stella rückte zur Seite, um ihrem Mann Platz zu machen. »Ich störe doch hoffentlich nicht, Chefin? Ich wollte nur meine Frau abholen. Und der gute Tropfen da, der lohnt sich.« Maddalena konnte sich ein Grinsen nicht verkneifen. Lippi war, neben vielen guten Eigenschaften, die immer mehr zum Tragen kamen, eben weiterhin mehr als nur überzeugt von sich. »Sorry«, bat Stella augenzwinkernd, »mein Mann lädt sich überallhin selbst ein.« Ihre blonden Locken kräuselten sich um die vom Prosecco geröteten Wangen.

»Ist schon okay so, immerhin hat er uns einen guten Schluck mitgebracht«, entgegnete Maddalena.

Lippi nahm ihr den Öffner aus der Hand und entkorkte gekonnt die erste Flasche.

Nachdem er allen eingeschenkt hatte, sah er sich anerkennend um.

»Das hier ist ein besonderer Ort. Stimmt's, Stella? So einen hätten auch wir gern. Mitten im historischen Zentrum und trotzdem am Ende des Kanals, der in die Lagune mündet.«

Lippi hatte recht. Maddalena fühlte sich hier wohl.

Sie hatte hinter dem Gebäude einen Abstellplatz für ihre Moto Guzzi und das Fahrrad, war aber dennoch nicht allzu weit entfernt von ihrer Dienststelle, die sie zu Fuß erreichen konnte.

Außer den Möwen machten nur die hungrigen und trinkfreudigen Touristen Lärm, die im Sommer in der Trattoria direkt nebenan draußen sitzen konnten.

Im Winter hingegen war es hier wie ausgestorben, manchmal vergaßen sogar die Möwen ihr Geplärre. Maddalena genoss dann die Stille.

Als Frühaufsteherin machte sie in den kalten Monaten gern einen Spaziergang im Morgennebel. Im Sommer lief sie hinunter zum Wasser, rollte ihre Jeans bis zu den Knien hoch und watete durch das seichte Meer, glücklich darüber, keiner Menschenseele zu begegnen. Am Ende der Costa Azzurra, dem westlichsten Strand Grados, von den Einheimischen »Spiaggia Vecja«, »alter Strand«, genannt, ging sie danach durch den Sand hinauf zur Straße, rollte die Hosenbeine wieder hinunter, säuberte ihre Füße und stieg in ihre Boots. Oft führte sie ihr Weg weiter geradeaus zu Giorgias und Dantes Bar, wo sie bei einem Schwätzchen den ersten Espresso des Tages genoss.

»Guido«, neckte Stella ihren Mann und zog ungeduldig an Lippis Ärmel, »guck dir erst mal die orientalischen Fliesen im Wohnzimmer an, damit du noch neidischer wirst.«

»Mach ich doch glatt.«

»Ich darf sie ihm doch zeigen?«, fragte sie etwas verspätet an Maddalena gewandt.

»Natürlich. Vergiss bitte nicht, auch auf die tollen Armaturen, die steinerne Arbeitsplatte und die coole Wischfarbe an der Wohnzimmerwand hinzuweisen«, entgegnete Bibiana sogleich eifrig.

Maddalena begann schallend zu lachen. »Das rohe Ei ist übrigens nicht nur in meiner Vorstellung auf die schicken Bodenkacheln in der Küche gekracht und zerplatzt, sondern auch schon einige Male in der Wirklichkeit.«

»Dann hör auf, rohe Eier zu essen.« Bibiana kicherte. »War wohl für die Bloody Mary gedacht?«

»Da kommt doch meines Wissens kein rohes Ei rein?« Maddalena sah ihre Freundin erstaunt an.

»Das ist nur in der Gastronomie so, wegen der Salmonellengefahr. Zu Hause darfst du so viele rohe Eier in deine Drinks mischen, wie du möchtest«, wurde sie von Bibiana, die sich in solchen Dingen sehr gut auskannte, belehrt.

»Aber so ein Gesöff trinke ich ohnehin nicht, ist mir viel zu scharf. Ich bin so frei und esse zum Frühstück gern mal ein fünf Minuten lang gekochtes Ei.«

»Bei so viel Poesie schenke ich euch lieber gleich den Rest Prosecco ein.« Lippi öffnete die zweite Flasche und goss nach. »Die Wohnung ist wahrhaft ein Juwel«, bekundete er überschwänglich.

»Guido, wir gehen am Samstagabend zu ›Rickys‹ mit Maddalena und ihrem Flirt.«

»Bitte lass das.« Maddalena warf Stella einen strafenden Blick zu. »Leonardo Morokutti ist bloß ein Kollege. Mich machen allein solche Anspielungen schon fertig. Das Kapitel Liebe bleibt für mich vorerst geschlossen.«

Lippi räusperte sich und wischte mit einem Stofftaschentuch über seine Stirn. Zwar hatte er seine Gewichtsprobleme so ziemlich im Griff, doch nach Jahren der Überdosis an fettigem Essen und Junkfood stand es trotz Stellas Bemühungen noch immer nicht hundertprozentig gut um seine Gesundheit.

Aber auch Menschen mit guten Blutwerten sterben mitunter, dachte Maddalena und versuchte, sich den Schatten zu entziehen, die sie immer wieder heimsuchten.

Langsam verspürte sie eine bleierne Müdigkeit, und sie hoffte, dass ihre Gäste von selbst aufbrechen würden.

»Ich bin am Samstag mit dabei. Habe gerade meinen Dienstplan gecheckt. Danke«, sagte Lippi zu Maddalena. Dann beugte er sich näher zu ihr und fragte leise und ein wenig selbstzufrieden: »Der Rest der Mannschaft, Fanetti, Rita Beltrame und Piero Zoli, bleibt also zu Hause?«

»Ja, ja. Es ist doch keine Teamsitzung.«

Das gefiel ihm sichtlich.

Maddalena grinste innerlich über Lippis Anflug von Eifersucht.

»Marsch, Kompanie! Zeit zum Aufbruch.« Bibiana gab sich militärisch, auch wenn ihre Stimme beschwipst klang.

Als alle fort waren, saß Maddalena noch eine Weile auf ihrer kleinen Veranda und ließ die Gespräche Revue passieren.

# 2

Toto war glücklich.

Heute Abend würde er nach Dienstschluss seinen alten Freund und dessen Freundin – oder sagte man dazu Verlobte? – treffen. Bei solcherlei Begriffen kannte er sich nicht allzu gut aus. Er hatte Olivia, seine Schwester, und Tante Antonella danach gefragt, aber keine eindeutige Antwort bekommen.

Olivia schüttelte missgelaunt den Kopf. »Was weiß ich? Ist doch gleichgültig.«

Sie konnte manchmal so patzig sein.

Traurig überlegte er, ob sie ihn weniger lieb hatte als früher. Dieser Gedanke machte ihm zu schaffen.

Seine Tante strich ihm wenigstens zärtlich über sein Haar.

»Mach dir darüber keine Gedanken, Junge. Das ist unwichtig. Wenn sie verlobt wären, steckte ein Ring an Aquamarines rechter Hand.«

Aquamarine hatte ganz viele Ringe an ihren Fingern. Fast an jedem einen oder sogar zwei.

Aber hieß das nun, sie war verlobt, oder etwa nicht? Er verstand nur schwer, was andere anscheinend so leicht begriffen.

»In ein paar Stunden wird das geklärt, dafür sorge ich«, sagte er laut.

»Was meinst du damit, Toto? Willst du der Gewerkschaft doch noch beitreten? Das wäre super«, erkundigte sich Andrea, sein neuer Kollege im Lager des Baumarktes, interessiert.

Sie arbeiteten nebeneinander und sortierten gerade den Inhalt der angekommenen Schachteln in die Regale ein. Die Luft war stickig, und es fiel kaum Sonnenlicht in den Raum.

»Wieso sollte ich? Mir macht es großen Spaß, hier im Baumarkt zu sein. Die Werkzeuge sind mein Leben, sie riechen gut, glänzen, und ich sortiere sie gern. Wenn ich bei euch Mitglied werde, schmeißt Signor Calligaris, der Chef, mich raus. Und was wird dann aus mir?«

»Jetzt sei keine Memme. Der Alte kündigt dir niemals. Außerdem hast du eine mächtige Fürsprecherin.«

Meinte Andrea die Madonna aus der Basilika Santa Eufemia?

»Die Heilige aus Grado oder die schwarze Gottesmutter von der Isola Barbana?«

»Mensch, Toto, unabhängig von deiner körperlichen und geistigen Beeinträchtigung kannst du manchmal so was von bescheuert sein. Ich rede doch von keiner Heiligenstatue aus Stein, sondern von einer Person aus Fleisch und Blut. Wenn der Alte dir auch nur ein Härchen krümmt, macht die ihn zur Schnecke.«

»Schnecke?« Toto strich verlegen sein schweißnasses Haar zurück. »Ich bin kein Tier.«

»Davon war nicht die Rede, man sagt das so.«

Es war ihm peinlich, dass Andrea so mit ihm sprach. Der Kollege konnte manchmal ziemlich ruppig werden.

»Hast du es immer noch nicht geschnallt? Ich rede weder von der Kirche noch vom Tierreich. Deine Beschützerin ist niemand Geringerer als die Commissaria Maddalena Degrassi.«

Endlich begriff Toto, worum es ging.

»Ach so. Die Commissaria ist mein Vorbild. Die anderen dort auf der Dienststelle auch.«

»Ja, ja. Hör mit dieser Lobhudelei wenigstens in meiner Nähe auf. Mir sind diese Burschen von der Polizei nicht geheuer.«

»Aber die Commissaria ist wunderschön«, schwärmte Toto.

Andrea warf einen Hammer in die Luft und fing ihn geschickt mit der anderen Hand wieder auf.

Das gefiel Toto weniger. »Und du lass das Werkzeug in Ruhe. Es darf nicht kaputtgehen.«

»Ich spiele so lange mit den Geräten, bis du mir endlich verrätst, was du gemeint hast, als du eben sagtest, dass du heute noch was klären musst. Vielleicht kann ich dich ja dabei unterstützen?«

Toto kratzte unschlüssig mit dem Zeigefinger über seinen Nasenrücken. Er war nicht sicher, ob Andrea ihn für blöd verkaufte. Schließlich beschloss er, sich dem Kollegen anzuvertrauen. Meistens war Andrea lustig und hatte verwendbare Ratschläge für ihn.

»Aquamarine ist die Freundin meines jüngeren Freundes Sebastiano, seit vielen Jahren kleben die beiden wie Honig aneinander. Keinen sieht man ohne den anderen. Sind die beiden nun verlobt?«

»Frag sie einfach. Was interessiert dich das überhaupt so brennend? Hast du selbst Heiratsabsichten?«

»Doch nicht bei Aquamarine. Ich kenne sie schon so lange. Für mich ist sie wie eine meiner Cousinen. Und ich bin sehr anspruchsvoll, was Frauen betrifft.«

Andrea lachte schallend. »Nichts für ungut, Toto. Aber auch Frauen sind wählerisch. Die nehmen nicht jeden. Das muss schon ein ganz Besonderer sein. Sonst sind sie schneller wieder weg, als die Frecce Tricolori über den Strand von Grado sausen.«

»Dann wäre ich für viele Mädchen geeignet. Denn Tante Antonella und Olivia sagen, dass ich außergewöhnlich bin. Das war ich schon von Geburt an, auch wenn es nicht immer einfach für mich ist, etwas Besonderes zu sein.«

»Das glaube ich dir gern. Muss eine Qual sein.«

»Nicht immer, aber oft«, antwortete Toto.

»So, wir können zusammenpacken. Dienstschluss. Vergiss nicht schon wieder deine Brotdose.« Andrea verdrehte die Augen und grinste. »Die Tante soll dir salzige Wurst mitgeben. Dann hätte ich auch etwas davon.«

»Das wird sie sicher nicht. Sie findet mich zu dick und glaubt, dass ich zuckerkrank werde.«

»Ich habe doch nicht nach Apfeltaschen oder Nusshörnchen gefragt.«

Toto ging schwerfällig humpelnd zu seinem Spind und stopfte seinen Pulli und die Brotdose in seinen Rucksack. »Ciao, Andrea, bis morgen dann!«, rief er dem Kollegen zu. Draußen stieg er in sein behindertengerechtes Elektrofahrzeug und öffnete sämtliche Fenster, bevor er losfuhr.

Schon nach wenigen Minuten war er an seinem Ziel angelangt. Der Baumarkt befand sich an der Hauptstraße, die geradewegs zur Pineta führte.

Toto parkte ordentlich ein. Er hatte das viele Male geübt und war mächtig stolz darauf, nirgends anzustoßen.

Vorn am Meer saßen Aquamarine und Sebastiano im Sand. Beide winkten ihm zu, als sie ihn sahen.

»Toto, altes Haus, setz dich zu uns.«

Er mochte es zwar nicht so gern, wenn Sand in seine Hose kam, trotzdem ließ er sich neben die beiden jugendlichen Freunde fallen.

»Pfui!«, schimpfte Aquamarine und drehte sich weg. »Jetzt habe ich das ganze Zeug im Gesicht.«

Sebastiano kicherte. »Zicke, sie ist halt eine Zicke.«

Ein süßer Schwall wehte zu Toto herüber. »Was rauchst du da?«

Aquamarine und Sebastiano warfen einander merkwürdige Blicke zu, die Toto nicht einordnen konnte.

»Nur ein kleines Zigarettchen mit Honig-Menthol-Geschmack.«

Toto durfte nicht qualmen, also bat er um keinen Zug. Olivia und Tante Antonella hatten es ihm strengstens verboten, sogar die Coca-Cola musste er heimlich an der Tankstelle holen und im Baumarkt trinken. Da regte sich keiner darüber auf.

Er räusperte sich einige Male und kratzte betreten über seinen Hinterkopf, bevor er sein Anliegen hervorbrachte.

»Was ich fragen wollte«, Toto starrte auf Aquamarines Hände, »seid ihr nun verlobt, wegen der vielen Ringe? Ich dachte, ein einziger Ring würde genügen.«

Wieder sahen die beiden sich so komisch an, und Aquamarine schüttelte ihr langes blondes Haar, dass es nur so um ihr Gesicht flog. Sie sah wie ein Engel aus und erinnerte ihn an Nicola, die beste Freundin seiner Cousine Emilia.

Immer noch trauerte er um sie.

Aber Aquamarine war eben nicht Nicola.

Sie war viel schroffer und ihm weniger zugetan.

»Nö«, sagte sie, »bisher habe ich noch keinen Antrag bekommen.«

Jetzt war Toto auch nicht klüger als zuvor.

# 3

Aquamarine saß wie auf glühenden Kohlen. Längst schon sollte sie im Restaurant sein. Ihr Vater und Onkel Eduardo wurden ziemlich fuchsig, wenn sie sich mal etwas verspätete und so wie heute nicht rechtzeitig kam, um das Weißbrot in die Körbe auf den Tischen zu schichten.

Als Krönung von alldem stellte Toto auch noch so nervtötende Fragen. Obwohl sie sich mitunter zu dritt trafen, hatte er anscheinend eben erstmals den süßlichen Geruch aus Sebastianos Tschick wahrgenommen, bei dem sogar der dümmste der Dummen auf Marihuana tippen würde.

Sebastiano war nicht auf den Kopf gefallen, seine Antwort hatte Toto anstandslos geschluckt. Trotzdem. Hoffentlich erzählte er seiner Schwester, ihrer ehemaligen Lehrerin Signora Merluzzi, nichts von den Mentholzigaretten, die so süß wie Honig dufteten.

Und dann hagelte es auch noch die nächste unangenehme Frage nach einer Verlobung, die, so wie es aussah, wohl niemals stattfinden würde.

Sie begann zu schwitzen.

»Ich muss dann mal«, murmelte sie und rappelte sich hoch.

»Die Toiletten sind dort drüben.« Toto wies zu der Sanitäranlage neben dem Strandeingang.

Er wollte wieder mal behilflich sein, schoss aber mit seinen Aussagen wie üblich den Vogel ab.

Sebastiano kicherte beduselt. »Meine Freundin pinkelt nur zu Hause und nicht hier am Strand. Dazu ist sie sich viel zu fein.«

Aquamarine ärgerte sich über die unnötige Stichelei. Was konnte sie dafür, dass Sebastiano und sie aus unterschiedlichen Verhältnissen stammten?

Die sogenannte »gute Kinderstube«, die sie genossen haben sollte, existierte dabei in erster Linie in der Vorstellung ihres Freundes. Ihre Mutter war bei einem Zugunfall tödlich verunglückt, als Aquamarine ein kleines Mädchen war. Ihr Vater und dessen Bruder hatten anderes im Sinn gehabt, als sich um ihre Erziehung zu kümmern. Sie musste folgen und durfte nicht widersprechen. Auf ihre äußere Erscheinung achteten die beiden Herren jedoch sorgsam. Niemand sollte ihnen unterstellen, sie ließen Aquamarine verwahrlosen. Die Dame vom Jugendamt bekam bei ihren monatlichen Besuchen stets ein gutes Mittagessen vorgesetzt und zeigte sich von der sauberen, ordentlich gekleideten und braven Aquamarine beeindruckt.

Natürlich bekam sie nicht mit, dass Aquamarine, selbst als sie noch sehr jung war, kräftig mit anpacken musste. Sie war schon sehr früh für das Putzen und das Eindecken der Tische im Restaurant zuständig gewesen. Später dann machte sie die gesamte Wäsche. Das hieß, sie wusch, bügelte, räumte zusammen, begleitete ihren Onkel Eduardo, den Koch, beim Großeinkauf und half, so gut es ging, in der Küche mit.

Vieles andere hatte Aquamarine sich allein beigebracht oder sich bei Gleichaltrigen oder den Gästen im Restaurant abgeschaut. Es war ganz simpel und einfach, sie musste nur das Verhalten der anderen genau studieren und nachahmen. Dadurch war sie schnell selbstständig geworden.

Sie wusste sich zu benehmen.

Zudem gab es einen weiteren Onkel, Ricardo, der ein stiller Teilhaber des Familienbetriebes war, offiziell jedoch nicht in Erscheinung trat. Seinen Namen durfte das Lokal dennoch tragen, darauf war er stolz. Ihm galt es Respekt zu zollen, obwohl er keinen Finger für den Familienbetrieb krumm machte. Sie wusste, dass er ihrem Vater und ihrem Onkel zu Beginn einmal eine größere Geldsumme gegeben hatte, und da das Restaurant gut lief, bekam er seinen prozentuellen Anteil am Gewinn, der auch stets recht anständig ausfiel.

Sie mochte Onkel Ricardo nicht, er war unfreundlich zu ihr und ihrem Vater. Daher hatte sie ihm schon vor Jahren klipp und klar gesagt: »Wenn ich das Lokal einmal übernehme, und das werde ich, bekommst du deine blöde Kohle zurück und basta. Ich brauche keinen ›stillen Teilhaber‹, der am Kuchen mitnascht. Alles gehört dann mir allein.«

Onkel Ricardo hatte ihr daraufhin eine gescheuert. Ihr Vater und Onkel Eduardo waren herbeigeeilt und hatten sie verteidigt, sie sei doch noch ein Kind und meine es nicht so. Ihrer aller Verhältnis hatte sich dadurch jedoch nicht verbessert. Weiterhin holte der verhasste Onkel am ersten Montag im Monat regelmäßig seinen Gewinnanteil, und zeitweise hatte Ricardo sogar durchgesetzt, dass ihr Vater seinen Jungen, ihren stumpfsinnigen Cousin, als »Praktikanten« – beziehungsweise wohl eher als Spion – bei ihnen mitarbeiten ließ.

»Huch, pinkelt da etwa jemand im Stehen in den Sand? Hallo? Erde an Aquamarine!«

»Sebastiano«, schnauzte sie ihren Freund an, »das ist längst nicht mehr lustig. Überlege, was du von dir gibst.« Sie sah zu Toto, der seine Stirn in dicke Falten warf.

Das war ein untrügliches Zeichen dafür, dass er scharf nachdachte.

»Sie muss, hat sie gesagt. Das heißt doch, sie muss sich erleichtern. Also wollte ich ihr die Toiletten zeigen.« Seine Stimme kippte, und Aquamarine merkte, dass seine Verwirrung zunahm. Er tat ihr leid.

Jeder wusste, dass der arme Kerl mehr als nur begriffsstutzig war. Dennoch war er fast so etwas wie das Maskottchen der kleinen Insel. Beinahe jeder kannte ihn hier. Er litt an einer äußerst seltenen Krankheit, die sich »Amniotisches-Band-Syndrom« nannte.

Aquamarine hatte sich schon vor Jahren schlaugemacht, als ihr niemand genauere Auskunft darüber geben wollte.

Toto war sowohl gefühlsmäßig-geistig als auch körperlich beeinträchtigt, etwa durch sein unübersehbares Hinken.

»Toto, *tesoro*, ich meinte, dass ich jetzt gehen muss, weil ich schon seit einer halben Stunde im Restaurant sein sollte. Papa und Onkel Eduardo warten dort auf mich. Allein schaffen sie die Arbeit nicht.«

»Ach so. Das ist wichtig. Soll ich dich begleiten? Ist ja nicht weit von hier.«

»Nein, Toto.« Sebastiano sprang auf und taumelte. »Ich bin

ihr Freund, also gehen wir zusammen hin, und du gehst zu deiner Tante. Stimmt das, Aquamarine?« Besitzergreifend legte er seine Hand auf ihr Schulterblatt.

»Was Toto macht, weiß ich nicht, aber egal, wer mit mir kommt, er muss sich beeilen. Ich jedenfalls lege einen Sprint ein.« In Aquamarines Bauch hatte sich eine anständige Portion Wut zusammengebraut. Sebastiano war seit dem Kindergarten ihr bester Freund, und vor ein paar Jahren, in der Pubertät, hatten sie angefangen, sich als Paar zu bezeichnen. Sie gingen seitdem miteinander und waren quasi unzertrennlich. Aquamarine hatte nie einen anderen Freund außer ihm gehabt. Doch manchmal spürte sie einen tiefen Groll gegen ihn, so wie eben, und hatte das Gefühl, dass sie sich nicht wirklich verstanden. Außerdem war er in letzter Zeit so bestimmend.

Der gut aussehende Junge, den sie gestern am Strand kennengelernt hatte, fiel ihr ein. Er war sehr freundlich gewesen, und sie hatten sich gleich verstanden, aber Sebastiano hatte ihn mit seiner Art vergrault, kaum dass er aufgetaucht war.

Sie strich leicht über Totos Wange und blitzte Sebastiano an. »Heute möchte ich nach meinem Dienst nur noch duschen und schlafen. Wir hören uns morgen.« Ohne seine Antwort abzuwarten, lief sie eilig davon.

»Aquamarine! So warte doch!«

Sie beachtete die Rufe nicht, sondern ging raschen Schrittes weiter. Die Nadeln der Zypressen rochen intensiv, und ihr Geruch vermischte sich in einmaliger Weise mit dem salzigen Duft des Meeres.

Eigentlich ist das Leben doch schön, dachte sie und begann leise zu summen.

Vielleicht wartete das große Glück ja noch auf sie.

# 4

Goran Sganbatic saß mit verschränkten Beinen im Sand. Gedankenverloren ließ er eine Handvoll davon durch seine Finger rieseln. Vor ihm lag das Meer, eine spiegelgatte blaue Fläche, die sich bis zum Horizont erstreckte. Weit draußen waren Tanker oder Transportschiffe auszumachen.

Von den vielen Touristen, die sich hier tagsüber in ihren Liegestühlen aalten und sich von der Sonne knusprig braun braten ließen, war keiner mehr zu sehen. Die hungrige Schar saß jetzt in ihren jeweiligen Hotels und Appartements beim Abendessen, und Goran genoss die dadurch eingekehrte Stille.

Sein eigener Magen begann ebenfalls zu knurren. Aus seinem Rucksack kramte er ein Thunfisch-Tramezzino und drei saftige Feigen hervor. Der süße Saft der Früchte rann ihm über das Kinn, und Goran wischte ihn träumerisch mit einer Papierserviette weg. Nach dem Sandwich, das die Hitze des Nachmittags gut überstanden hatte, öffnete er die Dose LemonSoda. Sie gab ein verheißungsvolles Zischen von sich, war aber eindeutig zu warm und schmeckte ihm längst nicht so gut wie das erste Mal davor.

Sie fiel ihm ein.

Eigentlich war sie ständig in seinem Kopf.

Aquamarine.

Vor zwei Tagen war er diesem einzigartigen Mädchen begegnet, das ihn augenblicklich verzaubert hatte. Er glaubte nicht an solche kitschigen Klischees wie Liebe auf den ersten Blick. Dennoch war sie ihm begegnet. Der kesse Ausdruck in Aquamarines großen blau schimmernden Augen ließ ihn nicht mehr los, und wenn er an ihr hellblondes Haar dachte, das so anmutig über ihre zarten Schultern fiel, bekam er bei diesen Mördertemperaturen glatt Gänsehaut.

Das Mädchen hatte einen knappen hellgelben Bikini getragen und war sehr schlank, ohne mager zu wirken. Die Kurven hatte sie auch an den richtigen Stellen. Doch es waren ihr Charme und ihre kecke Art gewesen, die ihn betört hatten.

Er war eben mit seinem Stand-up-Paddle aus dem Wasser gestapft und hatte sich auf sein Badetuch gelegt, als er sie bemerkte. Die Schöne saß auf einem wohl mitgebrachten Klappstuhl und brach Pistazien aus den bockigen Schalen. Säuberlich warf sie den Abfall in eine Papiertüte.

Für seine gestreiften, inzwischen schlabbrigen Boxershorts, die längst schon aus der Mode gekommen waren, hatte er sich auf der Stelle ein wenig geniert.

Als ihr auffiel, dass er sie beobachtete, warf sie ihr Haar zurück und hielt ihm ihre mit grünen Kernen gefüllte Hand hin.

»Magst du?« Sie sah ihn fragend an. »Ich bin süchtig nach dem Zeug.«

Er hatte keinen Moment gezögert und das Angebot angenommen.

Sein »Danke« war mehr ein Stottern als ein Wort.

»Ich bin Aquamarine.« Ihre Stimme klang ein bisschen rau.

»Du hast ein cooles Stand-up-Paddle.«

»Na ja. Mein SUP, das ist die Abkürzung für Stand-up-Paddle –«

»Das weiß sogar ich«, unterbrach sie ihn glucksend.

»Nun, es ist aus Gummi und unterscheidet sich vom Hardboard dadurch, dass ich es aufblasen kann. Das bedeutet«, er zeigte auf seinen Rucksack, »ich kann das Ding darin verstauen, herumtragen und es, wann immer ich Lust habe, aufpusten, um damit auf dem Meer oder einem See herumzugondeln.«

Er war sich bei seinem Monolog so dämlich vorgekommen. Sie war schließlich keine Schülerin und er kein Surflehrer, der unbedarften Touristen etwas beibrachte.

»Mein Onkel Eduardo paddelt auch hin und wieder. Er hat mir erklärt, dass polynesische Fischer das Brett erfunden haben, um sich der Arbeit wegen flotter von einer Insel zur anderen bewegen zu können. Viel später erst hat es den internationalen Markt erobert und wurde zu einer Art Kult. Für mich ist das nichts. Obwohl ich am Meer aufgewachsen bin, schwimme ich nie weit hinaus, geschweige denn, dass ich mich überhaupt ins tiefe Wasser begebe. Es macht mir Angst, wenn ich die Bodenhaftung verliere. Aber ich bewundere all jene, die einem solchen Sport nachgehen. Das erfordert eine ordentliche Portion Schneid.« Sie bot ihm eine weitere Handvoll Pistazien an.

Nachdem Goran sich wieder einigermaßen gefasst und ebenfalls vorgestellt hatte, begannen sie ein zunächst holpriges Gespräch. Aquamarines Redefluss von gerade eben schien fürs Erste gebrochen.

Sie erzählte ihm, dass sie schon immer auf der Insel lebe und nicht mehr zur Schule ginge, sondern mit ihrem Vater und Onkel gemeinsam ein Restaurant betreibe.

Goran war beeindruckt.

Sie wirkte so mädchenhaft, fast kindlich.

»Wie alt bist du?«

»Siebzehn Jahre werde ich bald«, antwortete sie, ohne den Stolz bei diesen Worten ganz verbergen zu können.

»So jung und schon so geschäftstüchtig? Da kann ich mich mit meinen dreiundzwanzig Lenzen ja verstecken.«

»Was machst du so, und woher kommst du, Goran? Dein Akzent ist attraktiv.«

Das hatte ihm noch keiner gesagt. Einerseits freute ihn ihre Bemerkung, andererseits wäre es ihm lieber gewesen, wenn sie ihn, sprachlich betrachtet, als ihresgleichen empfunden hätte.

»Ach«, sagte er und machte eine wegwerfende Handbewegung. »Willst du meine Geschichte wirklich hören?«

»Klar, warum frage ich dich denn sonst danach?«

Also berichtete auch er und versuchte, so klug wie nur möglich rüberzukommen.

Manches war ihm unangenehm. Aber er wollte diesem Engel mit den meerblauen Augen unter den dichten schwarzen Wimpern nichts vorenthalten.

Ihre Reaktion war teilweise erstaunlich für ihn.

»Was? Du kommst aus Nova Gorica? Da wollte ich seit meinen Kindertagen hin.«

»Hmm, okay«, murmelte er, überrascht, dass jemand eine Stadt im Westen Sloweniens, unmittelbar an der Grenze zu Italien, besuchen wollte.

Denn Goran hatte sich immer schon als Italiener gefühlt.

Sein Zuhause war zwar nur rund fünfundsechzig Kilometer von der Landeshauptstadt Ljubljana entfernt, der er amtlich zugehörte, lag aber ebenfalls bloß fünfunddreißig Kilometer nördlich der italienischen Universitätsstadt Triest, die er ins Herz geschlossen hatte.

»Verstehe ich eigentlich nicht. Nova Gorica ist ein ödes Nest, und es ist wirklich dumm gelaufen, dass meine Familie sich dort angesiedelt hat. Sie sind überzeugte Slowenen, allesamt. Dabei hätten sie nur ein paar Meter weiterlaufen müssen und wären Italiener gewesen. Das hätte mir besser gefallen. Dein wunderbares Italien ist mein Traumland.«

»Nova Gorica wird 2025 mit ihrer italienischen Zwillingsstadt Kulturhauptstadt Europas, weißt du das?«

»Ja. Selbstverständlich. Steht in jedem Schmierblatt geschrieben. In allen Radio- und Fernsehsendern plappern sie davon.«

»Was gefällt dir denn nicht an deinem Heimatort?« Aquamarine hatte ihn aufmerksam angesehen. Und er verliebte sich, ohne sich selbst Einhalt gebieten zu können, unsterblich in jede ihrer unregelmäßig platzierten Sommersprossen.

»Ich fühlte mich dort immer fremd, sogar unerwünscht. Triest ist meine wahre Heimatstadt«, erklärte er schwärmerisch, »ich liebe den idyllischen Hafen mit den vielen Booten, den Ponterosso-Platz im Zentrum, das jüdische Viertel, den Canal Grande, die Kaffeehäuser, Bars und den ewigen Trubel. Sogar in die mitunter recht wütend stürmende Bora bin ich verknallt. Wenn sie mir um die Nase braust, glaube ich, gleich abzuheben.«

»Hast du einmal länger in Triest gewohnt?«

»Ja.« Er zögerte. »Ein paar Jahre.« Zu viel wollte er nicht preisgeben. Schon gar nicht diesem wunderbaren Mädchen gegenüber, denn er musste es erst besser kennenlernen, um sich ihm zu öffnen.

»Und?« Sie ließ nicht locker.

In seiner Zeit dort hatte er viele Kontakte zu internationalen

Unternehmen, zum Beispiel zu berühmten Kaffeeproduzenten, Schiffbau- und Schifffahrtunternehmen und zu einigen Versicherungsgesellschaften.

»Geschäfte halt.«

»Ja, und weiter?« Sie klang ungeduldig. »Was hast du getan? Wovon gelebt?«

Schnell fuhr er fort. »Wenn es mir meine Zeit erlaubte, ging ich gern in die Observatorien für Astronomie und Geophysik. Ein paar Jahre zuvor hatte ich mit meiner Schulklasse aus Nova Gorica Cern, die europäische Organisation für Kernforschung in der Schweiz, besucht –«

»Ich weiß genau, was die da erforschen, und auch, wo das Institut seinen Sitz hat, das musst du mir nicht extra erklären«, unterbrach sie ihn ein wenig beleidigt und schnippte mit den Fingern ein Insekt von ihrem Oberarm.

»Dachte ich mir eh. Damals setzte ich mir jedenfalls in den Kopf, später mal dort in der Halbleiterproduktion zu arbeiten. Und so bin ich nach dem Abitur zum Studium ins schöne Triest gezogen. Aber alles war so kompliziert und verwirrend, dass ich es nicht schaffte.« Er brach ab und fühlte, wie eine kräftige Hand sein Herz zusammenquetschte.

»Mach dir keinen Kopf. Ich bin von der Schule abgegangen, weil ich neben der Arbeit im Lokal keine Energie mehr zum Lernen hatte. Also, wem erzählst du das?«

Goran atmete durch, und sofort dehnte sein Herz sich aus und stieß die lästige Kralle weg, die es umklammert hielt. Er litt seit seiner Kindheit an der Aufmerksamkeitsdefizit-Hyperaktivitätsstörung und hatte – möglicherweise bedingt durch die damit einhergehende Symptomatik der Überaktivität und Impulsivität sowie einen Hang zur subversiven Kriminalität – auch ohne Abschluss Möglichkeiten gefunden, einen anständigen Batzen Kohle zu verdienen.

»Möchtest du ein Eis?« Unbeholfen zog er seine Brieftasche unter dem Handtuch hervor.

»Danke. Immer, mit Vergnügen. Pistazie mit Himbeere und etwas von der Schokosoße darüber.«

»Eine ungewöhnliche Kombination.«

Was gab er da für einen Blödsinn von sich?

»Das passt für mich sehr gut. Hätte auch etwas anderes sein können. Ich bin ziemlich einfallsreich, was das Mischen der Geschmacksrichtungen betrifft. Beim Eis, meine ich.« Sie grinste verschmitzt. »In der Küche staucht Onkel Eduardo mich allerdings ordentlich zusammen, wenn ich ihm das falsche Gewürz reiche.«

Goran hatte so ein Mädchen noch nie getroffen. Sie erinnerte ihn ein wenig an seine Lieblingsschwester Adele.

Auf seinen Flipflops war er durch den heißen Sand zum Eiswagen geschlurft. Dass die Sonne sich immer wieder hinter Wolken versteckte, tat der Hitze keinen Abbruch. Hinzu kam noch eine extrem hohe Luftfeuchtigkeit.

»Das kann nur für die junge hübsche Lady aus dem ›Rickys‹ sein«, stellte der Mann hinter dem Tresen fest. »Das Mädchen hat Geschmack.«

Goran lächelte breit. Das war mal eine Ansage, die genau ins Schwarze traf.

Als er sich, um ebenfalls interessant zu erscheinen, für Kokosnuss mit Mango entschied und die Tüten in einen Pappbecher steckte, damit das Eis nicht überlief, spürte er, wie die Sonnenstrahlen auf seinem Rücken brannten. Er drehte sich um und sah, dass Aquamarine nicht mehr allein war. Wer neben ihr lungerte, konnte er nicht erkennen.

Mit dem Blick am Boden, um mit der kostbaren Fracht nicht auszurutschen, latschte er zu ihr zurück.

»Hi«, empfing sie ihn beschwingt, »danke für das Eis. Du bist ein Schatz. Der hier«, sie zeigte auf die hagere Gestalt, die sich neben ihr niedergelassen hatte, »ist Sebastiano.«

»Ich bin ihr Freund«, ergänzte der Typ und grinste ihn unverschämt siegessicher an.

Wie selbstverständlich nahm er Goran den Pappbehälter mit den Eistüten ab.

»Ach, meine Schöne hat sich mal wieder für etwas Besonderes entschieden.« Er reichte ihr das Eis mit der Schokosoße und schnupperte an dem Kokosnuss-Mango-Eis. »Na, das andere ist aber auch nicht von schlechten Eltern.«

»Sebastiano.« Sie blitzte ihren Freund empört an. »Das wollte Goran sicher für sich haben. Du bist manchmal echt unverfroren.«

»Na, meine Süße, bei der Schwüle ist das auch kein Wunder, da ist Abkühlung vonnöten.«

Bevor Goran reagieren konnte, schlossen sich Sebastianos Finger auch schon um die Tüte. Er zog sie geschickt aus der Halterung und schleckte das Eis am Rand genüsslich ab.

»Sorry«, sagte Aquamarine. »Er ist halt so. Ich kenne ihn schon aus dem Kindergarten. Vermutlich wird er sich, bei aller Liebesmüh, auch nicht ändern.«

»Passt schon«, erwiderte Goran leichthin und ärgerte sich über seine Feigheit.

Am liebsten hätte er dem blöden Angeber beide Eiskugeln ins Gesicht gepappt.

Aber er wollte es sich nicht mit Aquamarine verderben.

»Klar passt es«, bestätigte Sebastiano erbarmungslos und drehte die Tüte, um das schmelzende Eis vor dem Hinabtropfen zu retten. »Wobei ich persönlich Kokos nicht so mag.«

Aquamarine hielt Goran ein paar Euromünzen hin. »Hier, bitte hol dir noch ein Eis und setz dich zu uns.«

»Lass ihn doch«, fauchte Sebastiano. »Wie kommt es, dass der dich anquatscht, kaum dass ich mal weg bin?«

»Nicht er hat mich angesprochen, sondern ich ihn.« Ihre Stimme klang auf einmal noch eine Spur rauer. »Ich gab ihm ein paar Pistazien. Das ist wohl noch erlaubt? Ihm schmecken sie.«

»Was geht dich das Wohlbefinden von dem blöden Jugo an? Ist doch shit-egal, ob der Nüsse mag oder nicht. Wahrscheinlich wachsen die in Jugoslawien eh auf den Bäumen, die Affen klettern rauf und ernähren sich davon.«

»Es heißt schon längst nicht mehr Jugoslawien. Goran kommt aus Slowenien.«

»Sagte ich's doch, ein Jugo halt.«

Irgendetwas in Gorans Bauch machte einen kleinen Salto. Wie

eine Darmschlinge, die sich um eine andere legte. Das Gefühl war wahrlich kein gutes.

Aquamarine sah ihn bekümmert an. »Ich muss jetzt los, wir sehen uns doch?«, fragte sie liebenswürdig.

»Nicht, wenn ich es verhindern kann«, knurrte Sebastiano.

So schnell er konnte, packte Goran seine Sachen in seinen Rucksack, um von den beiden weg zu sein.

Aquamarine schenkte er eine verrutschte Grimasse, als er loszog.

Heute würde er ihr sicherlich nicht mehr zufällig am Strand begegnen. Es war schon zu spät. Er würde morgen wiederkommen.

Er stand auf, streifte den Sand von seinen neu gekauften Badeshorts und schmiss die leere LemonSoda-Dose sowie die Verpackung der Tramezzini in den Mülleimer beim Strandausgang. In Gedanken bereits wieder bei Aquamarine, ihren blauen Augen und ihrem seidigen blonden Haar, machte er sich auf den Heimweg.

# 5

Aquamarine rann der Schweiß unter dem am Hinterkopf schlampig befestigten Zopf den Nacken hinab und durchtränkte ihr Shirt. Vorn war es mit Fettspritzern übersät.

»Ich sag dir schon seit Langem, binde dir eine Schürze um«, sagte Eduardo und fasste seine Nichte um die Taille.

»Finger weg, du benimmst dich wie Onkel Ricardo«, fauchte Aquamarine und wand sich aus seiner Umklammerung.

»Ich meine es ja nur gut.« Eingeschnappt ließ Eduardo sie los.

»Was ist hier schon wieder für ein Krawall?« ·

Ferdinando, sein älterer Bruder, stand mit in die Hüfte gestemmten Armen in der Tür zur Küche und maß beide mit aufgebrachten Blicken. Eduardo vermutete, dass er eifersüchtig auf die enge Bindung zwischen ihm und seiner Nichte war. Er hatte einen richtigen Narren an ihr gefressen, und Aquamarine wandte sich mit den meisten Problemen an ihn und nicht an ihren Vater. Das war schon immer so gewesen. Wahrscheinlich war er für sie eine Art Mutterersatz.

»Erkläre deiner Tochter, dass sie sich in der Küche entsprechend zu kleiden hat, im Service läuft sie doch auch nicht bekleckert wie ein Farbkasten herum.«

»Aquamarine ist mit dem Eindecken bereits fertig, da war sie noch sauber und ihr Haar nicht so zerzaust.«

»Papa, du musst mich nicht immer verteidigen«, sagte Aquamarine in schmeichelndem Ton und gab ihrem Vater einen Klaps auf den Unterarm. »Ich komme schon lange allein zurecht.«

Das gefiel Eduardo gar nicht. Jetzt stand Ferdinando eindeutig weit über ihm in ihrer Gunst.

»Ich ziehe mich rasch um, und dann komme ich und helfe dir mit den Gästen. Schließlich habe ich noch etwas gutzumachen, weil ich dich gestern beim Herrichten der Tische versetzt habe.«

Sie schmachtete ihren Vater auf eine Art an, die Eduardo wie eine Faust in den Magen fuhr.

»War halb so schlimm. Du brauchst auch mal ein wenig Auszeit, mein Mädchen.«

»Ich hoffe nur, du verbringst sie nicht ausschließlich mit Sebastiano«, warf Eduardo ein. »Du weißt, dass der Junge keinen guten Einfluss auf dich hat? Hatte er noch nie. Er nutzt dich bloß aus.«

»So ein Unsinn, willst du mir jetzt etwa den Umgang mit ihm verbieten?«, fuhr Aquamarine auf.

»Jetzt krieg dich mal ein, Eduardo. Wir kennen den Burschen, seit die beiden Kinder waren. Aquamarine und er sind wie Pech und Schwefel, die beiden halten zusammen. Gegen die kommt keiner an.«

»Vielleicht ist das ja das Problem«, sagte Eduardo und lehnte sich an den Herd, auf dem ein Fischsugo köchelte. »Sebastiano hält sie eben dadurch davon ab, andere Menschen kennenzulernen.«

»Quatsch. Wir sollten froh sein, dass unser Mädchen in guten Händen ist.«

Eduardo, dem so leicht nichts entging, spürte eine kaum wahrnehmbare Veränderung bei Aquamarine. Sie wusch sich die Hände unter fließendem Wasser. Bedächtig trocknete sie sie ab und sagte: »Ich gehe dann mal rauf in mein Zimmer und werfe mich in Schale. Sind heute viele Gäste angesagt?«

»Ausgebucht. Zumindest die Kasse stimmt.«

Eduardo hörte bei diesen Worten seines Bruders immer die Münzen klimpern und lachte innerlich über diese kindische Assoziation. Seine Laune änderte sich augenblicklich. »Solange das Geschäft stimmt, müssen wir nicht Hunger leiden. Einer Sache sollten wir uns jederzeit bewusst sein: Jeder von uns gibt sein Bestes«, sagte er versöhnlich und wandte sich wieder seinen Pfannen und Töpfen zu.

Aquamarine und Ferdinando verließen gemeinsam die Küche. Als sie dann wenig später zurückkehrte, erinnerte sie Eduardo an einen Engel.

Die hellblonden Haare hatte sie zu zwei straffen, abstehenden Zöpfen gedreht, eine Technik, die er nicht so recht durchschaute, und der Stoff ihres schwarzen Rocks schmiegte sich perfekt um ihre Hüften. Sie trug trotz der Hitze durchsichtige Strümpfe und flache Schuhe. Einzig die weiße Bluse schien ihm unpassend. Sie spannte sich eng um ihren Busen und drohte den mittleren Knopf zu sprengen.

Brüsk sagte er: »Hast du in letzter Zeit an Gewicht zugelegt? Das Zeug passt nicht mehr. Kauf dir neues.«

Aquamarine sah gekränkt an sich herab und strich die Bluse glatt. »Die ist neu. Habe sie von meinem Taschengeld erstanden. War gar nicht mal so billig. Rede mir bloß keine Essstörung ein.«

Das war das Letzte, was er wollte.

Unbeholfen nahm er sie in die Arme und hätte sie am liebsten nie wieder losgelassen.

# 6

Goran räkelte sich faul auf seinem Badetuch, neben sich das aufgeblasene SUP. Er war zu erschöpft, um die Luft gleich herauszulassen und es zusammenzulegen. Heute würde er sicher keine weitere Erkundungsfahrt am Wasser machen. Er gähnte ausgiebig. Die Sonne stach ihm erbarmungslos ins Gesicht, und er ärgerte sich, den Sonnenschutz vergessen zu haben.

Immer wieder sah er sich um in der Hoffnung, Aquamarine zu treffen. Er konnte es kaum erwarten, sie wiederzusehen. Er war heute Mittag sogar im »Rickys« gewesen, um herauszufinden, wie er sie erreichen konnte, und sich mit ihr zu verabreden. Nach ihrer Arbeit im Restaurant war es so weit. Vielleicht würde sie ja auch schon vorher zufällig vorbeikommen?

Wer weiß, dachte er verträumt. Frauen waren oftmals unberechenbar.

In Triest begann es für ihn leider etwas eng zu werden. Viel zu viele Menschen kannten ihn, und das war bei den Geschäften, die er betrieb, ein äußerst gefährlicher Nachteil. Er musste seinen Standort für einige Zeit wechseln. Der Typ, von dem er seinen Stoff bezog, eine Art Großunternehmer, war sehr aufmerksam und stets darauf bedacht, Schwierigkeiten vorherzusehen und zu vermeiden. Seiner Hartnäckigkeit war es geschuldet, dass Goran seine Zelte in Triest und Nova Gorica kurzerhand abgebrochen hatte, natürlich nicht, ohne sich vorher noch ausreichend mit allem Möglichen an Rauschmitteln eingedeckt zu haben.

Goran selbst war clean und wollte es auch bleiben, denn sein Ziel war der Erfolg. Viele Dealer konnten der Ware, die sie verkauften, nicht widerstehen und scheiterten sowohl gesundheitlich als auch wirtschaftlich am eigenen Drogenkonsum. Nicht bloß einer seiner Kollegen hatte diesen Fehler mit einem zu frühen Tod bezahlt. Nur indem er es anders hielt, hatte er demnach eine Chance, zu Reichtum zu kommen. Er konsumierte seine Drogen allenfalls zu Test- und Demonstrationszwecken.

Schon vor Monaten hatte Goran seine Familie verlassen und sich mit einem Rucksack, den er als Trostpreis bei einem albernen Gewinnspiel gewonnen hatte, auf den Weg gemacht. Das bis zu seiner Abreise verdiente Geld bunkerte er im Schließfach einer Bank.

Goran wollte, wenn er ausreichend Kohle gescheffelt hatte, als vermögender Mann nach Triest zurückkehren, um sich dort anzusiedeln.

Das war sein Plan.

Seiner Mutter hatte er ein Briefchen geschrieben, in dem er erklärte, ein Studium der Betriebswirtschaft in Udine zu beginnen.

Adele hatte er hundert Euro unter das Kopfkissen geschoben, sie schlief immer sehr tief, außerdem ein Herzchen aus Papier mit der hingekritzelten Botschaft: »Schneller, als du glaubst, sehen wir beide uns wieder, meine Lieblingsschwester.«

Erst danach war er leise nach unten geschlichen und hatte das baufällige Haus seiner Eltern verlassen.

Es überschwemmte ihn eine Art Glücksgefühl, kaum dass er die Grenze zwischen Slowenien und Italien überquert hatte.

Zum ersten Mal in seinem Leben fühlte Goran sich frei.

Außer Adele vermisste er niemanden, und diese Schwester würde er, sobald sein Konzept funktionierte, zu sich holen. Er wusste um ihre Verschwiegenheit. Sie würde ihn nie verraten. Adele hatte immer den Mund gehalten, egal, was er verbockt hatte.

Jetzt war alles völlig anders. Klar liebte er sein Schwesterchen und würde immer für Adele sorgen. Doch er war sich sicher, dass Aquamarine seine Zukunft, dass sie für ihn bestimmt war.

»Alter!«, riss ihn eine Stimme aus seiner Schwärmerei.

Ein hagerer Typ hatte sich vor ihm aufgebaut und warf einen langen, düsteren Schatten auf Gorans Gesicht. Wenigstens blendeten die Sonnenstrahlen nun nicht mehr so brutal.

Er stützte sich auf seine Ellbogen und sah genauer hin. Die Stimme war ihm bekannt vorgekommen. Kein anderer als dieser selbstherrliche Sebastiano stand über ihn gebeugt.

»Hast was zum Rauchen dabei?«

Im ersten Augenblick erschrak Goran.

War es so offensichtlich, dass er ein Drogendealer war?

Oder war es purer Zufall und einfach eine blöde, nur so dahingesagte Anmache gewesen? Eine Spitze, um ihn aufzustacheln, wegen des bevorstehenden Treffens mit Aquamarine?

»Rauchen? Meinst du einen Tschick? Selbstgedrehte habe ich keine, aber da vorn ist eine Buchhandlung, die verkaufen Tabak, das habe ich auf dem Schild gelesen.«

Sebastiano ließ sich neben ihm in den Sand plumpsen. Die feinen Körner flogen Goran ins Gesicht. Er wischte sie aus seinen tränenden Augen.

»Weichei. Du weißt schon, was ich meine, mach mal deinen überquellenden Rucksack auf.«

Ohne Zögern griff dieser widerliche Kerl in unverschämter Weise nach Gorans Sachen.

»Finger weg«, herrschte er ihn an.

»Gehen wir doch hinter eine der Badehütten, da sieht uns keiner außer den Kindern mit ihren doofen Ballspielen. Und die checken eh nicht, was da abgeht.«

Ertappt und bis ins Innerste durchschaut, hievte Goran sich hoch, packte sein Zeug zusammen und wies Sebastiano an, ihm zu folgen.

Was blieb ihm anderes übrig?

Sebastiano grinste ihn mit überlegener Miene an und schlappte mit seinen Flipflops noch mehr Sand auf.

Was fand Aquamarine bloß an diesem Kerl?

»Wusste ich es doch. Wenn du nicht willst, dass ich Aquamarine dein kleines Geheimnis verrate, lass besser deine dreckigen Finger von meiner Braut. Verstanden?«

Goran nickte.

Toto hatte heute wegen zu viel geleisteter Stunden früher Dienstschluss.

»Zeitausgleich, mein Junge«, erklärte sein Chef, als Toto ihn ratlos ansah. »Du arbeitest wie ein Tier, glaubst wohl, ich bemerke das nicht. Daher gehst du jetzt. Stell aber nichts an. Jedenfalls nichts, was ich nicht auch anstellen würde.«

Der Chef lachte sein krachendes Lachen, und Toto grübelte darüber nach, was genau es war, das er nicht anstellen sollte.

»Ich suche meine Freunde Sebastiano und Aquamarine am Strand, und wir holen Eis und plaudern miteinander. Ist das etwas, das Sie auch tun würden?«, fragte er treuherzig.

»Da hätte meine Frau entschieden etwas dagegen. Eis lutschen mit Freunden? Vor allem, wenn ein Mädchen mit von der Partie ist? Kommt bei ihr nicht in die Tüte. Die wartet zu Hause mit einer großen Portion Spaghetti alla puttanesca auf mich.« Wieder lachte Signor Calligaris laut und blinzelte ihn verschwörerisch an. »Kennst du das Gericht? Ich glaube eigentlich nicht, dass deine Tante Antonella oder Olivia dir so etwas zum Abendessen vorsetzen.«

»Die kochen beide sehr gut«, verteidigte Toto seine Liebsten. »Meine Tante besser als meine Schwester. Aber beide sind sich darin einig, mir immer nur eine winzig kleine Portion vorzusetzen, weil ich zu dick bin. Sie machen sich Sorgen, ich könnte die Zuckerkrankheit bekommen, das meinen sie.«

Dann fiel ihm ein, der Chef hatte ihm ja eine Frage gestellt, und darauf musste er antworten. Das brachte ihm sonst womöglich saftige Minuspunkte ein.

»Nein, ich höre von dem Gericht zum ersten Mal.« Er genierte sich, schon wieder etwas nicht zu wissen.

»Das ist kein Wunder, Toto. Mach dir nichts daraus. Es sind einfache Spaghetti, aber mit einem Sugo ›nach Hurenart‹. Huren sind Prostituierte«, fügte Signor Calligaris hinzu. »Käuflich.« Als er Totos verwirrten Blick sah, ergänzte er: »Frauen, die Geld für Liebesdienste nehmen. Bei uns ist das strengstens verboten. Wenn eine so etwas macht und erwischt wird, zahlt sie eine deftige Strafe. Das Gericht kommt von weit her, von Süditalien, und schmeckt scharf-würzig. Meine Frau lädt dich einmal dazu ein, falls du Knoblauch, Sardellen, Tomaten und scharfe Peperoncini, Oliven, Kapern und Oregano magst?«

Toto mochte das. Je mehr davon, desto besser.

»Danke«, sagte er höflich, »für mich wäre das ein wahrer Liebesdienst. Aber meiner Tante und meiner Schwester erzähle ich lieber nichts davon. Die wollen sicher nicht, dass ich Hurenpasta esse.«

Das herzliche Lachen seines Chefs folgte ihm noch bis zu seinem geparkten Auto.

## 8

Goran drehte sich von Sebastiano weg, damit dieser ihm nicht über die Schulter in den Rucksack gaffen konnte.
»Mach keinen Aufstand, Alter. Ich beklaue dich schon nicht. Wie schätzt du mich denn ein?«
Goran gefiel der Ton des Jungen überhaupt nicht, genauso wenig wie dessen prahlerisches Gehabe.
»Möchtest du Marihuana oder lieber Haschisch?«, fragte er kurz angebunden.
»Bevor ich kaufe, koste ich. Die Zeit, als ich mich mit dem Inhalt einer Wundertüte vom Kiosk zufriedengab, gehört der Vergangenheit an. Also dreh uns mal ein kleines Röhrchen.«
»Gras oder Shit?«
»Wir fangen selbstverständlich mit dem Stärkeren an. Also, was kannst du mir anbieten? Hast du Indica dabei? Purple Afghan Kush? Wenn ja, immer her damit.«
Widerwillig drehte Goran einen schmalen Joint aus leichtem Tabak und streute die gewünschte Cannabissorte hinein. Sebastiano schien sich ja bestens auszukennen. Dem machte er so leicht nichts vor. Suchte sich eine der erstklassigsten, geschmackvollsten und im Anbau anmutigsten Cannabispflanzen mit Blüten in Farbtönen von Purpur bis Lavendel aus. Das fruchtig-süße Aroma und die entspannende Wirkung mit ihrem heftigen Körperrausch und beruhigenden Kopfhigh begeisterte viele von Gorans Kunden.
Man unterschied drei Arten von Cannabis: Indica, Sativa und Ruderalis. Doch nur einige wenige Sorten auf dem Markt waren zu hundert Prozent artenrein, die meisten das Ergebnis von Kreuzungen. Diese Hybridsorten wurden gezüchtet, um die positiven Eigenschaften von Indica, Sativa und Ruderalis zu kombinieren, in unterschiedlichen Gewichtungen. Er hatte von allem etwas dabei, da seine Käufer unterschiedliche Geschmäcker bevorzugten. »Girl Scout Cookies« liebten vor allem die jungen

Konsumentinnen. Euphorie und Glücksgefühle wurden ausgelöst und versetzten Mädchen in aller Welt in geradezu ekstatische Zustände.

Kein Wunder, dass Sebastiano ihn auch nach diesem Kraut fragte.

»Das nächste Mal nehme ich davon was für meine Freundin mit. Das wird ihr gefallen.«

»Aquamarine kifft doch nicht etwa auch?«

»Noch nicht, aber ich werde sie schon noch dazu bringen. Der Sex wird dadurch eindeutig besser.«

Dieser Satz versetzte Goran einen heftigen Stich. Er hatte nicht erwartet, dass die beiden es schon miteinander trieben. Aquamarine schien ihm dafür noch zu jung zu sein.

Dieser selbstverliebte Kerl verführte doch glatt halbe Kinder, ohne mit der Wimper zu zucken.

»Wie alt bist du denn?«

»Ein Jährchen älter als Aquamarine, deswegen kennen wir uns ja auch schon so lange.«

»Verstehe ich nicht.«

»Aus dem Kindergarten. Bist du immer so schwer von Begriff?«

Obwohl Goran wusste, dass er nicht langsam im Denken war und Sebastiano ihn bloß reizen wollte, ärgerte er sich. Den Typen musste er schleunigst loswerden.

In Triest waren schon einige weniger aufdringliche Leute eine Gefahr für ihn geworden, da konnte ihm dieser Kerl hier erst recht große Schwierigkeiten bereiten. Also beschloss er, höflich zu bleiben und Sebastiano zu geben, was auch immer er wollte. Je mehr, desto besser. Letztlich hatte Sebastiano selbst auch kein Interesse daran, sich wegen Drogenkonsums außerhalb der eigenen vier Wände strafbar zu machen.

»Normalerweise bin ich im Verstehen schneller als die ›Frecciarossa 1000‹«, gab Goran gleichgültig zurück.

»Was? Du Wicht vergleichst deine beeinträchtigte Denktüchtigkeit mit der Fahrgeschwindigkeit unseres ›Roten Pfeils‹? Der schafft satte vierhundert Kilometer in der Stunde.« Sebastiano zog am Joint, den Goran ihm reichte, atmete tief ein und hielt für ein paar Sekunden die Luft an. »Ich bevorzuge trotzdem den ›Italo‹, der ist nämlich ein anständiges Stück billiger und bringt es auch auf gute dreihundertfünfzig Stundenkilometer.« Dazu fiel Goran nichts Entsprechendes ein.

Schweigend zogen sie abwechselnd an dem Joint.

»Das Zeug ist der Hammer.«

»Hammer? Braucht ihr einen? Ich habe leider nur welche im Baumarkt. Und dahin fahre ich heute nicht mehr zurück. Ich habe vom Chef Zeitausgleich bekommen für besondere Leistungen.«

Goran war nicht klar, wie lange der eigenartige, aber sympathisch wirkende Mann, der auf einmal neben ihnen stand, schon hier war.

Er war beduselt vom Kraut und fühlte sich schummrig.

Sebastiano wirkte verunsichert. »Wir brauchen keinen Hammer. Toto, verzieh dich.«

»Du hast aber doch von einem Hammer gesprochen. Ich habe das genau gehört. Streite es nicht ab. Ich kann dir einen aus dem Geschäft besorgen, aber dafür musst du bezahlen.«

»Hammer?«, fuhr Sebastiano auf. »Da musst du etwas gründlich falsch verstanden haben, Alter. Ich meinte bloß, mit dir wäre es ein Jammer.«

»Ich hörte es genau. Wenn du Werkzeuge brauchst, besuche mich doch morgen im Baumarkt. Abgemacht?«

Goran tat dieser Toto, der sicherlich schon um die dreißig war und offensichtlich nicht verstand, worum es ging, leid.

»Zuerst kriege ich aber auch was von der Ananas ab. Dann mache ich dir für den Hammer einen guten Preis.«

»Ananas? Was soll das Gefasel? Wir haben keine dabei.«

»Ihr lügt. Ich kann alle Früchte am Geruch erkennen.« Toto klopfte auf seine Nase. »Mit meinem Zinken«, er kicherte, »stimmt nämlich alles.«

Beiden war klar, dass sich diese Bemerkung auf das Aroma von »Purple Afghan Kush« bezog, das sehr nachhaltig an saftige Ananasscheiben denken ließ.

Sie wechselten einen Blick, und Sebastiano trat den Joint hastig in den Sand.

»Wenn da ein Kind drauftritt, kriegt es eine Brandblase«, mahnte Toto. »Das ist nicht in Ordnung.« Er buddelte nach der Zigarette, roch daran und schüttelte den Kopf. »Da stimmt was nicht, die Kippe stinkt nach Tabak und Ananas.«

»Toto!«, schrie Sebastiano. »Hau ab und halt dein blödes Maul. Verstanden?«

Daraufhin zog Toto erschrocken die Schultern hoch und lief humpelnd durch den aufwirbelnden Sand davon.

## 9

Aquamarine war aufgeregt.

Heute würde sie Goran wiedersehen. Als sie nach dem Mittagsgeschäft aus dem Haus gekommen war, hatte er vor dem Restaurant auf sie gewartet, doch sie konnte nur schnell ihre Handynummer mit ihm tauschen, da sie noch mit Onkel Eduardo zum Großmarkt fahren musste. Goran versprach, ihr später zu schreiben. Zwei Stunden danach kam endlich die Nachricht: »22:30 Uhr, Parco delle Rose beim Denkmal.«

Ihr Herz klopfte stürmisch, und sie verbrachte mehr Zeit im Badezimmer als sonst.

»Wohin des Weges?«, fragte ihr aufmerksamer Onkel Eduardo, als sie unauffällig an der offenen Küche vorbeihuschen wollte.

»Ach«, wehrte sie ab, »ich habe mich schon so lange nicht mehr mit Emilia getroffen, und sie ist gerade mal wieder im Lande.«

»Emilia, die Cousine von dem Minderbegabten?«

»Onkel, du bist so was von politisch unkorrekt, also wirklich unter jeder Kritik, aber echt. Toto hat einen Gendefekt und ist dadurch körperlich und geistig etwas eingeschränkt. Sei froh, dass dir so ein Schicksal erspart geblieben ist. Und ja, Emilia ist seine Cousine.«

»Dieses Mädchen. Ihr seid doch nicht mal gleichaltrig. Und ist sie nicht diejenige, die ihre beste Freundin durch einen schrecklichen Mord verloren hat?«

»Onkel. Hör auf damit. Du weißt ganz genau, wer sie ist. Jeder auf der Insel kennt die traurige Geschichte. Und was stört es dich, dass Emilia ein bisschen älter ist als ich? Trotzdem sind wir Freundinnen.«

»Beruhige dich, Aquamarine. Ich wollte nicht schlecht über die beiden reden«, sagte er in versöhnlichem Ton.

»Also was soll das dann? Ich habe eben das Bedürfnis, mich

auch mal mit Freundinnen zu treffen, anstatt dauernd mit zwei grauhaarigen Männern in der Küche, im Service oder vor dem Fernseher abzuhängen.«

»Werde mal nicht frech, Kleine. Du bekommst für das Abhängen mit uns Greisen einen ordentlichen Lohn. Nicht jeder Sechzehnjährigen geht es so gut wie dir.«

»Dafür bin ich auch von der Schule abgegangen, unfreiwillig, wenn du dich erinnerst. Glaubst du, mir ist das leichtgefallen? Ich musste mit anpacken, anstatt zu lernen, damit der Laden nicht flöten geht, und meine Noten waren dadurch nicht gut genug, um eine berufsbildende höhere Schule oder ein Gymnasium zu besuchen.«

»Dein Vater und ich hatten dich damals vor die Wahl gestellt. Du hast dich entschieden, bei uns die Koch-Kellner-Ausbildung zu machen und danach zwei Berufe zu haben. Und dir ist schon klar, dass du wesentlich mehr Freiheiten besitzt als andere junge Menschen in deinem Alter.«

Aquamarine hasste diese Diskussionen und begann vor Wut zu schäumen. Onkel Eduardo hatte ja gar nicht mal unrecht. Sie hatte die Entscheidung selbst getroffen. Doch neben der Schule und dem Mitarbeiten im Restaurant war ihr einfach zu wenig Zeit geblieben, um ordentlich zu büffeln. Klar, dass sie jede Prüfung versemmelte.

Vielleicht hätte sie sich damals einfach auf die Hinterfüße stellen sollen? Und die Streberin geben, statt zu servieren, putzen, einzukaufen und Wäsche und Salat zu waschen?

Aber das Lernen fiel ihr eben schwer, und so war ihr diese Lösung nicht ungelegen gekommen.

Onkel Eduardo stand immer noch vor ihr und starrte sie an, als wartete er auf etwas.

»Was glotzt du so?«, keifte sie.

Seine Laune schien sich jedoch gebessert zu haben, denn er lächelte freundlich und meinte: »Ich verstehe dich ja, meine Kleine. Überspanne den Bogen nur nicht. Komm nicht zu spät nach Hause. Nachts ist es nirgends sicher. Im Schatten jeder Zypresse und hinter jeder Pinie kann sich einer verbergen, der keine guten

Absichten hat. Vor allem bei so hübschen Mädchen wie Emilia und dir. Also hör auf deinen alten Onkel, der es bloß gut mit dir meint, und pass auf. Eine halbe Stunde nach Mitternacht liegst du in deinem Bett. Ich werde mich vergewissern.«

Das bekam sie locker hin. Es war ja gar nicht ihr Plan, Goran so lange zu treffen. Und ihre Lust auf einen Clinch mit ihrem Vater und Onkel Eduardo hielt sich in Grenzen.

»Abgemacht«, sagte sie, »du kannst dich auf mich verlassen. Aber erzähl Papa nichts von Emilia. Er würde nur gleich wieder an die alte Sache denken und sich unnötige Sorgen machen.«

»Großes Indianerehrenwort, ich schweige wie ein Grab.«

So war das mit ihrem Onkel. Wenn es um etwas Wichtiges ging, war auf ihn Verlass.

Sie winkte ihm dankbar zu und trat in die Nacht hinaus.

Draußen war es kühler, als sie vermutet hatte. Sie steckte die Hände in die Bauchtasche des dunklen Hoodies und lief am Meer entlang in Richtung Parco delle Rose.

Die Möwen keppelten wie üblich schrill miteinander, trotz der späten Stunde, und das Wasser brandete lärmend gegen das Ufer.

Es war also gerade Flut.

Morgen würde der Strand mit Meertang, Algen und Muscheln übersät sein. Manchmal musste man, um ins Meer zu gelangen, zwei Meter von dem grünen Gestrüpp überqueren, das sich unangenehm um die Knöchel schlang, und dann noch einige Zeit durchs seichte Wasser weiter hinauswaten, um ein wenig schwimmen zu können. Ihr war es nur recht, denn so behielt sie selbst weit draußen den Boden unter den Füßen.

Aquamarine ging schnurstracks durch die Parkanlage, ohne nach rechts oder links zu blicken, bis zum Denkmal des berühmten Gradeser Poeten Biagio Marin.

Das Glimmen einer Zigarette bemerkte sie, bevor sie Goran erkannte, der auf einer Bank saß.

Er sprang auf. »Aquamarine!«

Sie ging langsam auf ihn zu, denn sie wollte nicht, dass er auch nur einen Hauch ihrer Aufregung mitbekam.

Goran sah auch im Dunkeln verdammt gut aus. Sein helles Haar glich farblich dem ihren, nur war es gelockter und hob sich dadurch im Mondlicht wie ein Glorienschein vom Dunkel der Nacht ab.

»Hi«, begrüßte sie ihn schüchtern.

Goran umarmte sie vorsichtig, kaum dass sie vor ihm stand. Er roch nach Orangen und Feigen, von denen sie heute mit ihrem Onkel im Gemüsegroßhandel eine Kiste erstanden hatte.

»Möchtest du ein paar Pistazien?«, fragte sie keck und machte sich ein wenig zögerlich von ihm los.

»Immer«, antwortete er vergnügt, »aber lass uns zum Kinderspielplatz gehen und uns dort eine Bank suchen.«

Er nahm wie selbstverständlich ihren Arm, und Aquamarine spürte die Wärme seiner Hand durch den Stoff ihres Hoodies. Mit der Taschenlampe seines Smartphones leuchtete er den Weg über den Kies für sie aus.

»Sieh nur«, Aquamarine lachte, »in meiner Kindheit waren da noch nicht so viele Geräte. Ich musste mich mit der Wippe und der Kletterstange zufriedengeben. Jetzt gibt es sogar einen Getränkeautomaten. Hättest du lieber eine Cola, oder holst du dir ein Bier aus der Bar da drüben?«

»Wenn du schon so direkt fragst, ein Bier würde zu den salzigen Pistazien am besten passen. Ich bin gleich wieder da.«

Die Bierdose war eiskalt. Aquamarine rollte sie über ihre glühende Wange. Sie wusste selbst nicht, warum sie sich so eigenartig erhitzt fühlte.

»Möchtest du vielleicht dein Hoodie ausziehen? Dein Gesicht glänzt vor Schweiß.«

Peinlich, wie peinlich war das denn?

»Danke, es geht schon so«, entgegnete sie schnippisch und öffnete die Tüte mit den Pistazien.

Er streckte die Hand aus, und sie schüttete die Nüsse hinein.

Eine Zeit lang knackten sie schweigend die Schalen und aßen die Früchte.

»Das, was du da eben geraucht hast, war doch kein Gras oder so?«, fragte sie schließlich.

»Nein«, erwiderte er, »ich nehme das Zeug nicht. Das war eine Zigarette.«

»Okay.« Aquamarine nickte erleichtert.

Es reichte ihr, dass Sebastiano kiffte. Mit Rauschgift wollte sie nichts zu tun haben.

»Du?« Sie warf ihm einen ernsten Blick zu. »Es ist doch wahr, was du mir sagst?«

»Zweifelst du an meinen Worten?«

»Nein. Keineswegs. Ich bin nur vorsichtig.«

Goran legte den Arm um sie und flüsterte ihr ins Ohr: »Du kannst mir vertrauen.«

»Das tue ich«, sagte sie und meinte es so.

Goran strich lächelnd eine Strähne ihres Haares aus ihrer Stirn, und Aquamarine wurde von einer Art Glück überwältigt, das sie bisher nicht gekannt hatte.

## 10

Es war ein seltsames Gefühl, Aquamarine so nah bei sich zu haben. Außer zu seiner Schwester Adele mied Goran jeglichen Körperkontakt. Ihr klopfte er schon mal auf die Schulter, nahm sie in die Arme, wenn sie Kummer hatte, oder drückte ihr einen Kuss auf die Wange.

Aber das hier war anders.

Die Anziehung zwischen Aquamarine und ihm war so stark, dass er nicht umhinkonnte, sie darauf anzusprechen.

»Du?«

»Hmm?«

»Spürst du es auch?«

»Was?«

»Das Kribbeln, wenn wir beim anderen irgendwo ankommen.«

Warum fand er im Ernstfall nie die richtigen Worte?

Er war und blieb ein Tor, ein Parzival, der ständig am Heiligen Gral vorbeischrammte.

»Ja, mir geht es ähnlich«, entgegnete sie zu seiner Überraschung.

Trotz ihrer Schnoddrigkeit, die er schon ein wenig kennengelernt hatte, war sie nicht zickig, sondern gab ehrliche Antworten auf Fragen, bei denen andere Mädchen vielleicht einen dummen Witz gerissen oder ihn für blöd verkauft hätten. Sie war eben etwas ganz Besonderes. Ihre Reaktion machte ihm neuen Mut, und er mutierte von Parzival zum Ritter Lancelot, der um King Artus' Lady Guinevere zu werben begann.

Der Vergleich, beschloss er, war gar kein schlechter, gab es doch tatsächlich einen König im Spiel, Sebastiano.

Mutig geworden, stellte er die Frage, die ihm unter den Nägeln brannte.

»Sag mal, Aquamarine, wie stehst du zu Sebastiano?«

»Er ist seit dem Kindergarten mein Freund. Wenn einer mich

mies behandelte, hat er mich immer verteidigt. Manchmal hilft er mir auch in der Küche oder beim Einkauf im Großmarkt. Onkel Eduardo ist schon alt, und ihn plagt der Rücken. Daher fahre ich die längere Strecke lieber mit Sebastiano. Er bekam schon mit siebzehn seinen Führerschein, weil sein Vater ihm das Fahren beibrachte. Und das kann er wirklich gut.«

»Wenn er nicht gerade bis oben hin zugekifft ist«, versetzte Goran trocken.

»Ja, da stimme ich dir vorbehaltlos zu. Das bereitet mir große Sorgen. Irgendwann begann er, hin und wieder etwas Gras zu rauchen. Ich hoffe, dass es dabei bleibt. Wenn er zu viel von dem Kraut erwischt, kann er überheblich und gemein werden. Er verhält sich dann abweisend, auch mir gegenüber.«

»Das tut mir leid.«

Goran war sicher, dass Sebastiano längst schon alle möglichen Sorten von Cannabis durchprobiert hatte. Wie es sich mit anderen Drogen verhielt, vermochte er nicht einzuschätzen.

»Was war das?« Sie drehte ihren Kopf. »Hast du das auch gehört? Ist da noch jemand außer uns auf dem Spielplatz?«

»Kannst beruhigt sein, wir sind allein hier.«

Goran zog Aquamarine fest an sich und atmete den zitronigen Duft ihres Haares ein. Dann legte er seine Hand unter ihr Kinn und berührte mit seinen Lippen sanft die ihren. Sie öffnete leicht ihren Mund, und schon küssten sie sich. Zuerst vorsichtig, zögernd, dann immer stürmischer.

»Shit«, sagte sie und rückte ein Stück von ihm ab. »Was tun wir da? Bin ich noch bei Sinnen?«

»Nimm es bitte nicht so schwer. Ich mag dich sehr. Und wenn das bei dir auch so ist, spricht nichts dagegen.«

»Spinnst du? Sebastiano ist doch mein fester Freund, seit ich fünf Jahre alt war.« Sie begann leise zu weinen.

Unmittelbar ärgerte Goran sich, seinen Emotionen freien Lauf gelassen zu haben. »Bitte entschuldige. Seit ich dich zum ersten Mal gesehen habe, kann ich nur noch an dich denken. Das ist einfach so.«

Aquamarine wischte mit dem Ärmel ihres Hoodies die Tränen

weg. »Das darf nie wieder geschehen. Versprochen? Die Sache bleibt unter uns. Ich gehe wohl lieber.«

»Durch den dunklen Park begleite ich dich, wenn du das willst.«

»Ja«, kam es leise von ihr.

Nebeneinander, auf Abstand bedacht, spazierten sie den Weg entlang, so als wäre nie etwas zwischen ihnen passiert.

»Psst«, zischte sie plötzlich und blieb stehen. »Da ist wer.«

Jetzt hatte er es auch gehört. Ein verstohlenes Rascheln hinter den Oleandersträuchern. Schnell hob er sein iPhone und leuchtete die Gegend aus.

Aber da war niemand.

Trotzdem beschlich ihn ein unangenehmes Gefühl, und deswegen brachte er Aquamarine, die keine Einwände erhob, bis vor die Haustür.

## 11

Arturo Fanetti öffnete nach einem kurzen Klopfen die Tür zu Maddalenas Büro und steckte den Kopf herein.

»Commissaria.«

»Fanetti, was gibt es?«

»Ein Ihnen sehr zugetaner Hilfssheriff bittet dringend um ein kurzes Gespräch.«

Maddalena wunderte sich, dass Arturo Fanetti sein langes weißblondes Haar seit Kurzem zu einem Zopf bündelte, was dem echten Legolas, dem Elbenprinzen aus »Der Herr der Ringe«, sicherlich niemals eingefallen wäre. Aber dem Patenkind des Comandante schien dies erlaubt zu sein, sonst hätte ihr Chef den Spross eines der reichsten Kaffeeproduzenten des Landes schon längst eines Besseren belehrt. Achille Scaramuzza war ein Vertreter alter Normen und verabscheute jede Abweichung davon. Vor allem, was den Polizeidienst betraf, dem er offiziell vorstand.

Als hätte Fanetti ihre Gedanken gelesen, nestelte er am Gummiband und schob es höher.

Maddalena konnte ihr aufsteigendes Kichern kaum unterdrücken.

»Wo ist mein Besucher denn? Lassen wir ihn doch nicht auf heißen Kohlen sitzen.«

»Ich bringe ihn zu Ihnen. Er wirkt sehr angespannt.«

»Toto Merluzzi«, begrüßte sie den kurz darauf verschämt Eintretenden liebenswürdig.

»Commissaria, bin ich zu oft hier?«, fragte Toto und zog an seinem dunkelblauen Poloshirt.

»Keineswegs. Sie haben uns schon häufig geholfen und auf die richtige Fährte gebracht.«

Toto blühte sichtlich auf.

»Danke«, stammelte er. »Das Poloshirt ist Teil meiner Uniform im Baumarkt. Der Chef legt großen Wert darauf, dass wir dem Kunden gegenüber einheitlich auftreten.«

Maddalena nickte und überlegte, warum sich auch die Lagerarbeiter in diese Kluft pressen mussten. Es kam doch wohl eher selten vor, dass sich ein Käufer dorthin verirrte. Aber sie wäre die Letzte, die Toto seine offensichtliche Freude nehmen würde.

»Also, kommen wir gleich zur Sache. Ich bin gespannt, was Sie mir mitzuteilen haben.«

Draußen pfiff der Wind um das Gebäude und rüttelte an den Zypressen. Maddalena stand auf und öffnete ihr Fenster weit. Von der mittäglichen Hitze war nichts mehr zu spüren.

»Setzen Sie sich doch, Toto.« Sie zeigte auf einen der Besucherstühle und ging zu ihrem Schreibtisch.

Toto ließ sich ihr gegenüber auf dem Stuhl nieder. Dieser knirschte hörbar unter seinem ansehnlichen Gewicht.

Die Tür zu Maddalenas Büro wurde geöffnet, und Comandante Achille Scaramuzza erschien. Wie immer füllte er den Rahmen völlig aus.

Geklopft hatte er selbstverständlich nicht.

Wie käme jemand so Mächtiges wie er, dem das gesamte Polizeirevier unterstellt war, auch dazu, sich in seinen eigenen heiligen Hallen derart unterwürfig zu zeigen und bei seinen Untergebenen anzuklopfen?

Aber Maddalena kannte ihn seit Jahren und verstand immer besser, mit seinen Unverschämtheiten umzugehen und seine durchaus vorhandenen positiven Seiten anzuerkennen.

»Comandante«, begrüßte sie ihn daher freundlich.

»Commissaria«, herrschte er sie an, »in meinen Räumlichkeiten wird geschuftet und nicht getratscht. Ihre Besuche können Sie anderswo empfangen.«

Maddalena ließ sich ihre Verstimmung über seine Ungerechtigkeit nicht anmerken. So ein Verhalten würde ihn nur zu neuen Unterstellungen herausfordern.

Toto hingegen war ganz blass geworden.

Er sprang auf.

»Ich wollte der Commissaria, die ich wie alle anderen Polizisten hier sehr verehre, keine Probleme bereiten, Signor Scaramuzza. Ich bin doch kein Besucher, sondern ein Informant. Also ein treuer Mitarbeiter Ihres Hauses.«

Diese rührselige Rede bewirkte, dass ein breites Lächeln auf dem Gesicht seines Gegenübers erschien.

»Na wenn das so ist, lasse ich Sie weiterarbeiten. Eine kleine Anmerkung aber noch, Signor Toto, ich komme leider nicht umhin, Sie darauf hinzuweisen. Mich spricht man mit Comandante an.«

»Comandante. Das habe ich falsch gemacht. Verzeihen Sie mir bitte. Doch auch ich möchte, dass Sie entweder Toto zu mir sagen oder wenn schon Signor, dann Signor *Merluzzi*. So heiße ich nämlich.«

Maddalena hielt sich unauffällig an der Schreibtischkante fest. Sie durfte nicht mit einem Lachen, das der Situation angemessen wäre, herausplatzen. Die Überraschung auf Scaramuzzas Gesicht gab ihr recht, Toto hatte wieder mal unwissentlich den Vogel abgeschossen.

»Werde ich mir merken, junger Mann. Sie dürfen sich wieder setzen.« Er wandte sich Maddalena zu. »Soll ich Ihre werte Mutter von Ihnen grüßen, Commissaria?«

»Darum bitte ich.«

Scaramuzza hielt es mit den Arbeitszeiten meist nicht so genau und freute sich bereits auf ein spätes Mittagessen mit seiner Angetrauten, die, wie inzwischen jeder wusste, ihre Mutter war. Danach pflegte er ein ausgiebiges Nickerchen zu machen, um gegen Abend noch mal in der Dienststelle aufzutauchen, um zu überprüfen, was seine Mitarbeiter so trieben.

»Uff«, sagte Toto, als der Comandante hinausgestürmt war, »Ihr Vorgesetzter ist ein strenger Mann. Und Ihre Frau Mama so eine zarte, wunderhübsche Schönheit. Wie hält sie diesen scharfen Ton nur aus?«

Üblicherweise plauderte Maddalena nicht über ihr Privatleben. Bei Toto verhielt es sich anders.

»Der Comandante ist sehr gütig zu meiner Mutter. Er liebt sie sehr und trägt sie gewissermaßen auf Händen. Sie würden ihn nicht wiedererkennen. Auch auf dem Polizeirevier spielt er

nicht dauernd den wilden Kerl. Im Grunde ist er ein umgänglicher Chef, man muss halt nur wissen, wie man ihm begegnet.«
»Das beruhigt mich. Ich hatte wirklich schon Angst, Sie fürchten sich vor ihm.«
Maddalena lachte. »So schlimm ist er nicht. Also, lieber Toto, worum geht es? Was führt Sie zu mir?«
Toto drehte an seinen Fingern, und tiefe Röte stieg in seine blassen Wangen. »Olivia, Tante Antonella und meine Cousine Emilia – sie ist gerade auf Besuch in Grado – wissen nicht, dass ich zu Ihnen gekommen bin. Übrigens, Caterina ist auch bei uns. Alle sind wir auf einmal wieder zusammen. Aber alle vier hätten es mir sicher verboten.«
»Wieso?«
»Weil sie finden, ich belästige Sie.«
»Keineswegs. Möchten Sie mal wieder im Polizeiauto mitfahren? Kein Problem.«
»Nein. Ja, das sehr gern. Es geht aber um etwas anderes. Kennen Sie das Restaurant ›Rickys‹?«
»Klar, das kennt fast jeder.« In diesem ausgezeichneten Lokal würde sie morgen essen. Darauf freute sie sich. »Was ist damit?« Maddalenas Neugier war geweckt.
»Das Mädchen, Aquamarine, die Tochter des Besitzers, hat einen Freund, Sebastiano. Wir sind seit Langem gut miteinander bekannt wegen meiner Cousine Caterina, sie war sein Babysitter.«
Maddalena unterdrückte ein Gähnen. »Ja, und?«
»Gestern habe ich ihn gesehen, als er mit einem Fremden hinter den Badehütten am Strand etwas zu sich nahm, das nach Ananas roch. Als ich die beiden bat, mir auch eine Scheibe davon abzugeben, haben sie behauptet, es gebe keine Ananas. Ich habe aber gemerkt, dass sie eine Zigarette weggeworfen haben, und sie wieder ausgebuddelt, um keinem Kind zu schaden. Und auch daran roch ich Ananas. Sebastiano war unfreundlich, obwohl ich doch sein älterer Freund bin.«
»Hmm«, machte Maddalena und klopfte mit ihrem Kugelschreiber auf eine offene Akte.

Vielleicht war es das Wetter, vielleicht die Langeweile, die sie verspürte, als sie versuchte, Toto zuzuhören, aber ein leichter Schwindel erfasste sie.

»Möglicherweise wollte er mit dem anderen Jungen etwas besprechen, ohne einen Zuhörer?«

»Nein. Nein.« Toto stampfte wütend mit seinem gesunden Bein auf. »So war das nicht. Die beiden haben etwas ausgeheckt, wovon ich nichts erfahren sollte.«

»Was vermuten Sie?«

»Es hat mit der Ananas zu tun.«

Maddalena verdrehte innerlich die Augen. Sie sah auf die Uhr. »Leider muss ich zu einer Besprechung mit meinen Kollegen. Sobald Sie etwas Neues über diese Ananas-Sache erfahren, melden Sie sich bitte bei mir. Sie sind ein sehr aufmerksamer Mensch.«

»Danke.« Toto erhob sich und Maddalena ebenfalls.

Sie hatte den schrägen Kerl in ihr Herz geschlossen. Seine Familie und er waren nicht wirklich vom Glück geküsst. Seine Tante Antonella war so eine Art Unikat in Grado, es gab manch einen, der ihren »bösen Blick« tunlichst mied. Und Totos Schwester Olivia hatte nicht nur durch das Zusammenleben mit Toto, für den sie verantwortlich war, ihr Päckchen zu tragen.

Toto verbeugte sich ehrfurchtsvoll.

»Was, verdammt noch mal«, murmelte sie, als sie wieder allein war, »ist an einer doofen Ananas eigentlich kriminell?«

Vielleicht sollte sie die Lebensmittelpolizei einschalten.

# 12

Caterina war eine der Cousinen von Toto. Sie war vier Jahre nach ihm auf die Welt gekommen. Toto hatte mit ihr gespielt, war mit ihr zum Schwimmen gegangen, und er war für sie der beste Freund gewesen, den sie je gehabt hatte. Stundenlang las er ihr in seiner langsamen Art vor.

Aber sie verstand jedes seiner gestammelten Worte.

Jetzt machte sie sich große Sorgen.

Toto schwafelte zum Entsetzen ihrer Mutter und ihrer Cousine Olivia auf paranoide Weise von heimlichen Machenschaften seiner angeblichen Freunde. Es ging dabei um Sebastiano und Aquamarine, deren Vater der Gourmettempel »Rickys« gehörte.

Eigentlich war Sebastiano ein alter Bekannter von ihr, sie hatte als Teenie auf ihn aufgepasst. Irgendwie war es dann dazu gekommen, dass Toto und er sich angefreundet hatten, wobei »angefreundet« vielleicht nicht das richtige Wort für ihre eigentümliche Beziehung war.

Sebastiano war schon als Kind sehr eigennützig gewesen, und Caterina vermutete, dass er ihren Cousin für seine Zwecke einsetzte, was Toto aber nicht kapierte. Trotzdem bildete er sich jetzt ein, dass Sebastiano seine Freundin Aquamarine in Gefahr brachte.

Aquamarine glich vom Äußeren her Caterinas viele Jahre jüngerer Schwester Emilia, die seit ihrer Geburt Totos großer Schatz war. Anscheinend löste sie bei ihm einen ähnlichen Beschützerinstinkt aus.

Caterina hatte zusätzlich das Gefühl, dass ihr gerade alles zu viel wurde. Sie war gestern ganz spontan und ohne ihren Ehemann Enzo und den gemeinsamen Sohn Francesco nach Grado gefahren, weil sie auf den Beistand ihrer Mutter und den Rat ihrer Cousine hoffte.

In ihrer Ehe mit Enzo ging es drunter und drüber.

Dass Emilia und ihr Verlobter Davide ebenfalls auf der Insel sein würden, hatte sie nicht geahnt. Sonst hätte sie ihren Entschluss, nach Grado zu reisen, vielleicht noch einmal überdacht. Was sie brauchte, waren einfach ein paar Tage Auszeit. Keine überdrehte Schwester, die noch dazu permanent über ihr perfektes Leben nörgelte, auch keinen übergeschnappten Cousin und schon gar keine von der Schule sichtlich überforderte Cousine. Olivia sah grauenvoll aus.

Um Jahre gealtert, mit verhärmten Gesichtszügen. Und für Caterina hatte sie sich gestern kaum interessiert.

Was sie sich eigentlich gewünscht hätte, war eine Mutter, die ihr süßen Grießbrei mit Zimt kochte und ihr zuhörte, sowie eine Cousine, die ihr mit ihrem messerscharfen Verstand half, die Situation in Florenz gründlich zu analysieren, um ihr den richtigen Wink für ein positives Handeln zu geben.

Aber was, verdammt noch mal, konnte sie erwarten, wenn jeder ihrer nahen Verwandten in seine eigenen Probleme verstrickt war?

Wobei Emilia keine hatte.

Deren einziges »Problem« war das ständige Jammern.

»Caterina!«

Emilia schwebte die Treppe herab, gefolgt von Davide, ihrem langjährigen Freund und jetzigen Verlobten.

»Was bin ich glücklich, dich endlich wiederzusehen, Schwesterherz. Ich kann es noch gar nicht richtig fassen und muss dich jedes Mal aufs Neue abknuddeln.« Sie umarmte Caterina innig. »Dein Leben in Florenz muss so aufregend sein. Wie ich dich beneide. Ich leide hingegen in Padua vor mich hin, jeden Tag habe ich endlos langweilige Seminare, komme kaum dazu, mal auszugehen und einen draufzumachen, nur damit ich am Ende den Abschluss als Pharmazeutin bestehe.«

»Und darin macht sie sich ausgezeichnet. Wenn jemand Kräuter bestimmen und mixen kann, dann sie«, pflichtete Davide ihr stolz bei. »Eine richtig gefährliche Hexe ist aus ihr geworden, vor der wir uns in Acht nehmen sollten.« Er zwinkerte verschwörerisch, und Emilia gab ihm einen Klaps auf den Arm.

Davide war aus Rom zu Emilia gezogen, denn er konnte auch

in Padua sein Veterinärmedizinstudium vollenden. Dort teilten sie sich eine kleine Wohnung.

Neben der offensichtlichen Verliebtheit der beiden war die Chance, in einer der renommiertesten Hochschulen Italiens aufgenommen zu werden, ein zusätzlicher Grund für Davides Wechsel nach Padua gewesen. Die 1222 gegründete Universität war eine der ältesten in Europa, und kein Geringerer als Galileo Galilei lehrte ab 1592 achtzehn Jahre lang in ihren ehrwürdigen Räumen.

Davide klagte im Unterschied zu Emilia nie über die Anstrengung im Studium und den Zeitaufwand.

Caterina freute sich zwar über den Erfolg ihrer Schwester, hatte jedoch wenig Verständnis für ihr ewiges Quengeln. Sie selbst saß als Hausfrau und Mutter in der Wohnung fest, die sie kaum verließ, sah man von den Einkäufen und Unternehmungen mit Francesco ab. Ihr Leben beschränkte sich in erster Linie darauf, das richtige Futter für die Familie heranzuschaffen, viel Zeit in der Küche zu verbringen und nebenbei noch ihre beiden Männer zu bespaßen, was ihr nicht immer leichtfiel.

So hatte sie sich die Ehe und ihr Leben in Florenz nicht vorgestellt, und mitunter wurde sie von einer Welle der Schwermut überrollt.

»Wo sind eigentlich Mama und Olivia?«, fragte sie, denn die beiden waren um diese Zeit sonst meistens zugegen.

Weder Emilia noch Davide fanden darauf eine Antwort.

Die Tür ging auf, und ein Schwall Sand wehte in die Küche.

Totos Gesicht verzog sich vor Freude, als er ihrer ansichtig wurde. Tollpatschig nahm er beide Cousinen gleichzeitig in die Arme.

Er hatte Caterina schon gleich nach ihrer Ankunft gesehen und sich wie ein Schneekönig gefreut, sie aber unmittelbar mit seinen kruden Verdächtigungen vollgequasselt. Sie war außerstande gewesen, dem wirren Gerede zu folgen, in das Toto sich dermaßen hineingesteigert hatte, dass seine Wangen fleckig rot geworden waren.

Olivia und ihre Mutter hatten begütigend auf ihn eingeredet und von Toto unbemerkt sorgenvoll den Kopf geschüttelt.

»Tante Antonella holt noch etwas aus dem Supermarkt«, sagte Toto jetzt und strich über seinen ansehnlichen Bauch, »und Olivia müsste schon längst hier sein. Ist gar nicht ihre Art, so spät zu kommen. Vielleicht ist sie in der Schule aufgehalten worden.« Kurz darauf erschienen die beiden gemeinsam, beladen mit überquellenden Tüten, aus denen Gemüsestängel ragten.

»Deckt mal den Tisch, ihr faule Rasselbande.« Caterinas Mutter warf ihren Töchtern und Davide einen Blick zu, den jeder verstand.

Mit ihrer Mama war nicht zu spaßen. Sie erwartete, dass jeder im Haus seinen Anteil an der Arbeit übernahm, gleichgültig, ob er oder sie hier lebte oder auf Urlaub war.

»Wir sind zu sechst, da werden wir alle ausreichend Platz am Tisch finden. Also hopp, hopp. Auf, ihr Langeweiler.«

»Was gibt es zu essen?« Der Hunger stand Toto förmlich ins Gesicht geschrieben.

»Fertige Lasagne mit Mangold aus dem Supermarkt und Tomatensalat mit Zwiebeln. Die Stangensellerie gibt es als Vorspeise mit einem Dip aus fettreduziertem Rahm.«

Emilia zog eine angewiderte Grimasse. »Ich glaube zu verstehen, das ist Totos Reduktionskost. Aber was bekommen wir anderen?«

»Jetzt werde mal nicht frech, Kleine. Alle kriegen das Gleiche auf die Teller. Als Nachspeise folgt Obstsalat. Zu trinken haben wir einen trockenen Weißwein und Wasser. Wem das nicht behagt, der kann gern ins Restaurant gehen.«

Darauf entgegnete keiner etwas.

Olivia packte die Lebensmittel aus und schaltete den Backofen ein. Caterina schob die Lasagne hinein und begann, die Marinade für den Salat zu machen und den Dip zuzubereiten.

Toto und Emilia deckten, er gut gelaunt, sie vor sich hin grummelnd, den Tisch.

Davide spielte mit seinem Handy und beachtete niemanden.

»Ich war heute bei meiner Commissaria«, sagte Toto in das Schweigen, das zwischen den Frauen in der Küche entstanden war.

»Was? Wieso?«, fragte Olivia scharf und drehte sich um. »Warum warst du bei der Degrassi?«

»Na wegen der Ananas-Sache. Meine Chefin musste davon erfahren. Und wenn nicht von mir, von wem dann? Da ist entschieden etwas faul.«

Fängt er schon wieder damit an, dachte Caterina genervt, und Emilia erklärte neunmalklug: »Ananas sind ungiftig. Möglicherweise erwischt man im Supermarkt mal eine faule, aber die musst du nicht essen, die kannst du bedenkenlos zurückgeben. Hör auf, so einen Mist zu verzapfen.«

»Lass unseren Toto in Ruhe. Er meint es gut«, ereiferte sich Caterina.

»Nicht immer«, fauchte Emilia.

Toto hielt daraufhin gekränkt seinen Mund, und Caterina legte mitleidig den Arm um seine Schulter.

## 13

Goran war mit seinem SUP unterwegs.
Seine heutige Tour führte ihn von der Westlagune hin zur Ostlagune, über der die Sonne morgens in rosaroten Tönen aufging. Während der Fahrt, die seine gesamten Kräfte einforderte, hatte er viel Zeit zum Überlegen.
War er zu weit gegangen?
Hatte er Aquamarine verschreckt?
Warum war er in Grado gelandet?
Gut, auf die letzte Frage gab es eine einfache Antwort. Nach seiner kurzfristigen und auch ungeplanten Abreise von Triest war er die Badeorte an der Adria abgefahren. Jesolo, Caorle, Bibione, Lignano und die letzte Station war logischerweise Grado gewesen.
Da er nicht der Typ war, der einfach so am Strand campierte, und weil er einiges an Kohle dabeihatte, die er sich im Schlaf nicht klauen lassen wollte, hatte er sich ein Appartement gesucht.
Bibiana Taddi, die Maklerin, die er damit beauftragt hatte, machte einen kompetenten Eindruck und fand schließlich das Passende für seine Bedürfnisse. Eine Mini-Garçonnière am Rande des Kanals, von wo aus er jetzt mit seinem SUP unterwegs war.
Goran dachte, während er paddelte, auch über seine Drogenverkäufe in den Orten an der Adriaküste nach.
Zumeist waren es gelangweilte Kindermädchen gewesen, die von ihm ein bisschen Gras und Zuspruch brauchten. Oder Familienväter, denen die Sippe auf die Nerven ging und die ihren Job nur mit einer ordentlichen Dosis Koks bewältigen konnten. Manchmal musste er auch Köche und ihr gestresstes Küchenpersonal mit Stoff versorgen.
Seinem Vorsatz getreu war er nie zu lange an einem Ort geblieben. Es wimmelte von Polizisten der unterschiedlichsten Art, die aber alle ein Auge auf Fremde hatten. Nicht bloß der Dieb-

stähle wegen, auch aufgrund eventueller Waffengeschäfte oder Drogen.

Jetzt war er in Grado, der »Tochter von Aquileia« und »Mutter von Venedig«.

Die kleine Insel war schon etwas anders als die übrigen Badeorte. Sie verfügte über einen historischen Stadtkern und war nicht mit unzähligen Bettenburgen bestückt. Hier gefiel es ihm. Und in Grado hatte er nun auch dieses sensationelle Mädchen getroffen.

Über sie und ihre Stadt wollte er alles erfahren. Sein heutiges Ziel: die Isola Barbana.

Der Wallfahrtsort bezog seinen Reiz wohl aus der sehr alten Marienstätte. Es gab dort in der Kapelle eine schwarze Madonna, eine wahre Besonderheit. Das hatte ihm Bibiana Taddi verraten. Seit dem 13. Jahrhundert zog von Grado aus an jedem ersten Sonntag im Juli eine Prozession auf prachtvoll dekorierten Schiffen zur Insel von Barbana, die sich »Perdon de Barbana« nannte und das alte Gelübde an die Madonna zu erneuern bezweckte, war sie es doch angeblich gewesen, die die Insel der Sonne vor der Pestepidemie gerettet hatte.

Aber Juli war noch nicht, und wenn alles gut ging, würde er sich die wunderschön geschmückten Schiffe gern mit Aquamarine zusammen ansehen. Falls sie dann noch mit ihm sprach.

Vielleicht legte Sebastiano auch ein paar Fallstricke aus, um ein weiteres Treffen zu verhindern. Der Bursche war einfach ein übler Typ.

Vor Goran breitete sich die Ostlagune aus, und da Flut war, kreisten die Möwen über ihm, und keine Stelze, oder wie diese Vögel hießen, behinderten seinen Weg. Angeblich kreuzten hier im Herbst sogar rosafarbene Flamingos auf.

Der Wind pfiff ihm ordentlich um die Ohren, und er musste sich anstrengen, um den Kurs zu halten. Immerhin trieben keine Touristenboote auf ihn zu, was ihm die Sache erleichterte.

Da vorn kam ein langer, mit Gras bewachser Streifen, auf dem drei Kreuze standen.

Tote Mönche?

Goran fand das eine Spur gruselig.

Angeblich war die Devotionalieninsel immer schon der Sitz von Klosterbrüdern gewesen. Benediktiner wurden einstmals von Franziskanern abgelöst, heute sollten wieder Benediktiner, aus Brasilien, den Ort übernommen haben.

Er machte sein SUP an einem Steg fest und stieg die paar Stufen hinauf.

Die kleine Insel gefiel ihm.

Er fand neben einer kleinen Trattoria eine Bar, in der er sich einen Gingerino genehmigte, und schlenderte dann zur Kirche. Die Kapelle war verschlossen, doch das Kirchenschiff geöffnet. Eine eigenartige Aura hielt ihn hier umfangen, und er, der sonst nicht an Gott glaubte, überraschte sich mit einem stillen Gebet.

Andächtig betrachtete er den Altar mit seinen Figuren und schlenderte einmal rundum durch das Innere des Gotteshauses. Aquamarine hatte ihm erzählt, dass vor der Renovierung der Kirche unendlich viele Zeichnungen und Gemälde die Wände schmückten. Danksagungen für das Vereiteln von Unglücksfällen. Goran suchte gewissenhaft die Mauern ab. Leider fand er keines der erwähnten Bilder. Zu gern hätte er die Geschichten der Geretteten studiert.

Hinter ihm raschelte etwas, doch als er sich ruckartig umdrehte, war da niemand.

Trotzdem beschlich ihn das eigenartige Gefühl, nicht allein zu sein. Eine Gänsehaut überlief ihn, und er verließ das Gotteshaus.

In der Bar holte er sich ein Glas Wein und stürzte es in einem Zug hinunter, bevor er sich auf den etwas mühsamen Heimweg machte.

## 14

Maddalena saß in ihrem Büro und freute sich auf den Abend mit ihren Freunden. Im »Rickys« hatte sie noch nie etwas Schlechtes serviert bekommen.

Sie schreckte zusammen, als die Verbindungstür aufschwang und Piero Zoli im Büro stand.

»Chefin, haben Sie mein Klopfen überhört?«

»Ja, muss ich wohl. Ich war in Gedanken vertieft, wahrscheinlich daher.«

»Und ich dachte, Sie hätten nach mir gerufen.«

»Sagen Sie mal, hmmm ...«, Maddalena seufzte, »mir ist ganz duselig im Kopf. Glauben Sie, eine Tasse des wunderbaren Gesöffs Ihrer werten Frau Mama könnte meine Lebensgeister wieder wecken?«

Zolis Mutter war berühmt für ihren Espresso und ihr Sohn immens stolz darauf. Vor vielen Jahren hatte genau dieser Kaffee das Eis zwischen ihnen gebrochen.

»Klar, ich hole schnell die Thermosflasche aus dem Spind.« Er verschwand mit einem glücklichen Lächeln.

Maddalena schmunzelte, stand auf und streckte ihre müden Glieder. Sie knackten unheilvoll und ermahnten sie, sich mehr und regelmäßiger zu bewegen. Sonst rostete sie noch ein.

Auf einmal spürte sie, dass sie nicht mehr allein war. Dabei hatte sie gar nicht mitbekommen, dass die Tür geöffnet wurde.

»Zoli?« Sie drehte sich um.

Und da war er. Franjo, ihr toter Verlobter. Er war so unermesslich blass. Noch bleicher als damals, oben im Karst, als sie ihm nach seinem Tod zum ersten Mal begegnet war. Fast ein Schemen seiner selbst. Dennoch zog er sie an sich. Oder war sie es, die sich schmerzlich an seinen Schatten klammerte? Seine Bewegungen waren schwächer geworden. Er sprach nicht, es fiel kein geflüstertes *tesoro*«, kein *amore*«. Da war nur beklemmende Stille.

Verzweifelt schnupperte sie an seinem Hals. Doch sein typischer, vertrauter Franjo-Duft war nicht mehr wahrzunehmen.

Wo war die einzigartige Mischung aus Küchenkräutern und seinem holzigen Aftershave geblieben? Wieder versuchte Maddalena, ihn an sich zu ziehen, ihn so lange zu küssen und zu liebkosen, bis er wenigstens ein Wort sagte.

Stieß er sie von sich?

Es war unerträglich, er löste sich auf.

»Franjo!« Maddalena schrie nach ihm.

Weinend hetzte sie durch ihr Büro, hin zum Fenster.

»Chefin? Was ist passiert? Kommt der Espresso zu spät? Ich habe mich beeilt.«

Zoli stand im Türrahmen, sichtlich ratlos, wie er auf seine aufgelöste Vorgesetzte reagieren sollte.

»Zoli, verzeihen Sie mir bitte. Es ging nicht um Sie.«

Maddalena war schweißüberströmt, ihr Atem ging rasselnd, und ihr gepeinigtes Herz trommelte gegen ihre Brust.

Langsam beruhigte sie sich.

Zoli und sie setzten sich am Besuchertisch einander gegenüber.

»Was ich Ihnen anvertraue, bleibt bitte unter uns.«

»Das müssen Sie mir nicht extra sagen, das ist selbstverständlich. Sie können es natürlich auch für sich behalten.«

»Nein, ist schon gut. Ich möchte es mit jemandem teilen.«

»Das ehrt mich.«

»Ich leide nicht unter Halluzinationen, doch manchmal sehe ich Franjo leibhaftig vor mir. Es macht mich froh und traurig zugleich. Bei der ersten Erscheinung dieser Art sprach er mit mir, und er wirkte kräftiger. Menschlicher, um es auf den Punkt zu bringen. Jetzt verblassen allmählich seine Farben, und er sagt kein Wort.«

»Vielleicht bedeutet es, dass Sie ihn schrittweise loslassen sollen, damit er gehen kann. Ich will Ihnen nicht zu nahetreten, aber es ist meine bescheidene Meinung.«

Zoli konnte hin und wieder unerwartete Weisheiten von sich

geben. Seine scharfe Beobachtungsgabe verblüffte Maddalena mitunter.

»Danke, Piero, Sie haben mir sehr geholfen.«

Sie würde also lernen müssen, ohne ihre Zwiegespräche mit einem Toten auszukommen.

Schwerfällig erhob sie sich.

Den Abend würde sie sich von ihren trübseligen Gedanken nicht verderben lassen.

## 15

Aquamarine sah immerfort auf ihr Handy.

Mit einem raschen Tippen öffnete sie WhatsApp und blickte sekundenlang auf die im Laufe des Tages eingegangenen Nachrichten. Viele waren es nicht, ein paar stammten von Sebastiano und jeweils eine von ihrem Vater und Onkel Eduardo, die gefragt hatten, wie lange sie noch am Strand zu bleiben gedenke.

Doch die, auf die sie sehnlichst wartete, kam nicht.

Er schrieb nicht, und sein Zeitstempel zeigte ihr an, dass er fast nie online war. Wohingegen er durchaus bemerken konnte, dass sie fast den ganzen Tag an ihrem Handy hing.

Was soll's, sagte sie sich, soll er doch denken, was er will.

War ja nicht ihr Kaffee.

Unkonzentriert deckte sie die Tische ein. Heute würde wieder viel los sein, eine Buchung nach der anderen kam herein. Keine davon konnte sie mehr annehmen, denn wie lautete der affige Spruch ihres Vaters so schön: »Wer zuerst kommt, mahlt zuerst.«

Wahrscheinlich kam Papa sich dabei auch noch ehrenhaft vor.

Wenn es nach Aquamarine ginge, würden sie eine andere Werteskala bevorzugen. Geld regierte nun mal die Welt, daher hätte sie kein Problem damit, für jemanden, von dem sie wusste, dass er das Lokal mit einer hohen Rechnung verließ und nicht zu knapp Trinkgeld abliefern würde, einem anderen, geizigeren Gast kaltblütig abzusagen oder den Besuch im besten Fall zu verschieben.

»Hallo, Tochter, du kleiner ›Guck-in-die-Luft‹, was ist denn heute mit dir los?«

Die Stimme ihres Vaters erreichte kaum ihre Ohren.

»Dauernd gaffst du auf dein Handy, und den Sechsertisch hast du glatt für vier Personen eingedeckt. Und schau mal dort hinüber. Signor Tondo, der Witwer, der immer allein speist und seine Fischsuppe mit niemandem teilt, hat heute ein zweites Gedeck erhalten. Stimmt was nicht? Erwartest du einen Anruf vom Papst? Oder gab es Streit mit Sebastiano?«

»Nichts dergleichen. Ich habe Bauchweh.«

Damit kam sie immer durch, denn keiner der beiden Männer wagte es je, sie auf ihre Tage anzusprechen oder gar das Wort »prämenstruelles Syndrom« in den Mund zu nehmen. Sie billigten ihre Launen dann achselzuckend, jedoch geduldig.

»Ach so, möchtest du dich ein wenig zurückziehen? Du musst Onkel Eduardo heute nicht in der Küche helfen. Wir haben Ramira gerufen, da wir über die verfügbaren Plätze hinaus ausgebucht sind. Es reicht, wenn du wieder hier bist, wenn die ersten Gäste kommen.«

Aquamarine verzog sich in ihr kleines Reich und fläzte sich aufs gemachte Bett. Wieder sah sie auf ihr Telefon.

Warum funktionierten diese blöden Dinger nicht durch telepathische Befehle?

Das sollte mal jemand erfinden und nicht dauernd über das Plastik im Meer quasseln. Es war ja nicht so, dass ihr diese Verunreinigung keine Sorgen bereitete. Wenn sie an den unermesslich vielen Müll im Wasser dachte und daran, dass das meiste davon nicht abbaubar war, machte ihr das sogar Angst. Immerhin lebte sie auf einer Insel. Und wenn sie bemerkte, dass einer der Touristen eine Flasche in der Lagune versenkte, ließ sie das nicht unkommentiert, sondern fragte ihn spitz, ob er denn Flaschenpost spiele.

Die meisten kapierten ohnehin nicht, was sie mit dieser Frage bezweckte, und glotzten sie bloß verständnislos an.

Ein heißer Schreck durchfuhr ihre Glieder, als sie sich daran erinnerte, gestern Nacht im Park das Gefühl gehabt zu haben, beobachtet zu werden. Aber das war wahrscheinlich nur ihrer Einbildungskraft geschuldet gewesen.

Sie stand von ihrem Bett auf und setzte sich auf den Stuhl vor ihrem Schminktisch.

Ihr blondes Haar hatte sie vorhin gewaschen und mit dem Glätteisen eine feine Strähne nach der anderen zum Glänzen gebracht. Ohne eitel zu sein, wusste sie um ihr Aussehen. Die

Gene ihrer Eltern waren in unnachahmlicher Weise miteinander verschmolzen und hatten ihr nur Gutes beschert.

Ein zartes Vibrieren ihres Handys meldete den Eingang einer Nachricht. Sofort stürzte sie hin und rief sie auf.

Ihr Herz machte einen Salto, als sie las, was Goran geschrieben hatte. Er schlug ihr für Montag, an ihrem freien Tag, ein gemeinsames Picknick auf der Isola Barbana vor. Und das, wie er extra betonte, ohne Hintergedanken. »Treffpunkt an der Anlegestelle um zehn Uhr« stand da.

Vergnügt verließ sie ihre Kammer, ohne zu antworten. Sollte er doch genauso ungeduldig warten wie sie. Vielleicht würde sie ihn am Montag einfach mit ihrem Erscheinen überraschen?

»Geht es dir ein bisschen besser?«, fragte ihr Onkel besorgt, als sie in die Küche kam, und strich über ihre Stirn.

»Pfoten weg«, herrschte sie ihn an und kam sich im selben Moment gemein vor.

»Entschuldige, ich wollte dich nicht belästigen, ich habe mir nur Sorgen gemacht.«

»Ist schon gut, es war mein Fehler. Tut mir leid. Ich weiß ja, dass du es gut meinst.«

Ihrem verdutzt dreinblickenden Vater drückte Aquamarine hinter dem Tresen beschwingt einen Kuss auf die Wange.

»Wer ist das da draußen?«

Aquamarine drehte sich zum Fenster, nahm aber nur einen vorbeihuschenden Schatten wahr.

»Soll ich nachgucken?«

»Nein, bleib da und befülle bitte die Brotkörbchen. Es wird schon nichts gewesen sein.«

## 16

Toto schämte sich.

Eigentlich war er auf dem Weg ins »Rickys« gewesen, um mit Aquamarine über die beiden Jungs am Strand und die »Ananas-Sache«, wie seine bewunderte Commissaria die Geschichte bezeichnete, zu reden.

Doch als er Aquamarine mit ihrem Vater hinter dem Tresen stehen sah und aus dem Küchenfenster einen finsteren Blick ihres Onkels registrierte, war er abgehauen.

Vielleicht würde er später noch mal vorbeischauen.

Er konnte mit niemandem über seine Befürchtungen sprechen. Seine Cousinen und Olivia waren ungeduldig mit ihm und die meiste Zeit mit sich selbst beschäftigt. Nur Tante Antonella war sein rettender Fels in der Brandung. Sie bereitete sein Pausenbrot für die Arbeit zu, hielt sich dabei in seiner Nähe auf und kochte gesunde Speisen, auch wenn er das Grünzeug nicht immer gerne aß.

Er war verwirrt, als er zu seiner Tante zurückhumpelte. Ihr Haus war so schön, direkt vor dem alten Strand gelegen. Manchmal im Herbst kam das Meer bei Sturm so nah heran, dass sie metallene Bretter als Sperren an die Eingangstür anschrauben mussten. Sonst würden die Wellen nach der Straße auch ihre Küche erobern und den Keller überfluten.

Vielleicht sollte er Tante Antonella heute oder morgen extra noch mal wegen der Ananas-Sache ins Vertrauen ziehen?

Sie würde ihn jedenfalls nicht hämisch auslachen, sondern sehr ernst nehmen.

Als er die beiden Jungs so geheimnisvoll tuend hinter den Badehütten gesehen hatte, war in seinem Inneren eine Art Warnlampe angegangen. Dem durfte er sich nicht verschließen, sondern dem musste er nachgehen, damit nichts Schlimmes geschah.

Nachdem er die Treppe hinaufgegangen war, stand er, wie üblich längere Zeit, im Badezimmer vor dem Spiegel. Seine blassen

Wangen waren hellrot gefärbt. Die von der Sonne ausgebleichten Haare standen strubbelig von seinem Kopf ab.

Er fand sich selbst nicht sehr ansehnlich, sein rundliches Gesicht mit der leicht flach gedrückten Nase wirkte ganz anders, als er sich selbst sehen wollte.

Er verstand einfach nicht, warum er noch immer keinen Bartwuchs bekam?

Da konnte doch etwas nicht stimmen.

Vielleicht sollte er, ohne das Wissen seiner Tante, Schwester und Cousinen, demnächst nach Dienstschluss mit seinem Auto ins Krankenhaus fahren und sich dort beraten lassen?

»Toto!«, schrie Emilia aufgebracht. »Bist du immer noch in unserem Badezimmer? Ich habe auch ein Recht darauf, mich zu duschen. Was du Ferkel wahrscheinlich eh nicht machst.«

Wie konnte seine Cousine so böse mit ihm sein?

Er öffnete die Tür.

Und Zorn überkam ihn. Wie oft hatte er diesem seinem Schatz den Rücken gestärkt? Und nun war sie nur noch garstig zu ihm.

Er sammelte Flüssigkeit in seinem Mund und spuckte ihr mitten ins Gesicht.

»Mama!«, brüllte Emilia und gab ihm eine saftige Ohrfeige. »Toto dreht völlig durch.«

Alle kamen gleichzeitig hintereinander die Stiege heraufgepoltert, und Toto stand wieder einmal wie ein begossener Pudel da.

# 17

Maddalena kam, als sie nach der Arbeit in Richtung Kanal radelte, das eigenartige Gespräch mit Toto wieder in den Sinn. Wer verdammt noch mal interessierte sich so für eine Ananas? Wobei sie selbst auch nichts Interessanteres vorweisen konnte. Derzeit war wenig los in Grado. Der Frühsommer brachte wie immer kaum Kriminalität. Was nach der aufsehenerregenden Brandserie, die sie vor sechs Monaten bei ihrem Wiedereinstieg in den Polizeidienst nach Franjos Tod erwartet hatte, eine reine Wohltat war.

Kaum zu Hause, rief ihr Triester Kollege Leonardo Morokutti an.

»Bist du abholbereit, *bella mia*?«, fragte er gut gelaunt.

»In ein paar Minütchen bin ich so weit.«

»Wo treffen wir uns? Das hatten wir vergessen auszumachen.«

»In der ›Bar al Porto‹ am alten Hafen, dem ›Mandracchio‹, den kennst du doch? Das ist die kleine Marina im Zentrum.«

»Die Bar kenne ich. Da arbeitet doch die schöne Aurora, die Göttin der Morgenröte.«

»Ja, die meine ich, dort sehen wir uns also in Kürze. Ich beeile mich!«

Maddalena legte auf, ohne auf Leonardos Abschiedsworte zu warten.

Sie schlüpfte in eines ihrer dunklen Kleider, das nicht zu sehr an den Tod erinnerte. Die bunte Schleife, die ihr lockiges Haar bändigte und aus dem Gesicht hielt, gab dem Schwarz den farbigen Touch, den es verdiente, um fröhlich zu wirken.

Unpassend, wie sie eben war, mussten die Biker Boots dazu herhalten, aber sie gaben ihrem Outfit den aus ihrer Sicht angemessenen Schliff.

Mit den Wohnungsschlüsseln in der Hand und ihrer Umhängetasche über der Schulter sprang sie die kleine Treppe von ihrer Terrasse auf die Riva hinab, ohne nach rechts oder links zu blicken.

Fast wäre sie gegen einen Typen geprallt, der mühsam ein Stand-up-Paddle auf die Riva hob.

»Sorry«, murmelte er höflich, auch wenn Maddalena durchaus bewusst war, dass der Fehler bei ihr lag.

Luisa, eine der Wirtinnen aus dem Restaurant neben ihrer Wohnung, lachte lauthals über ihr Missgeschick.

»Typisch Commissaria!«, rief sie. »Ich darf Sie doch ›unseren liebenswerten Tollpatsch‹ nennen? Jedenfalls wären Sie ohne die lobenswerte Umsicht des jungen Mannes, der seit Kurzem hier Ihr Nachbar ist, im Wasser oder auf einem der Fischerboote gelandet.«

»Ist ja nichts passiert.« Der Paddler winkte großmütig ab und verschwand in einem der Nebenhäuser.

»Ein komischer, aber netter Zeitgenosse, er kommt seit ein paar Tagen öfter zum Essen her«, erklärte Luisa.

Maddalena musste sich nun sputen, um Leonardo nicht allzu lange warten zu lassen.

Er stand gelassen, als würde Zeit keine Rolle für ihn spielen, vor dem voll besetzten Lokal. In der Hand hielt er ein Glas Aperol Spritz, das orangefarbene Modegetränk, das üblicherweise Touristen vorbehalten war.

»Hallo, meine Schöne«, begrüßte er sie jovial. »Fast hätte ich dich in deinem entzückenden kleinen Schwarzen nicht wiedererkannt. Einzig die Motorradstiefel haben dich verraten.«

Wie oft, überlegte Maddalena, habe ich in letzter Zeit jemandem ein Getränk ins Gesicht schütten wollen?

Dann kicherte sie selbstironisch über sich, denn die Jahre hatten sie wahrlich gelehrt, sich selbst nicht allzu ernst zu nehmen.

»Leonardo«, sie überwand sich und gab ihm ein keckes Küsschen auf die Wange, »danke, dass du meiner Einladung hierher gefolgt bist.«

Ein Blick auf die Schrift, die unter seinem Sakko prangte, reizte ihre Lachmuskeln erneut: »Trau keinem Polizisten, denn die sind schlimmer als die Verbrecher, die sie jagen.«

»Komm jetzt«, sagte sie salopp und wollte sich zum Tresen durchkämpfen. Doch Aurora hatte sich schon erfolgreich einen Weg durch die Menge gebahnt.

»Hey, meine Commissaria ist hier. Was für ein Vergnügen. Das Gläschen geht aufs Haus. Versteht sich doch von selbst.« Maddalena nahm den gespritzten Rotwein, der hier eigentlich den alten Gradesern vorbehalten war, etwas irritiert entgegen und überlegte, ob die junge Aurora sie bereits zu den Greisen auf der Insel zählte.

Zu ihrem Erstaunen sagte Leonardo: »Das trinken bei uns in Triest auf dem ›Barcola Beach‹ derzeit alle jungen Leute.«

Sollte sie das jetzt beruhigen?

Falls der Trend aus Triest auch Grado erreicht hatte, zählte man sie hier also womöglich nicht schon zum alten Eisen, sondern versorgte sie mit hippen Drinks. Nun denn. Sie hob ihr Glas und stieß mit Leonardo an.

Als sie fertig getrunken hatten, schlenderten sie zum Restaurant.

Bibiana, Fabrizio, Stella und Guido Lippi warteten schon draußen vor dem Eingang mit Getränken auf sie.

Etwas unbeholfen stellte Maddalena ihnen Leonardo Morokutti vor.

»Die Drinks gehen aufs Haus«, erklärte Lippi und reichte Maddalena und ihrem Begleiter ein Glas. »Unser Tisch ist noch nicht frei. Ferdinando holt uns, sobald die anderen Gäste gezahlt haben.«

Maddalena störte es nicht die Spur, noch ein wenig im Kreis ihrer Freunde vor dem Lokal zu stehen.

Hier gab es immer etwas zu sehen.

»Weißt du übrigens, wer heute ebenfalls hier isst?« Bibiana lächelte ihr spitzbübisch zu.

»Ich bin noch nicht unter die Gedankenleserinnen gegangen«, erwiderte Maddalena, die Böses ahnte.

»Niemand Geringerer als dein und Lippis Chef. Natürlich befindet der Comandante sich in einer größeren Runde, aber«, sie zögerte kurz, »deine Mutter ist ebenfalls anwesend.«

Das hatte Maddalena gerade noch gefehlt.

Während sie selbst keinen Wert auf angemessene Kleidung legte, war ihrer Mutter ein dem Anlass entsprechendes Auftreten immens wichtig. Daher schaute sie an sich herab und streifte eine Möwenflaumfeder vom Schwarz ihres Kleides.

Es half nichts, sauer auf den Besitzer zu sein. Natürlich hätte er sie bei der Reservierung darauf aufmerksam machen können, doch sie konnte von dem guten Mann wohl kaum erwarten, dass er über die Spannungen auf dem Polizeirevier Bescheid wusste.

Die Tür schwang auf, und der Comandante trat zu ihnen nach draußen. Wie üblich füllte er den Rahmen vollständig aus.

»Töchterchen«, sagte er zu Maddalenas Entsetzen, »setzt euch doch zu uns.«

Es war Lippi, der ihr aus der Patsche half. »Comandante, das ist zu liebenswürdig, aber unser Tisch wird gleich frei.«

Maddalena hätte ihn umarmen können.

## 18

Goran saß verstört in seinem winzigen Appartement. Das durfte doch wohl nicht wahr sein. Eine Commissaria war seine direkte Nachbarin. Wenn die wüsste, dass ein Drogendealer neben ihr hauste. Was musste diese Kellnerin die Commissaria auch noch so offensichtlich auf ihn hinweisen?

Sollte er sich um eine andere Unterkunft bemühen? Oder war das zu auffällig? Besser, als die Stadt vorzeitig zu verlassen. Er wollte ja hierbleiben und in Aquamarines Nähe sein. Sie hatte ihm noch immer nicht geantwortet. Wahrscheinlich traf seine Vermutung, dass er neulich Nacht zu weit gegangen war, zu. Nun wollte sie nichts mehr von ihm wissen. Er würde jedenfalls am Montag auf sie warten. Der Ärger über sein Verhalten brachte ihm nichts, trotzdem musste er ständig darüber nachdenken.

Sogar auf dem Wasser, auf dem sich glitzernd die Nachmittagssonne brach, war einzig Aquamarine in seinem Kopf gewesen. Sonst so offen für die Schönheit der Natur, war er achtlos am aus der Lagune herausragenden Gerippe eines Wracks vorbeigefahren, hatte den bläulich grauen Schimmer der weit entfernten Berge nicht beachtet und keinen Grußkontakt mit anderen Paddlern aufgenommen.

Fast wäre er mit einem der noblen Segelschiffe kollidiert, hätte der Steuermann nicht abrupt seinen Kurs korrigiert und ihm einen Vogel gezeigt.

Das hätte auch schiefgehen können. Er musste vorsichtig sein, mit dem Wasser war nicht zu spaßen. Nicht selten hatten Geistesabwesenheit und Zerstreutheit schon zu schweren Unfällen geführt. Das galt es unbedingt zu vermeiden, wollte er seine Liebste wiedersehen.

Was sie wohl gerade tat? War sie mit dem blöden Angeber, diesem Sebastiano, unterwegs?

Er hätte den Kerl am liebsten im Kanal versenkt.
Es zischte, als er eine Dose Energydrink öffnete. Ohne einmal abzusetzen, leerte er die bittersüße koffeinhaltige Limonade und schaltete zur Ablenkung den Fernseher ein.

# 19

Sie hatten noch nicht ganz ausgetrunken, als Ferdinando erschien und ihnen sagte, dass ihr Tisch nun frei wäre.

Maddalena drückte ihrer Mutter im Lokal ein schnelles Küsschen auf die Wange und gesellte sich wieder zu ihren Freunden. Der Abend wurde sehr nett. Leonardo Morokutti und Guido Lippi sorgten dafür, dass die Unterhaltung nicht ins Stocken geriet, und Stella warf Maddalena heimlich auffordernde Blicke zu. Die konnte sich schon vorstellen, was ihrer Freundin durch den Kopf ging.

»Ich muss mal ins Bad«, sagte sie daher.

Stella stand auf und meinte: »Zu zweit ist es dort schöner, ich begleite dich.«

Das sorgte für allgemeine Heiterkeit.

Als sie nebeneinander zu den Badezimmerräumen gingen, kam ihnen Aquamarine entgegen.

»Ciao, Commissaria«, grüßte das junge Mädchen fröhlich. »Wir freuen uns, dass Sie bei uns essen. Ich hoffe, alles passt für Sie, mein Onkel hat sich jedenfalls extragroße Mühe gegeben.«

»Danke, Aquamarine, es war ganz köstlich. Das, Stella, ist die Tochter von Ferdinando, der uns die herrlichen Speisen serviert hat, die Eduardo, ihr Onkel, in der Küche zubereitet«, erklärte Maddalena.

Wie auf Kommando tauchte Eduardo aus der Küche auf.

»Guten Abend«, grüßte er freundlich.

In Maddalenas Ohren klang es jovial. Sicher, er war ein zuvorkommender, schwer arbeitender Mann, der ausgezeichnet kochte, doch Maddalena mochte ihn nicht. Irgendetwas an ihm missfiel ihr, was es war, konnte sie allerdings nicht benennen. »Danke. Ihre Kochkunst ist kaum zu übertreffen«, sagte sie daher schnell und zog Stella an den beiden vorbei in Richtung Toilette.

»Warum warst du zum Koch so patzig?«, fragte Stella, kaum dass sie die Tür hinter sich zugezogen hatten.

»Keine Ahnung. Eduardo kann sicher nichts dafür, er will mir nur einfach nicht sympathisch werden.«

»Liegt es daran, dass du bei Küchenmeistern unbewusst an Franjo denken musst?«

Maddalena zuckte zusammen.

Hatte Stella ins Schwarze getroffen?

Lag es einfach nur daran?

»Wäre es unbewusst, wie du sagst, wüsste ich es ohnehin nicht. Ich gebe zu, Stella, es wäre möglich, aber es fühlt sich eigentlich nicht so an.«

»Ist unwichtig. Das Mädchen ist reizend. Eine richtige kleine Schönheit.«

»Wart ihr noch nie zuvor hier?«

»Nein«, antwortete Stella bedauernd, »Guido ist, was das Fortgehen betrifft, ein wenig ablehnend.«

»Franjo war das genaue Gegenteil. Der ließ keine Gelegenheit zum Feiern aus.« Maddalena schluckte schwer am Kloß, der sich in ihrer Kehle bildete. Und ohne dagegen ankämpfen zu können, flossen die Tränen auf einmal wie ein Sturzbach über ihre Wangen.

Stella riss ein Stück Papier aus dem Handtuchtrockner und reichte es ihr. »Ach, du Liebe. Das wollte ich nicht.«

»Du kannst ja nichts dafür. So geht es mir eben hin und wieder. Ich versuche ständig, Franjo loszulassen, aber es ist schwer. Er ist nicht mehr allgegenwärtig, eine Art Abstand stellt sich ein, doch auch das bereitet mir Kummer. Nach außen hin gebe ich mich meist fröhlich, doch in meinem Inneren brodelt es wie in einem Vulkan. Und bevor du weiterbohrst, natürlich gehe ich regelmäßig zur Trauerberaterin. Sie meint, ich mache Fortschritte, auch wenn es nur zarte Sprünge auf Spitzenschuhen sind.«

»Dann erübrigt es sich, das zu fragen, weswegen ich dir aufs Klo gefolgt bin.«

»Nein, lass dich von meiner Stimmungsschwankung nicht abhalten. Aber du weißt ja, Neugier ist der Katze Tod.«

»Haha.« Stella lachte und hatte ihren ernsten Blick abgelegt.

»Aber dir wird wohl auch bekannt sein, dass Katzen sieben Leben haben.«

»Mach es nicht so spannend, rück schon mit deiner ungeduldigen Wissbegier raus.« Maddalena wischte die zerflossene Wimperntusche unter ihren Augen weg und zupfte ihre Locken in Form. »Ich mag das an dir und ertrage es daher.«

Stella zog noch rasch vor dem Badezimmerspiegel ihre Lippen nach und drehte sich dann zu Maddalena um, die hinter ihr stand.

»Leonardo Morokutti ist gar nicht mal so übel, wenn man von bestimmten Dingen absieht. Und er ist bis über beide Ohren in dich verschossen, das ist dir doch hoffentlich bewusst.«

»Über mein mangelhaftes Bewusstsein haben wir uns vorhin doch schon unterhalten. Beantwortet das deine Frage?«

»Nein. Könntest du dir zumindest eine Affäre mit ihm vorstellen?« Als Stella Maddalenas Blick bemerkte, fügte sie hastig hinzu: »Ich meine, zur Ablenkung.«

»So etwas habe ich vor Jahren mal gemacht, aus purem Leichtsinn, und bereue es zutiefst. Wenn ich mich jemals auf jemand Neuen einlasse, muss es für beide Seiten passen. Abwechslung bietet mir mein Job, aber für eine Beziehung reicht das nicht.«

»Hmm.« Stella feixte. »Dir stehen einige Möglichkeiten offen. Mehr als vielen anderen hier.«

Maddalena wollte etwas erwidern, als sie draußen vor dem Badezimmerfenster einen Schatten bemerkte.

Sie packte Stella an der Schulter. »Duck dich, sofort. Da draußen ist jemand.«

Beide spähten ins Dunkel.

»Bis auf die üblichen Schatten der Zypressen und Pinien kann ich nichts ausmachen.«

»Ich muss mich wohl getäuscht haben. Ich dachte, es treibt sich ein Spanner draußen rum. Gehen wir zurück zu den anderen, die wundern sich sicher schon, wo wir abgeblieben sind.«

Maddalena hakte sich bei Stella unter, und kichernd wie Teenager gingen sie wieder zu ihrem Tisch, wo ihre Freunde ihnen erwartungsvoll entgegenblickten.

Maddalena lehnte sich etwas benommen an die Schulter ihrer

Freundin. »Schon lange habe ich nicht so gelacht wie heute, und das Essen war die Wucht.«

»Das kann ich nur bestätigen. Und ich bleibe dabei: Morokutti hat was. Schau ihn dir mal genauer an.«

»Ich bitte dich, der Kollege steht außer Frage. Er ist mir wirklich verfallen, das ist mir klar, aber ich ihm leider nicht.«

Sie ließen sich lachend auf ihre Stühle sinken. Hinter ihnen wurde ein Sessel geräuschvoll zurückgestoßen, fiel um, und eine mächtige Stimme brachte alle anderen zum Schweigen.

»Meine Stieftochter, die Commissaria, ist endlich wieder da. Wo hast du dich so lange herumgetrieben, mein Mädchen? Ins Klo gefallen? Deine Mutter, die beste aller Ehefrauen, war regelrecht besorgt um meine Chefermittlerin. Sibilla wollte dich schon auf die Fahndungsliste setzen.« Er lachte dröhnend und breitete seine mächtigen Arme weit, sehr weit, aus.

Maddalena übersah das geflissentlich. Der Alte verhielt sich so was von peinlich. Mehrere Gäste beobachteten teils belustigt, teils verwundert das aufsehenerregende Schauspiel.

Sibilla, Maddalenas Mutter, warf Maddalena einen entschuldigenden Blick zu und zog hilflos an Scaramuzzas Sakkoärmel.

»Setz dich, mein Liebster«, sagte sie mit schmeichelnder Stimme und bot ihm ein weiteres Glas Rotwein an.

Leonardo Morokutti erfasste auf Anhieb Maddalenas Dilemma und lächelte ihr aufmunternd zu. »Ich schlage vor, du widmest dich dem Nachtisch, der ist ausgezeichnet und führt nicht zu solch euphorischen Szenen.«

Er drückte Maddalena ein Glas in die Hand und wies mit galanter Geste auf den Inhalt. »Eine Pannacotta vom Feinsten.«

Maddalena nickte dankbar. Aus den Augenwinkeln bemerkte sie, wie hingebungsvoll die hübsche Aquamarine die Gläser polierte.

Sie war nicht die Einzige, die das beobachtete.

Das war ihr allerdings nicht klar.

## 20

Zu Hause stand Maddalena an der Brüstung ihres Balkons und sah nach unten zur Riva und in beide Richtungen am Kanal entlang.

Sie hatte Leonardo Morokutti zu seinem Auto gebracht und hoffte, dass er auch wirklich abgefahren war und nicht irgendwo in der Nähe ihrer Wohnung herumlungerte.

Ihre Freundin Bibiana hatte sich wieder mal als wahres Plappermaul erwiesen und ihm verraten, wo sie dank ihrem Engagement als Maklerin untergekommen war. Leonardo hatte Maddalena zwar weder darauf angesprochen, noch hatte er um den berühmt-berüchtigten Absacker gebeten, als sie seinen Wagen erreichten, aber er war demnach klar im Bilde, wo sie lebte.

Nach Triest brauchte er ab Grado eine gute Stunde. Und nüchtern war er sicher nicht. Daher hatte er versprochen, sich zu melden, wenn er zu Hause war. Bis jetzt hatte er noch keine WhatsApp geschickt.

Es war nicht so, dass sie darauf brannte, eine Nachricht von ihm zu erhalten. Doch es hätte ihr eine gewisse Sicherheit vermittelt, dass er tatsächlich heimgefahren war und sich keine Hoffnungen auf ein spätes Date mit ihr allein einredete.

Klar, Leonardo war lustig, und in gewisser Weise traf sein Humor den ihren.

Aber reichte das?

Sowohl Stella mit ihrer einfühlsamen Art als auch die forsche Bibiana versuchten ihr allen Ernstes eine Affäre mit ihm aufzuzwingen.

Zwar verstand sie die Beweggründe ihrer Freundinnen, auch wenn sie sich ein wenig über den Eifer der beiden ärgerte, doch unabhängig davon stimmte die Chemie zwischen Leonardo und ihr einfach nicht, da flogen keine Funken, nichts knisterte.

Natürlich war es traurig, dass sie niemandes Flamme war, aber sie kam ganz gut mit sich allein zurecht. Das hatte sie seit Franjos Tod lernen müssen.

Sie brauchte keine Beziehung, die auf Sand gebaut war. Kam die Flut, wurde alles im Nu weggespült. Diesen Fehler hatte schon einmal begangen, niemals wieder würde sie sich auf so etwas Flüchtiges einlassen. Auch wenn sie jetzt allein lebte. Das war sie nicht nur sich selbst, sondern auch Franjo schuldig, ihrer großen Liebe.

Da kam die erlösende WhatsApp. »Bin gut gelandet, danke für den schönen Abend. Schlaf gut. Bis bald«. Ein Küsschensmiley zierte die Nachricht, aber das fand sie nicht anzüglich, sondern nett.

Erleichtert setzte sie sich. Der metallene Stuhl gab ein leises Quietschen von sich. Maddalena schmunzelte. Das kam wohl vom herrlichen Essen.

Ein kühles Lüftchen wehte vom Kanal zu ihr herauf. Es war einer dieser Momente, in denen Maddalena die Einsamkeit genoss. Die wohltuende Stille, wenn die Touristen und Einheimischen das Restaurant neben ihrem Appartement verlassen hatten und die Fischer mit ihren Booten noch nicht in See stachen, tat ihr gut.

Es gab einen Spruch, den Franjos Mutter Mateja oft zitiert hatte: »Die blaue Stunde ist jene, in der man den Unterschied zwischen Hund und Wolf nicht zu erkennen vermag.«

Erst seit einiger Zeit verstand Maddalena den Sinn dahinter. Es ging um die Zeit des Tages, in der alle Farben und Unterschiede verschwammen. Und es war natürlich nicht die späte Nacht gemeint, sondern die Dämmerung am Abend. Doch es ging auch darum, dass diese blaue Stunde einem selbst gehörte, und die Botschaft war demnach die gleiche.

Hastiges, atemloses Laufen und ein an ein Humpeln erinnerndes Geräusch durchbrachen auf einmal die Stille.

Sie stand auf, beugte sich über das Geländer ihrer schmalen Terrasse und hielt die Hand über ihre Augen, als könnte sie die Dunkelheit so besser durchdringen.

War das etwa Toto, auf dem Weg zu ihr?

Rasch ging sie in ihre Wohnung, verschloss die Tür und ließ die Jalousien herab.

Das Letzte, was sie jetzt brauchte, war eine aufgeregte, unverständliche Debatte über ein Ananas-Problem.

Dann wurde ihr bewusst, dass es nicht nur Totos unverwechselbares Hinken war, das sie gehört hatte, sondern die Schritte einer weiteren Person. Vielleicht lief ein anderer keuchend neben oder vor ihm.

Was hatte das zu bedeuten?

So schnell sie konnte, zog sie die Jalousien wieder hoch und öffnete die Terrassentür.

Aber draußen war nur noch Stille, die von keinen Schritten auf der Riva durchbrochen wurde.

Hatte sie sich das Ganze nur eingebildet?

Sie würde sich demnächst bei Toto erkundigen, ob alles in Ordnung war.

Jetzt musste sie sich erst mal ausschlafen, der Sonntag war bereits angebrochen, und sie hatte frei.

**21**

Eduardo stand in der Basilika Santa Eufemia und hörte andächtig dem Chor zu. In Erinnerung an die Seefahrer früherer Zeiten stimmten die Fischer Sonntag um Sonntag ihren ergreifenden Gesang an. Und jetzt erklang das tief berührende »Madonnina del mare«.

Eduardo konnte seine Tränen kaum zurückhalten. Jedes Mal erfasste ihn die Schwermut, wenn er in die Sonntagsmesse ging und dem bewegenden Gesang lauschte.

Der Monsignore, ein gütiger Mann mit dichtem schlohweißem Haar, nahm ihm stets vor der Messe die Beichte ab. Von seinen Sünden freiwaschen konnte Eduardo sich dennoch nicht, auch nicht mit den vielen Gebeten, die ihm der liebenswerte Priester auferlegte.

Obwohl der Monsignore ein umgänglicher, humorvoller Zeitgenosse war und häufig mit den Kirchgängern vor dem Gotteshaus lachte, schüttelte er nach dem Gespräch mit Eduardo oft bedächtig sein Haupt.

Heute hatte er Eduardo kummervoll angeblickt.

»Mein Sohn, du wirst mehr als nur Gebete abliefern müssen, um Abbitte zu leisten.«

»Soll ich spenden?«

»Das meinte ich nicht. Einer Gabe im Opferstock bin ich nie abgeneigt, die Basilika braucht Unterstützung. Doch hier geht es um dich und deine Gesundheit. Hör auf, dieses Zeug zu nehmen.«

Eduardo hatte geschluckt und verlegen am ehrwürdigen Priester vorbeigesehen, sorgsam mied er seinen Blick. Er fürchtete sich vor dem, was der Geistliche als Nächstes von ihm verlangen würde.

Schon prasselten die Worte auf ihn ein. »Ein freiwilliger Entzug wäre das Richtige. Hör auf, dir mit chemischen Substanzen dein Leben schönzureden. Kokain verschlechtert deine Situation.«

Eduardo hatte sich bei dieser Ansprache verkrampft. Bis in sein Innerstes hinein fühlte er sich bloßgestellt.

»Wie viele Gebete und welche Summe verlangt die Kirche?«

»Diesmal bleibt es dir überlassen, du kannst das selbst am besten einschätzen.«

Der letzte Ton des Liedes war verklungen. Die Stühle scharrten über den Boden, als sie zurückgeschoben wurden, und die Gläubigen strebten nach draußen.

Eduardo stand noch eine Weile an eine der vielen Säulen der Basilika gelehnt, die ihn an eine Allee erinnerten, und betrachtete gedankenverloren die bunten Mosaike mit den sich kräuselnden Wellen des Meeres. Die Luft war geschwängert von Weihrauch und tropfendem Kerzenwachs.

Verdammt, dachte er, was soll ich bloß tun?

# 22

Aquamarine schlich die Kellertreppe hinunter.

Ihr stand der Sinn nach Rebellion, wenn auch nur im Geheimen. Kaum dass ihr Vater und Onkel Eduardo sich nach dem gemeinsamen Abendessen endlich in ihre Zimmer zurückgezogen hatten, war sie zurück ins Restaurant gehuscht, hatte sich ein Grappaglas aus dem Regal geschnappt und war zur Kellertür getapst, um den Geheimvorrat ihres Vaters zu plündern.

Das war so gar nicht ihre Art, aber sie war verwirrt.

Bei dämmrigem Licht, das von einer Glühbirne ohne Lampenschirm an die Wände geworfen wurde, füllte sie das Gläschen großzügig mit dem teuren Gesöff. Es war ein Berta Grappa »Tre Soli Tre«, und ihr Vater würde sie ermorden, wenn er mitbekam, dass die Flasche bereits geöffnet worden war. Auf ihren Onkel fiele kein Verdacht, denn der trank selten Alkohol.

Ein bisschen kannte Aquamarine sich inzwischen aus. Der Grappa, den sie gewählt hatte, war im Fass gereift, und zwar bis zu zehn Jahre lang.

Der war etwas Besonderes.

Sie setzte sich vorsichtig auf eine der Kisten, die mit Gemüse gefüllt waren, und kam sich mehr als nur verwegen vor, fast schon erwachsen. Bald würde sie das siebzehnte Lebensjahr erreichen. Mit ihrer Lehre war sie fertig, die Abschlussprüfung hatte sie vor Kurzem mit Ach und Krach bestanden. Doch das Zeugnis lag in ihrer Dokumentenmappe, und nur darauf kam es an. So könnte sie sofort das Restaurant führen.

Sie wollte niemals weg von der Insel, auch wenn die Männer ihr manchmal gewaltig auf den Zeiger gingen. Ihr Vater war oft streng, und Onkel Eduardo machte auf heilig. Nach jeder Sonntagsmesse, so auch heute, verhielt er sich wie einer der Priester, legte jedes Wort auf die Waagschale und predigte ihr, sich anständig zu benehmen.

Als wenn sie das nicht ohnehin tat. Meistens jedenfalls.

Doch sie liebte ihre kleine Familie.

Mit Ausnahme von Onkel Ricardo. Der summte hin und wieder den deutschen Schlager eines berühmten Sängers: »Siebzehn Jahr, blondes Haar, so stand sie vor mir, siebzehn Jahr, blondes Haar, wie find ich zu ihr?«, und sah sie dabei so seltsam an, dass es ihr kalt über den Rücken lief.

Er konnte richtig gehässig sein und mochte sie wahrscheinlich alle nicht, auch wenn ihr Vater und Onkel Eduardo sich einredeten, er hätte ihnen aus Brüderlichkeit mit dem Eröffnen des Restaurants geholfen. Aquamarine wusste, dass das nicht stimmte. Ricardo begeisterte sich einzig und allein für die Umsätze, die sie erwirtschafteten, und für seinen missratenen Sohn Feliciano, ihren großspurigen Cousin. Den betete er regelrecht an, und immer wenn er sie im Restaurant besuchte, um, wie er meinte, nach dem Rechten zu sehen, tönte er, dass der Junge einmal den Betrieb übernehmen und einen Luxustempel daraus machen würde.

Von wegen, dachte sie bockig und prostete sich selbst zu, ich bin hier später mal der Boss.

Onkel Eduardo und ihr Papa gaben nichts auf das Gerede und antworteten auf seine Ankündigungen bloß: »Unser Mädchen wird das Ding mal ganz alleine schaukeln.«

Mit Feliciano war sie darüber während seines »Praktikums«, bei dem er meistens faul herumstand und nach Wegen suchte, andere seine Arbeit tun zu lassen, auch in Streit geraten. Der konnte nicht mal ein Tablett zum Tisch tragen, ohne etwas zu verschütten, und spielte sich als zukünftiger Besitzer auf. Als niemand hinsah, hatte sie ihn grob in die Seite gestoßen und gezischt, dass ihr alles gehörte. Seither redeten sie kein Wort mehr miteinander.

Andächtig nahm sie einen großen Schluck aus dem Glas, schenkte nach und unterdrückte das aufsteigende Röcheln.

Du meine Güte, der Grappa war scharf!

Dabei stand auf dem »Beipackzettel«, als handelte es sich um ein Medikament: »fruchtig, schmeckt nach reifen Aprikosen,

Kirschen und Schwarzer Johannisbeere«. Versprochen war ein seidenweicher Genuss.

Denkste.

Ätzend traf es wohl eher.

Nachdenklich fuhr sie mit der Zunge über ihre Lippen.

Der Sonntag war ruhig verlaufen, es waren nur die üblichen Verdächtigen, das heißt bestimmte einheimische Familien, zum Mittagessen erschienen. An Sonn- und Feiertagen gab es kein Abendessen im Restaurant.

Sie hatte den Nachmittag und Abend, wenn auch mit schlechtem Gewissen, entspannt mit Sebastiano am Strand verbracht. Das Wasser hatte sie nicht richtig abkühlen können, es kam ihr wie eine lauwarme Salzlake vor, und die herumtobenden Kinder nervten sie mindestens ebenso sehr wie die keppelnden Möwen.

Weder Toto noch Goran waren aufgetaucht.

Einerseits hatte sie dieses Fernbleiben als Erleichterung empfunden, andererseits wusste sie dadurch nicht, was Goran so trieb.

Keine WhatsApp, keine SMS, kein Anruf.

Natürlich wäre es an ihr gewesen, zunächst den Treffpunkt an der Anlegestelle zu bestätigen. Das hatte sie aber nicht getan, da sie insgeheim hoffte, er würde nachhaken.

Ein ziemlich irrationales Verhalten, das war ihr klar.

Sie hatte auch intensiv über Sebastiano nachgedacht, denn ihr alter Freund war für sie langsam nicht mehr wiederzuerkennen. Er trieb nichts als Schabernack mit ihr. Am Strand hatte er ihr eine Handvoll Sand auf den nackten, eingeölten Bauch geschüttet und dämlich gelacht, als sie sich darüber entrüstete.

»Hast wohl miese Laune, bekommst du deine Tage?«, hatte er sie gefragt und in unverschämter Weise auf ihren Schritt gegafft.

»Du hast dich zu einem echten Blödmann entwickelt. Zu einem jener Idioten, über die wir beide früher unsere Witze gerissen haben. Kannst du dich noch erinnern?«

»Amnesie.«

»Was ist das denn?«

»Gedächtnisverlust«, belehrte er sie von oben herab.

Aquamarine war sich so dumm vorgekommen, da sie Fremd-wörter oft verwechselte oder wie in diesem Fall gar nicht kannte.

Ein Körnchen Sand war in ihr Auge geflogen und hatte es zum Tränen gebracht. Sie war aufgesprungen, hatte ihre Sachen zusammengerafft und war in Richtung Restaurant gelaufen.

»Spiel nicht die Beleidigte«, hatte er ihr nachgerufen, und sie war in Tränen ausgebrochen.

Mit einem war es kompliziert, der andere stritt mit ihr.

Sie hasste diese Jungs.

Ihr Leben war bisher zwar anstrengend gewesen wegen der vielen Arbeit, aber auch harmonisch, wenn sie und Sebastiano sich trafen.

Das schien nun allerdings Schnee von gestern zu sein.

## 23

»Zoli?«, fragte Maddalena am Schreibtisch sitzend in ihr leeres Büro hinein.

Unmittelbar darauf öffnete sich die Zwischentür, und ihr Kollege erschien.

»Habe ich etwas versäumt, Chefin?«

»Keineswegs. Mir war nur nach einem Espresso Ihrer werten Mutter zumute.«

»Den habe ich extra für Sie gerettet. Seit sich herumgesprochen hat, dass Sie so für den kleinen Schwarzen schwärmen, balgen sich die Kollegen um einen Schluck davon. Ich komme mir manchmal vor wie ein Ritter der Kaffeerunde.«

Maddalena schmunzelte über Zolis zunehmenden Humor. Zu Beginn ihrer Tätigkeit auf dem Polizeirevier war gerade dieser Kollege verschüchtert und wortkarg gewesen. Im Laufe der Jahre war er offener geworden und besonders in den letzten Monaten zu neuer Form aufgelaufen.

»Da haben Sie wohl recht.« Maddalena nickte.

»Wie ich hörte, waren Sie am Samstag mit Guido Lippi, seiner Frau und weiteren Freunden gemeinsam abendessen.«

Die Art, wie er das Wort »Freunde« betonte, zeigte, dass Zoli doch nicht so überlegen war, wie er tat. Er stand mit einem bekümmerten Ausdruck auf seinem Raubvogelgesicht vor ihr, und die blaue Ader auf seiner Stirn schwoll an.

»Tut mir leid, ich wollte Sie nicht kränken. Sie wissen doch, Sie waren und sind mein engster Vertrauter hier. Auf Sie allein kann ich mich hundertprozentig verlassen.«

»Guido Lippi hat immer versucht, Sie beim Comandante schlechtzumachen und Ihre Anweisungen zu unterlaufen. Ich habe vieles davon mitbekommen und im Hintergrund dagegengeredet. Aber meine Stimme ist schwach, genauso wie meine Position.«

»Was behaupten Sie denn da? Das weiß ich doch. Jeder hat

das kapiert. Machen Sie sich nicht kleiner, als Sie sind. Vieles hat sich geändert, auch Ihr Verhalten. Sie sind heute um einiges selbstsicherer als früher. Sie selbst sind der Einzige, der nicht daran zu glauben scheint.«

Zolis Ader schwoll wieder an, und Maddalena befürchtete, sie würde eines Tages platzen und ihrem treuen Mitarbeiter einen Hirnschlag verpassen.

Als Chefin der Abteilung verstand sie es als ihre Pflicht, den Kollegen zu besänftigen.

»Zoli, hören Sie mir jetzt mal aufmerksam zu. Und setzen Sie sich bitte. Ihr Auf-und-ab-Rennen macht mich nervös.« Sie deutete auf den Stuhl ihr gegenüber. »Lippi hat sich zwar zum Positiven hin verändert, aber ein Freund ist er deshalb noch lange nicht. Lediglich Stella, seine Ehegattin, und ich sind freundschaftlich verbunden, und Guido Lippi war bei unserem Abendessen nun mal ihr Begleiter. Dennoch wissen wir beide, dass Lippi inzwischen über seinen Schatten gesprungen ist und seine Konkurrenz zu mir zugunsten des Teams in den Hintergrund gestellt hat. In dieser Hinsicht vertraue ich ihm. Er ist jetzt einer von uns. Bitte, lieber Piero Zoli, zählen auch Sie auf ihn. Das würde mir viel bedeuten. Er will uns nicht schaden, sein Charakter stand ihm nur im Weg. Aber damit können wir beide doch umgehen, nicht wahr?«

Sofort glättete sich Zolis Gesicht. Sogar seine Raubvogelnase schien zurückzuweichen.

»Danke«, stammelte er und errötete bis unter seinen Haaransatz. Er schickte sich an, Maddalenas Büro zu verlassen, um den Espresso zu holen, doch sie hielt ihn zurück.

»Warten Sie. Mir geht etwas im Kopf herum, bei dem ich befürchte, mich lächerlich zu machen. Ich muss Sie daher etwas Vertrauliches fragen. Sagt Ihnen der Ausdruck ›Ananas‹ etwas?«

»Meinen Sie diese Frucht, von der ich Bläschen auf der Zunge bekomme, kaum dass ich eine Scheibe davon esse, egal, ob sie frisch ist oder aus der Dose stammt?«

»Sehen Sie, ich sagte es ja, es ist lächerlich. Toto Merluzzi erzählte mir von einer Ananas-Sache, als ginge es dabei um eine geheime Verschwörung, um Leben und Tod. Ich mache mir Sorgen um ihn. Könnten Sie mal nachsehen, wie es dem armen Burschen geht? Ich war, so vermute ich mal, etwas nachlässig, was ihn betrifft. Die Angelegenheit erschien mir so läppisch. Aber dann war mir nach dem Abendessen am Samstag so, als hätte ich sein Humpeln auf der Riva vernommen und eventuell Laufschritte einer anderen Person. Und nun frage ich mich, ob ich vielleicht nicht richtig zugehört habe. Wissen Sie, Piero, Ihnen kann ich es ja anvertrauen. Ich wollte das Essen am Samstag und meinen freien Sonntag einfach mal genießen. Es mir gut gehen lassen.«

»Das ist doch Ihr gutes Recht. Sie sind immer für uns da, auch in Ihrer knapp bemessenen Freizeit. Und glauben Sie mir, ich weiß, wovon ich rede. Was Sie Großartiges geleistet haben, trotz Ihrer eigenen Qual nach dem Tod Ihres Verlobten, geht in die Geschichte unserer Zusammenarbeit und sogar in die Annalen der Polizeistation ein. Comandante Scaramuzza weiß das ebenso wie jeder andere hier. Fanetti zum Beispiel«, er verdrehte die Augen, »stimmt regelmäßig seinen Elbengesang auf Sie und Ihre Kompetenz an.«

»Wie meinen Sie das?«, fragte Maddalena irritiert.

»Egal, wo er hinkommt, überall höre ich, und ich habe gute Ohren, wie er Sie in den Himmel lobt.«

Maddalena musste schlucken. »Jetzt übertreiben Sie mal nicht, Zoli. Genug der Rührseligkeit. Sie machen sich bitte auf den Weg zu den Merluzzis und berichten mir dann, wie es unserem Hilfssheriff geht.«

Piero Zoli nickte ergeben, aber ein frohes Lächeln erstrahlte auf seinem hageren Gesicht.

# 24

»Toto!«, brüllte Olivia schrill.

Er war es nicht gewohnt, auf diese Weise wach geschrien zu werden. Sein Wecker war noch nicht angegangen, und es hatte ihn auch kein Glockenschlag aus dem nahe gelegenen Turm der Basilika aus dem Schlaf geholt.

»Was denn?«, erdreistete er sich nachzufragen.

»Komm sofort herunter in die Küche, du hast Besuch.«

Seine Schwester klang alles andere als begeistert.

Toto wickelte sich aus seiner Decke, die wegen der Hitze eher ein Leintuch war, und setzte den gesunden Fuß vorsichtig auf den Fußboden.

Besucher, überlegte er, wer könnte das sein?

Er bekam es mit der Angst zu tun.

Wollten die ihn erneut in die Psychiatrie einweisen?

Das hätte ihm gerade noch gefehlt.

Warum beschützte Olivia ihn nicht?

Nicht mal auf seine Schwester war in letzter Zeit mehr Verlass.

Olivia schwächelte auf eine Art, die er nicht verstand. Sie sah so blass aus und zuckte beim geringsten Geräusch zusammen. Mit ihm besprach sie nichts außer der Essensabfolge. Dabei war sie dafür gar nicht mal zuständig.

Er würde darüber und über einiges andere mit Tante Antonella reden müssen. Daran führte kein Weg vorbei. Eine Familie sollte zusammenhalten, in guten wie in schlechten Zeiten.

Missmutig schlurfte er in seinem übergroßen Nachtgewand, einem Jumpsuit mit Peanuts-Figuren, nach unten. Er liebte die lustig-traurige Figur Schröder, weil der Junge genauso verpeilt war wie er. Im Unterschied zu seinem Helden konnte Toto bloß leider weder Klavier spielen, noch war ein Mädchen namens Lucy unsterblich in ihn verliebt. Daran galt es noch zu arbeiten.

Kaffeeduft wehte ihm entgegen.

Normalerweise war ihm diese »stimulierende Substanz«, wie

Olivia es ausdrückte, streng untersagt. Er war angeblich schon ohne dieses Getränk nervös genug.

Heute allerdings schien sie eine Ausnahme zu machen.

»Toto«, säuselte seine Schwester. »Möchtest du einen Schluck Kaffee und ein Croissant?«

Er kannte sie sehr gut. So sprach sie nur unter großer Anspannung, wenn ihr etwas gewaltig gegen den Strich ging. Dann verstellte sie sich so perfekt, dass selbst er Schwierigkeiten hatte, sie wiederzuerkennen.

Hatte er etwas verbockt?

»Olivia?«, fragte er eingeschüchtert. »Ist denn etwas geschehen? Habe ich einen Fehler beim Fahren begangen? War ich zu schnell unterwegs? Ich muss bald zur Arbeit und mich vorher noch ordentlich säubern. So wollt ihr das doch, du und Tante Antonella?«

»Toto«, fauchte Olivia, »komm endlich zu uns. Es bringt keinem etwas, wenn du bockig und stur wie ein Esel auf der Treppe stehen bleibst. Wir sind in der Küche und warten schon eine Ewigkeit. Hast du das verstanden, Bruderherz?«

Wenn Olivia ihn so nannte, musste sie wirklich wollen, dass er kam und keine Macken machte. Also humpelte er in die Küche.

Dort saß der Mann mit dem Raubvogelkopf starr auf einem Stuhl. So als hätte Olivia ihn festgebunden, angeklebt oder zu ihrer Geisel gemacht.

»Hallo, Inspektor Zoli«, begrüßte Toto ihn hilfsbereit, »kann ich Ihnen beistehen? Meine Schwester übertreibt oft. Hat sie Ihnen etwas zuleide getan?«

Olivia und der Raubvogelmann, dessen Namen ihm glücklicherweise eingefallen war, wechselten einen seltsamen Blick.

»Toto«, sagte seine Schwester nun wieder sanft, »der Herr Kommissar ist hier, um dich etwas zu fragen.«

»Ich bin kein Kommissar. Dieser Titel ist nur meiner Chefin vorbehalten, der Commissaria Maddalena Degrassi. Ich bin ein Inspektor«, erklärte Zoli umständlich.

Olivia konnte manchmal genauso begriffsstutzig sein wie er selbst, nur dass sie es niemals zugab. Jetzt aber hatte er sie dabei ertappt, wie sie wichtige Anreden durcheinanderbrachte.

»Worum handelt es sich?« Toto war stolz auf seine wahrlich gelungene Formulierung.

»Meine Chefin, Commissaria Degrassi, hat mich gebeten, nach Ihnen zu schauen. Sie macht sich Sorgen wegen zweier Vorfälle.« Olivia sah Toto bedrückt an.

»Signor Zoli«, sagte sie scharf, »so früh am Morgen? Ist das denn von enormer Wichtigkeit? Ich muss in die Schule und mein Bruder in den Baumarkt.«

»Wenn meine Chefin etwas von mir verlangt, dann gehorche ich, egal, zu welcher Stunde.«

»Was will die Degrassi?«

»Commissaria Degrassi«, Zoli betonte den Titel, als wollte er ihn fett unterstreichen, und Toto registrierte mit ein klein wenig Genugtuung, dass Olivia auch mal eins auf den Deckel bekam, »möchte, dass ich überprüfe, ob es Signor Merluzzi«, er wies auf Toto, der seinen Nachnamen aber kannte, »gut geht.«

»Gibt es einen Grund, daran zu zweifeln?«

Toto spürte, wie seine Schwester allmählich in Rage geriet. Gleich wird sie überreagieren, dachte er und hoffte einerseits, dass das passierte, andererseits fürchtete er sich vor ihren oft allzu heftigen Reaktionen.

»Möchtest du eine Apfelschorle?«, fragte er daher vermittelnd.

»Toto«, herrschte sie ihn an. »Reiß dich zusammen. Da braut sich über deinem Kopf gewaltig etwas zusammen. Was hast du jetzt wieder für eine Dummheit von dir gegeben? Rede, sonst kannst du bald deinen Koffer packen und zu Tante Antonella ziehen.«

Das war das beste Angebot seit Langem. Nichts lieber als das. Insgeheim war es sein sehnlichster Wunsch. Der Kühlschrank dort war immer mit Leckerbissen gefüllt, und auch wenn es ihm strengstens verboten war, schnappte Toto sich gern ein Häppchen. Niemand bemerkte dieses Vergehen, weil er sehr umsichtig mit diesen Diebstählen umging.

»Wenn ich also schweige«, fasste er das Gehörte laut und für alle verständlich zusammen, »dann darf ich ins andere Haus ziehen?«

»Toto«, eiferte sich seine Schwester, »das war nur so dahingesagt. Bist du völlig von Sinnen? Das mit dir wird ja von Tag zu

Tag elender. Gib dem Inspektor einfach Antworten. Um nichts anderes geht es.«

Zoli kratzte nachdenklich über seine Wange. »Also«, fing er an, und sogar Toto merkte, dass er sich schwertat, »was ist das für ein Gerede von einer Ananas? Meine Chefin kann nicht einordnen, was Sie so bewegt, Signor Merluzzi. Und sind Sie am Samstag unbeschadet heimgekommen? Sie waren angeblich vor dem Appartement der Commissaria. Antworten Sie auf meine Fragen bitte der Reihe nach.«

»Wie soll ich denn wissen, wo meine Commissaria wohnt? Ich habe jemanden besucht. An der Riva, aber nur kurz.« Er zögerte. Was sollte er dem Polizisten sagen? Was *durfte* er sagen? »Und über diese Ananas-Sache rede ich nur mit der Commissaria. Dass sie meine Befürchtungen nicht versteht, wundert mich. Ich habe ihr doch von der Schandtat erzählt, die zwei Jungen betrifft und vor der ich Aquamarine bewahren möchte. Meine Commissaria weiß genau Bescheid.«

»Aquamarine?« Die Stimme seiner Schwester klang alarmiert. »Was hast du mit Aquamarine zu schaffen?«

»Nichts. Aber meine Aufgabe besteht darin, die noch Unbeschadeten zu schützen. Aquamarine ist jünger als unsere Emilia.«

»Toto. Worauf lässt du dich da schon wieder ein? Es spielt doch keine Rolle, wie alt das Mädchen ist. Finger weg, wie oft müssen wir dir das denn noch einbläuen? Du begibst dich von einer Schwierigkeit in die nächste.«

»Stimmt nicht. Ich helfe, wo ich kann. Frag die Kommissarin. Warum sonst nennt sie mich ihren Hilfssheriff?«

»Toto«, fauchte seine Schwester. »Was ist an einer Ananas so interessant?«

»Mehr erfährt hier keiner.«

Zoli wischte einen Krümel vom Tischtuch. Was hatte Olivia ohne ihn gegessen? »Hast du Kekse genascht?«

Olivia warf ihm einen verächtlichen Blick zu. Nachher würde es ordentlich Zoff geben, so viel war ihm klar.

Den verunsicherten Inspektor bedachte sie mit einem mitleidheischenden Augenklimpern. »So ist mein Bruder nun mal«, sagte sie. »Er hat einen begnadeten Sinn für die Nebensächlichkeiten des Lebens.«

Doch Toto wusste, dass sie sich wegen ihrer Nascherei vor dem Inspektor rechtfertigte und genierte.

Er lächelte milde.

»Was war noch gleich Ihre zweite Frage?«

»Ob Sie in der Nacht von Samstag auf Sonntag ohne eine Schramme heimgekommen sind. Oder waren Sie in etwas verwickelt, eine Keilerei? Hat Ihnen jemand etwas angetan? Sie sagten doch, Sie hätten jemanden getroffen. Meine Chefin sorgt sich um Ihr Wohlergehen.«

Toto fühlte sich ertappt und schaute zu Boden. »Ja, ich ... wir hatten eine kleine Auseinandersetzung.«

»Wie bitte? Mit wem hattest du eine Auseinandersetzung? Weswegen überhaupt?«, fragte Olivia alarmiert.

»Sage ich nicht. Geht niemanden etwas an.«

»Das verstehe ich nicht. Du warst doch gar nicht fort, sondern hier.« Seine Schwester wandte sich an den Polizisten. »Toto war Samstagabend wie immer auf seinem Zimmer. Er hält sich genau an die Abläufe, die unsere Tante ihn gelehrt hat, als er noch klein war. Und er war gesund und munter. Hätte ihm etwas gefehlt, wäre mir das nicht entgangen.«

Es kam für Toto so rüber, als hätte er etwas verbrochen, weil er weg gewesen war, und Olivia wollte ihn abschirmen. Als würde sie genau wissen, aber verheimlichen wollen, dass er draußen gewesen war.

»Nein. Gar nichts weißt du. Ich bin nicht immer zu Hause, wenn du es glaubst.« Auch er konnte giftiger als eine Schlange sein.

Zoli fixierte ihn mit seinen Habichtsaugen.

Toto schlotterten die Knie.

Vielleicht, überlegte er, sieht sein Nachdenken so aus.

Inspektor Zoli zog seine Nase noch ein Stück länger und runzelte die Stirn.

Gleich würde er ihn angreifen.

Doch nichts geschah.

Der Polizist schien zufrieden zu sein und reagierte überraschend freundlich. »Sie sind nicht verletzt worden bei dieser ›kleinen Auseinandersetzung‹?«

»Nein ... nicht«, stammelte Toto.

»Dann scheint ja alles okay zu sein. Ich kann meiner Chefin also berichten, dass Signor Toto unversehrt zu Hause angekommen ist und noch mal persönlich mit ihr sprechen wird. Somit sind meine Aufträge auch schon erfüllt.«

Er stand auf, ohne einen Schluck von Olivias starkem Kaffee getrunken zu haben.

»Jetzt verstehe ich gar nichts mehr«, fuhr Olivia den Polizisten ungehörig grob an.

»Alles ist gut«, sagte der Vogelmann. Er verbeugte sich und wandte sich zum Gehen.

»Ciao«, grüßte Toto höflich, und Olivia maß ihn mit hochgezogenen Brauen.

Sein Herz zog sich schmerzhaft zusammen.

Er fühlte sich gedemütigt.

Nicht etwa vom Polizisten mit dem Raubvogelkopf, sondern von seiner Schwester.

Olivia hatte ihn vor Zoli hingestellt, als wäre er ein kompletter Vollidiot. Dabei war *sie* anscheinend nicht mehr ganz richtig im Kopf und knabberte an etwas, das er zwar spürte, aber nicht erfassen konnte.

Es ging ihr offensichtlich schlecht.

Trotz der erlittenen Erniedrigung empfand Toto Mitleid mit ihr.

»Olivia«, sagte er leichthin, »wie lange musst du heute in der Schule bleiben?«

»Montags habe ich, was dir nach all den Jahren doch inzwischen klar sein muss, einen langen Arbeitstag. Anschließend schaue ich noch auf einen Sprung bei Dottor Beltrame vorbei. Ich komme also später zu Tante Antonella als geplant. Es wäre mir angenehm, wenn du es ihr ausrichten könntest.«

Jetzt war Toto besorgt.

»Du suchst den Dottore doch nicht meinetwegen auf?«, fragte er argwöhnisch nach.

»Nein, Toto. Vieles in meinem Leben, aber nicht alles dreht sich um dich.«

»Wieso musst du dann zu ihm? Ich kenne seine Tochter, Rita Beltrame. Sie arbeitet mit meiner Commissaria zusammen. Vielleicht kann sie dir ja helfen?«

»Es geht nicht um Polizeiarbeit. Mit mir stimmt seit einiger Zeit etwas nicht. Immer bin ich müde, kurzatmig und kann sehr schlecht bis gar nicht durchschlafen.«

»Warum hast du mir das nicht erzählt? Gemerkt habe ich schon, dass etwas anders ist als sonst.«

»Schatz, ich wollte dich nicht beunruhigen.«

»Wenn du aber stirbst, Olivia, dann ziehe ich zu Tante Antonella. So viel steht fest. Ich will trotzdem nicht, dass du stirbst. Ich habe dich sehr lieb, auch wenn du gemein zu mir bist.«

»Toto, hör auf, dafür fehlen mir heute wirklich die Nerven. Und brich den Kontakt zu diesem Teenager ab. Aquamarine. Ich glaube, Caterina war mal ihr Babysitter.«

»Nein«, ereiferte sich Toto. »Caterina hat auf Sebastiano aufgepasst. Daher kenne ich die beiden. Ich kann mich nicht fernhalten, denn ich bin ein Ritter.«

»Du bist weder ein Ritter noch ein Schutzpatron. Geh jetzt hinüber zur Tante und hol deine Verpflegung. Und bitte vergiss nicht, ihr auszurichten, dass ich heute später komme.«

»Außer du tauchst gar nicht auf, weil Dottor Beltrame dich direkt ins Krankenhaus schickt.«

»Toto, du bist manchmal so gedankenlos. Weißt du denn nicht, dass mir dein Gefasel Angst macht?«

»Das wollte ich nicht. Aber sagst du nicht immer, die Zeit von jedem läuft einmal ab?«

»Hau jetzt ab!«, schrie Olivia außer sich. »Sonst werfe ich die Kaffeetasse nach dir.«

Toto verließ das Haus, so schnell er konnte, und humpelte zu Tante Antonella.

## 25

Aquamarine bekam nun wirklich ihre Tage. Ihr Unterbauch verkrampfte sich ununterbrochen, als würden sich die Därme ineinander verkeilen. Dabei wusste sie natürlich, dass diese Schmerzen durch das Zusammenziehen der Gebärmutter verursacht wurden, welche die Schleimhaut abstoßen musste. Im Biologieunterricht hatte sie gut aufgepasst, als das Thema dran war, da sie mit den beiden Männern in ihrem Haushalt nicht darüber reden wollte. Außerdem hatten die sich auch nie die Mühe gemacht, sie aufzuklären. Bohrende einseitige Kopfschmerzen kündigten sich an. So war das jedes Mal, wenn sie ihre Menstruation bekam. Einfach zum Kotzen, dachte sie. Gerade heute passte ihr das gar nicht in den Kram. Sie hatte nicht gut geschlafen und ständig über die Vorkommnisse der letzten Tage nachgegrübelt.

Dann dachte sie an die bevorstehende Verabredung mit Goran und dass sie doch geplant hatte, ihn zu überraschen.

Statt der Regelschmerzen spürte sie jetzt ein angenehmes Ziehen in ihrem Bauch, das sich nach den berühmt-berüchtigten Schmetterlingen anfühlte.

Schnell sprang sie unter die Dusche. Sie verwendete das Gel, das so gut nach Zitronen roch. Und das Shampoo mit der integrierten Spülung, das ihr Haar so wunderschön zum Glänzen brachte. Mit dem rauen Handtuch, dessen Benutzung einem Körperpeeling gleichkam, rubbelte sie sich von Kopf bis Fuß trocken und schmierte sich dann großzügig mit ihrer nach Honig duftenden Bodycreme ein.

Ihrer Frisur schenkte sie besondere Aufmerksamkeit. Der Lockenstab musste her, kaum dass ihr Haar getrocknet war. Nun ergoss es sich wie eine helle Flut über ihre Schultern.

Schminken war nicht so ihr Ding. Doch heute griff sie zur Wimperntusche und benutzte ein rosafarbenes Lipgloss. Danach tupfte sie etwas hellblauen Lidschatten auf ihre Augenlider und brachte deren natürliches Blau dadurch noch mehr zur Geltung. Zum Schluss zeichnete sie die Augenbrauen sanft mit dem braunen Stift nach und kniff in ihre Wangen.

Goran hatte geschrieben, dass sie sich zum Picknick an der Mole treffen würden, an der der Dampfer zur Isola Barbana lag. Ihre Freude über ein weiteres Beisammensein überwog eindeutig ihre Zweifel, zwischen zwei Jungs zu stehen. Sie brannte darauf, ihn wiederzusehen.

Vielleicht war ja auch sie diejenige gewesen, die überreagiert hatte, indem sie ihm eine Antwort auf seine WhatsApp schuldig geblieben war.

Der Tag war für den Ausflug bestens geeignet, denn montags hatte das Restaurant seinen Ruhetag, und die meisten Einheimischen sowie viele der Touristen nutzten eher den Sonntag, um die Mönchsinsel zu besichtigen. Also dürfte dort nicht allzu viel los sein.

»Auf bald!«, rief sie ihrem Onkel zu, den sie in der Küche herumrumoren hörte. »Sag bitte Papa, dass ich nicht lange fortbleibe. Am Nachmittag bin ich wieder zurück und helfe euch, das Lokal für morgen vorzubereiten.«

»Aquamarine, so geht das nicht. Warte!« Die Stimme ihres Onkels klang mehr nach einem Befehl als nach einer Bitte.

Kurz war sie versucht zurückzuschnappen, dann siegte ihr Verstand. Wenn sie jetzt einen Streit mit ihm vom Zaun brach, versäumte sie das Boot. Die Zeit war auch so schon knapp bemessen, und sie musste sich beeilen, um rechtzeitig vor Ort zu sein.

»Was gibt es?« Sie öffnete die Tür.

Fast wären Onkel Eduardo und sie ineinandergekracht, weil er im selben Moment zu ihr nach draußen kommen wollte.

»Nichte«, fuhr er sie unduldsam an. Selten sprach er derart streng mit ihr, und Aquamarine befürchtete schon das Schlimmste. »Wohin willst du, und mit wem triffst du dich in dieser Aufmachung? Deine Shorts sind so kurz, dass die Hosentaschen heraushängen.«

»So zieht man sich heutzutage eben an«, erwiderte sie widerspenstig. »Was regst du dich auf? Alle tragen das so. Glaubst du, ich möchte als unmodern gelten? Es reicht schon, wenn die Leute euch als verstaubt bezeichnen.«

Jetzt ließ sie sich gegen besseres Wissen doch auf einen Clinch mit ihm ein.

»Du wirst deine Unverschämtheit noch bereuen!«

Der Onkel knallte die Küchentür vor ihrer Nase zu. Er hatte nicht mal darauf bestanden zu erfahren, wohin und mit wem sie unterwegs war.

Aquamarine war dankbar, riss ihr Hoodie vom Kleiderhaken und rannte hinunter zum Kanal.

Hatte sie das Schiff und womöglich auch Goran durch das unnötige Scharmützel nun doch verpasst?

## 26

»Mama!«, rief Caterina, und als ihre Mutter nicht reagierte, wiederholte sie genervt: »Mama!«

»Ich komme ja schon, schrei doch nicht so. Wenn du so herumbrüllst, weckst du mir noch Emilia und Davide auf. Das muss nicht sein, Kind, bei aller Liebe.«

»Ist mir doch egal. Die beiden Idioten können ruhig auch mal früh aus den Federn und mithelfen. Bin ich hier eigentlich für alles im Haus die Magd?«

»Nein, das bin ich«, kam es schüchtern von der Tür. Toto stand da und schaute betreten von einer zur anderen.

»Du bist keine Magd, sondern ein Knecht. Mägde sind nur wir Frauen«, klärte Caterina ihren Cousin auf.

»Mädchen«, sagte ihre Mutter besorgt, »was ist bloß in dich gefahren? So kenne ich dich ja gar nicht. Zuerst redest du schlecht über deine Schwester, und jetzt kriegt auch noch Toto sein Fett ab. Er ist genauso wenig ein Knecht, wie du eine Magd bist.«

»Caterina hat über mich gelästert? Das schlägt dem Fass jetzt aber den Boden aus!«, rief Emilia, die, sehr knapp bekleidet, die Treppe herunterkam. »Warum bist du überhaupt in Grado? Erlaubt dein göttlicher Ehemann dir denn eine so weite Reise zu den Neandertalern? Ich dachte, er verachtet uns Inselvolk. Der ist doch etwas Besseres in der Gesellschaft, weil sein Vater für die Regierung arbeitet, oder?«

Caterina zog zischend Luft ein, verbot sich jedoch, auf diese Frechheit zu antworten.

»Zieh dich ordentlich an«, sagte Toto streng. »Deinem Verlobten gefällt es sicher nicht, wenn du dich halb nackt vor anderen Männern zeigst.« Er bedeckte seine Augen mit der Hand.

Caterina schmolz das Herz, gleichzeitig spürte sie heiße Wut auf ihre Schwester in sich hochbrodeln.

Was erlaubte diese Pute sich?

Es stand ihr nicht zu, so abwertend über Enzo zu reden, auch wenn sie damit nicht unrecht hatte. Aber das würde Caterina ihr gegenüber nicht zugeben.

»Tante Antonella.« Toto wirkte bedrückt.

»Ja, mein Schatz? Ist etwas nicht in Ordnung mit dir? Du wirst doch nicht etwa krank?«, fragte Caterinas Mutter fürsorglich und legte prüfend die Hand auf seine Stirn.

»Ich nicht«, antwortete Toto bekümmert. »Aber mit Olivia stimmt etwas nicht. Ebenso wenig wie mit Sebastiano und mit diesem neuen Freund. Vielleicht hängt das alles zusammen, und nur ich kapier wieder mal nichts.«

»Was für ein neuer Freund?« Davide tauchte hinter Emilia auf und blickte Toto fragend an.

»Der, den ich mit Sebastiano zusammen gesehen habe, er hat mit der Ananas-Sache zu tun. Er hat mir wehgetan.«

»Was redest du da, mein kleines Spätzchen? Niemand darf dir etwas zuleide tun.« Emilia hoppelte die letzten Stufen herab und schien sich das erste Mal, seit Caterina zu Hause war, wie früher zu verhalten. »Toto.« Sie umarmte ihren Cousin, der erschrocken bis an die Wand zurückwich.

»Du bist nicht richtig angezogen, du darfst mich nicht berühren. Das ist streng verboten.«

»Alles ist gut, Toto«, sagte Caterinas Mutter beruhigend, um den aufziehenden Unfrieden im Keim zu ersticken. »Wenn dir einer was antut, musst du das melden. Für so etwas ist deine Commissaria zuständig und nicht für exotische Früchte aus dem Süden.« Dann wandte sie sich an Emilia. »Husch, ab mit dir, und komm erst wieder, wenn du geduscht und ordentlich angezogen bist. Du bringst unseren Toto in Verlegenheit.«

»Der Junge, Goran heißt er, hat mir nichts wirklich Schlimmes angetan, er will mich nur zwingen, mit den Ermittlungen in der Ananas-Sache aufzuhören.«

»Damit hat er wohl recht. So, jetzt nimm deine Brotdose und dann ab mit dir in den Baumarkt.«

Ihre Mutter konnte die Dinge manchmal exakt auf den Punkt bringen. Besser als jeder andere. Caterina fühlte sich mit einem Mal in die Vergangenheit zurückversetzt. Toto war fast immer zugegen gewesen und ihre Cousine Olivia auch. Sie gehörten einfach alle fest zusammen, und bevor ihr Vater gestorben war, war ihre Welt überhaupt noch ganz in Ordnung gewesen.

»Was ist mit Olivia?«, fragte Caterina, ehe Toto der Anweisung ihrer Mutter Folge leisten konnte.

»Weiß ich nicht. Rede du mit ihr. Immerhin bist du jetzt wieder da. Dir erzählt sie vielleicht, was los ist. Sie geht heute zu Dottor Beltrame. Ich hoffe, sie stirbt nicht.«

»Toto!«, riefen Caterina, Emilia, ihre Mutter und Davide wie aus einem Mund.

## 27

Toto verließ fluchtartig das Haus seiner Tante.

Seine Verpflegung in der Brotbox würde er essen, doch nicht wie sonst im Baumarkt. Er wusste, was er heute stattdessen zu erledigen hatte.

Er streifte an einigen Nachbarhäusern in der Via Milano entlang und bog dann direkt vor dem modernen Hotel um die Ecke. Gehetzt blickte er nach rechts und links, aber außer der aufgetakelten Witwe Boscolo, die ihren hässlichen Hund Lolo ausführte, war keine Menschenseele unterwegs. Die alte Frau war taub, und ihr Hörgerät funktionierte nicht mehr. Das war schlecht für sie, ihm passte es hingegen gut. Denn niemand durfte ihn belauschen, wenn er in einer der letzten verbliebenen offenen Telefonzellen mit seinem Chef sprach.

»Signor Calligaris, einen guten Morgen wünsche ich Ihnen und auch Andrea, meinem Kollegen aus dem Lager. Ich kann heute leider nicht zur Arbeit kommen«, erklärte er, »meine Schwester Olivia ist sehr schwer krank, und ich muss sie zum Arzt begleiten.«

Toto log ungern, denn das war ihm untersagt, aber manchmal ging es eben nicht anders.

Notlüge nannte man das.

»Oje«, antwortete sein Chef bestürzt, »es wird doch hoffentlich nichts Ernstes sein?«

»Könnte sein, dass sie demnächst stirbt.«

Bevor er weiter ausgefragt werden konnte, hängte er sicherheitshalber auf.

Er hatte eine wichtige Mission zu erfüllen. Sie duldete keinen Aufschub.

Höchstens einen kleinen.

Toto entfernte sich noch ein gutes Stück weiter von zu Hause und setzte sich auf eine Bank in dem kleinen Park seines Wohngebiets, der Colmata.

Die geblümte Brotdose war schnell aus dem Rucksack geholt und geöffnet. Nachdem er die Papierserviette fein säuberlich ausgebreitet auf seine Knie gelegt hatte, musterte er enttäuscht den Inhalt.

Was war das denn für ein Zeug?

Unzufrieden biss er ein Stück von der Reiswaffel ab und schob ein Stück der geviertelten Tomate hinterher. Die Avocado war schon in zwei Hälften geteilt, und er löffelte sie mit dem Plastiklöffel aus. Sie schmeckte besser als der Rest, also gar nicht mal so übel. Salz hatte Tante Antonella nicht eingepackt, dafür einen Nussriegel.

Da sein Magen knurrte, das tat er immer schon kurz nach dem kargen Frühstück, aß Toto alles auf. Danach schüttete er die zuckerfreie Limonade aus dem Tetrapak hinunter und entsorgte Serviette und Krümel im Mülleimer.

Jeglicher Aufschub, der verhinderte, dass er seinem selbst erklärten Auftrag nachkam, war nun vorbei, und es blieb ihm nichts anderes übrig, als zur Tat zu schreiten.

Als er sich von der Holzbank erhob, wurde er auf einmal lautstark begrüßt.

»Hallo, Signor Merluzzi, was treibt Sie zu meiner Wohnung?«

Liebenswürdig lächelnd stand einer der Polizisten seiner Commissaria vor ihm, Arturo Fanetti, der aussah wie Legolas aus »Der Herr der Ringe«. Toto hatte die Serie mit Emilia auf deren Notebook angesehen, darauf war er mächtig stolz. Alle Welt sprach über diese Filme, und er wusste Bescheid, worüber sie sich unterhielten.

Dennoch irritierte ihn etwas, und zwar gewaltig.

»Hallo. Inspektor Fanetti, das ist falsch, was Sie denken. Wir befinden uns hier in einem öffentlichen Park. Da darf jeder hin. Zu Ihrer Wohnung wollte ich nicht. Sie haben mich ja nicht zu sich gerufen. Abgesehen davon war heute schon der Mann mit dem Raubvogelgesicht bei meiner Schwester und mir.«

»Zoli.« Fanetti lachte. »So früh war Degrassis Maskottchen schon auf den Beinen? Ein braver Junge.«

»Arturo, bitte. Du vergisst schon wieder, dass nicht jeder deine Ironie versteht.«

Toto hatte das Mädchen oder besser gesagt die junge Frau neben Arturo Fanetti gar nicht bemerkt, so sehr war er von dessen unerwartetem Auftauchen in Anspruch genommen worden. Ginevra Missoni, Fanettis Lebensgefährtin, war bei ihm.

Waren die beiden verlobt?

Ginevra trug silberne Ringe, aber einer verband ihre Nasenlöcher miteinander, die anderen klammerten sich an ihre Ohrläppchen. Wirklich attraktiv fand Toto das nicht. Doch Ginevra war bekannt für ihren eigenwilligen Geschmack.

»Guten Tag.« Toto verbeugte sich artig. Sein Gruß war korrekt, denn der Morgen war schon vorbei.

Ginevra Missoni lächelte ihn an. »Ich wünsche ebenfalls einen guten Tag. Ciao, Toto. Arturo ist manchmal so ein Snob. Er faselt Quatsch daher, das liegt daran, dass seine Eltern ihn zu sehr verwöhnt haben. Ein Einzelkind eben.«

»So wie du, Ginevra, meine Allerliebste.«

Toto verstand dieses Geplänkel nicht, aber er hatte Wichtigeres zu entschlüsseln. Hastig stopfte er die leere Brotdose in seinen Rucksack und wäre fast über sein Hinkebein gestolpert.

»Vorsichtig, Signor Merluzzi«, mahnte Fanetti freundlich und reichte ihm seinen Arm. »Ich mache gern Witze. Da hat mein Schatz recht. Manchmal schieße ich über das Ziel hinaus. Natürlich wollten Sie nicht zu mir. Ich wohne nur zufällig da oben.« Er deutete auf eine breit ausladende Terrasse unter dem Dach des hell gestrichenen Hauses vor der Parkanlage.

Totos Blick eilte zu Fanettis Gürtel. Dort baumelte keine Pistole. Also war das mit dem Schießen auch bloß ein Witz gewesen.

»Gut. Ich muss weiter.«

»Sollen wir Sie mit dem Auto zur Arbeit fahren? Mir scheint, Sie sind etwas spät dran. Und ich muss Ginevra ohnehin nach Udine bringen. Obwohl heute Montag ist«, er feixte, »habe ich einen freien Tag. Ginevra hingegen nicht.«

»Schurke.« Ginevra Missoni grinste und gab Fanetti einen ordentlichen Rempler in die Rippen.

»Nein, nein«, wehrte er das Angebot betreten ab. »Ich habe meinem Chef vorhin mitgeteilt, dass ich nicht zur Arbeit komme. Olivia fühlt sich nicht wohl.«

»Oje.« Ginevra Missoni sah ihn bekümmert an. »Kann ich irgendwie helfen?«

Toto wusste, dass Ginevra und Olivia eine gemeinsame leidvolle Erfahrung verband, ihre Reaktion war also nicht verwunderlich. Aber wie kam er da jetzt unbeschadet wieder heraus?

»Das wird nicht notwendig sein, Signora. Möglicherweise stirbt meine Schwester sehr bald, und ich ziehe dann zu Tante Antonella. Die hat genug Platz für mich, denn bis zu Olivias Tod wird Caterina wieder in Florenz sein, und Emilia muss zurück zu ihrem Studium, nach Padua.«

»Arturo.« Ginevra Missoni presste geschockt die Hand auf ihren grell geschminkten Mund. »Soll ich die Arbeit absagen und mich stattdessen um Olivia kümmern? Mir ist ganz elend zumute.«

»Schatz, rege dich nicht auf. Wir gehen der Sache auf den Grund. Nicht wahr, Toto? Wenn Sie oder Olivia etwas brauchen, ein Anruf genügt.« Fanetti machte eine eigenartig wackelnde Bewegung mit Daumen und Zeigefinger zu seinem Ohr hin, und Toto humpelte nach einem raschen Nicken, so flink er konnte, davon.

## 28

Goran sah Aquamarine schon von Weitem auf die Mole zulaufen. Sein Herz klopfte stürmisch, weil er bis zum letzten Moment nicht mit ihrem Auftauchen gerechnet hatte. Er hatte verzweifelt auf ihre Zusage gewartet. Jetzt, als sie näher kam, sah er ihre langen gebräunten Beine, die aus knappen Shorts ragten und in vergammelten Chucks ohne Schuhbänder steckten. Ihr Bauch blitzte unter einem kessen Top hervor. Ihr seidenweiches Haar trug sie heute wieder offen, es umschloss sie wie ein glitzernder Mantel. Über ihre linke Schulter hatte sie ein dunkles Hoodie geworfen. Meine Güte, was für ein Anblick. Zu seiner Freude, und völlig anders als befürchtet, lächelte sie ihn offen an. Sie legte sogar ihre Arme um ihn und küsste ihn sanft auf beide Wangen.

»Danke für die Einladung«, flüsterte sie. »Ich war mir nicht sicher, ob ich sie annehmen soll. Ich möchte Sebastiano nicht hintergehen. Auch wenn ich nicht mehr in ihn verliebt bin.«

»Schön, dass du da bist«, flüsterte er zurück.

Sie machte sich los, zeigte auf die Korbtasche zu seinen Füßen und fragte: »Was ist das denn?«

»Überraschung gelungen! So ein altmodischer Picknickkoffer. Ich habe ihn heute früh in dem einen Laden, wo sie einiges an Krimskrams haben, entdeckt, mit lauter Herrlichkeiten gefüllt, und sofort an dich gedacht.«

Jetzt lachte sie. »Das ist wohl das schrägste Kompliment, das ich je erhalten habe, wenn ich dir bei einem Koffer aus Weidengeflecht einfalle.«

Ihre raue Stimme ergänzte ihr tolles Aussehen, weil sie so ganz und gar nicht zu ihr passte.

Das gefiel ihm.

Solche radikalen Brüche machten Personen für ihn erst zu wahren Persönlichkeiten.

»Du bist nicht nur wunderschön, sondern auch lustig. Und hattest du eigentlich mal Stimmbänderpolypen? Wegen deiner kratzigen Stimme.«

»Nein, aber ich habe als kleines Mädchen viel geweint und geschrien, nachdem meine Mama tödlich verunglückt ist.«

»Tut mir leid, daran wollte ich dich nicht erinnern.«

»Kannst ja nichts dafür. Damals brachte mein Vater mich zu einem Arzt, weil ich irgendwann nicht mehr sprechen konnte. Kein einziges Wort habe ich mehr hervorgebracht.«

»Woran lag das?«

»Ich erkläre es dir, wenn ich etwas im Magen habe. Guck mal, da kommt der kleine Dampfer auch schon. Falls wir mitfahren wollen, müssen wir uns Tickets besorgen. Da drüben ist der Kiosk.« Sie zeigte nach rechts zu einer Hütte, vor der sich eine Menschenschlange gebildet hatte.

Kurz hatte Goran den Eindruck, eine ihm bekannte Gestalt ungelenk dahinter verschwinden zu sehen. Einbildung, dachte er und behielt es für sich. Er würde sich den Tag nicht von einem Gespenst verderben lassen.

»Nicht notwendig, ich habe rein auf Verdacht«, er lächelte schelmisch, »schon vorhin welche besorgt. Komm, wir sichern uns die besten Plätze, immerhin sind wir fast dreißig Minuten unterwegs.«

»Ich weiß«, sagte sie gut gelaunt, »auf hoher See. Der Willkür des Meeres ausgeliefert.«

Er nahm sie an der Hand, und gemeinsam liefen sie über den schmalen Steg auf die Fähre.

Dort stiegen sie die Treppe hinauf und setzten sich auf die Bank in der ersten Reihe.

»Fußfrei, wie im Kino.«

»Hier haben wir die beste Aussicht auf die Lagune. Ach«, Aquamarine seufzte behaglich, »ist das cool.«

Glücksgefühle stiegen in Goran hoch, und er drückte sie an sich. Sie wehrte sich nicht, sondern gab nach.

Als sie losfuhren, streckte er seine Beine aus, und Aquamarine legte ihre Hand wie nebenbei auf seinen Oberschenkel.

Er glühte, und das lag nicht an der Sonne, die vom azurblauen Himmel stach.

»Wie gefallen dir denn die süßen kleinen Inseln mit den gelben Tamarisken am Ufer? Und die vielen Kanäle, die nennen wir hier Seestraßen. Die Lagune ist teilweise so flach, dass man sich unbedingt an die dafür vorgesehenen Wege halten muss, sonst bleibt man im Schlamm oder in der Schlacke stecken. Kommt öfter vor, als man denkt. Dann müssen die Retter ausrücken. Die Einheimischen benutzen aus diesem Grund ein Boot mit einem flachen Rumpf, ohne Kiel, das *batèla*. Man kann darin rudern, ganz klassisch, aber die Faulen verwenden die mit einem Motor ausgestatteten.«

Goran räusperte sich. »Ich kann auch etwas Interessantes beisteuern, denn ich habe mich in die Materie deiner Heimat eingelesen«, erklärte er. »Dies ist nicht nur eine einzige Lagune. Es gibt, durch den Damm getrennt, zwei davon. Die östliche, die wir jetzt durchkreuzen, und die westliche, die direkt ins Meer übergeht. Der Fischbestand ist jeweils ein anderer.«

»Es freut mich, dass du dich dafür ein bisschen interessierst. Für mich ist das alles so selbstverständlich. Hier in der Ostlagune gibt es einen Bienenzüchter, der einen superguten Honig herstellt, aus den Blüten der Tamarisken. Onkel Eduardo kauft ihn gern.«

»Klingt nicht mal so übel. Die Sache mit dem Honig. Davon habe ich noch nie gehört.«

Tatsächlich wusste Goran sonst nichts Gescheites, womit er sie beeindrucken konnte. Dann fiel ihm aber doch noch etwas ein.

»Dieser bekannte Filmregisseur, Pier Paolo Pasolini, war ein Einzelgänger, der sich gern von allem Ruhm und der Öffentlichkeit zurückzog. Eine der Fischerhütten auf der Laguneninsel Mota Safon, du weißt das sicher besser als ich, hatte es ihm so angetan, dass er dort einige Szenen von seinem ›Medea‹-Film entstehen ließ. Sogar mit keiner Geringeren als Maria Callas. Er hatte die abgelegene Hütte, ich glaube, man nennt diese Behausungen *casoni*, beim Herumsegeln mit einem seiner engen Freunde, dem Maler und Autor Giuseppe Zigaina, entdeckt und erkannte darin unmittelbar die perfekte Kulisse für seinen Film, der in der Antike spielen sollte.«

»Gut recherchiert«, sagte Aquamarine beeindruckt und verstärkte den Druck ihrer Hand auf Gorans Oberschenkel. »Aber ich weiß, was viele nicht wissen: Die Callas hat hier zwar gedreht, gesungen hat sie hingegen nie.«

»Die wollte wohl ihren göttlichen Sopran schonen.«

Beide kicherten, als sie von Bord gingen.

»Wenn wir fertig gepicknickt haben, Aquamarine, habe ich eine weitere Überraschung für dich.«

Goran schmunzelte, als er ihr erwartungsvolles Gesicht sah.

# 29

Maddalena war verärgert.

Gerade hatte der Comandante sie zusammengepfiffen, weil sie in der Abteilung angeblich nichts leisteten.

Zum Glück war seit der Brandserie im Spätherbst bis auf die übliche Kleinkriminalität nicht viel passiert. Aber Scaramuzza musste in jeder Suppe ein Haar finden, obwohl er nicht mehr wirklich viele davon auf seinem Kopf trug.

Das nahm sie heute zum ersten Mal bewusst wahr: Der Chef wurde langsam kahl.

Kaum war der Alte verschwunden, tauchte Piero Zoli bei ihr auf.

»Ich habe nichts in Erfahrung bringen können.«

»Toto, haben Sie ihn angetroffen?«

»Klar doch. Wohlauf und unversehrt. Er war wie sonst auch. Etwas eigenartig halt.«

»Gut. Und nun, ich flehe Sie an, bringen Sie mir eine Tasse des göttlichen Kaffees Ihrer Mutter.«

Erfreut verließ Zoli ihr Büro, und Maddalena stellte sich ans Fenster. Der Himmel war so blau wie das Meer, man konnte keine Trennlinie ausmachen. Die Zypressen und Pinien standen unbeweglich da, von keinem Lüftchen berührt. Kinder liefen auf dem Gehweg gegenüber der Polizeistation, warfen sich gegenseitig Gummibälle zu, und als Maddalena das Fenster öffnete, um sie zu ermahnen, nicht auf die Straße zu springen, ohne nach Fahrzeugen Ausschau zu halten, waren sie schon durch den Strandeingang gehuscht. Zurück blieb der Geruch nach Sonnencreme.

Sommer eben, dachte sie und beschloss, am Nachmittag Stella oder Bibiana zu einem Eis zu verführen.

Als sie gerade eine belanglose Nachricht an Leonardo tippte, klingelte ihr Handy.

Fanetti rief an.

Der Elbenprinz hatte heute frei, und wie sie gehört hatte, wollte er seine Freundin Ginevra nach Udine zur Arbeit fahren und sich danach im Outlet von Palmanova nach schicken Klamotten umsehen.

»Ja, bitte? Ist etwas passiert?«, fragte sie verwundert.

Es war sonst nicht seine Art, ihr an einem freien Tag Interesse entgegenzubringen.

»Ja. Sonst würde ich mich nicht melden.«

Seine Stimme klang wie immer aalglatt, und doch glaubte Maddalena, einen Unterton herauszuhören, der sie unangenehm berührte.

»Was gibt es?«

»Es geht um Toto Merluzzi.«

Jetzt war sie erst recht erstaunt.

»Was ist mit ihm? Ich hatte Zoli eben erst zu ihm nach Hause geschickt, um zu überprüfen, ob alles in Ordnung ist mit ihm. Es gab anscheinend nichts Besorgniserregendes.«

»Nun«, Fanetti zögerte, »da bin ich mir nicht so sicher. Ginevra und ich trafen ihn im Park vor meinem Wohnhaus. Prinzipiell wäre dieser Umstand nicht der Rede wert, jeder kann dort sein. Aber sein Verhalten hat nicht nur mich, sondern auch Ginevra stutzig gemacht.«

»Wieso? Zoli meinte, alles wäre okay. Er muss, kurz bevor Sie Toto getroffen haben, bei den Merluzzis gewesen sein. Denken Sie, zwischen Zolis Besuch und Ihrem Zusammentreffen ist etwas passiert?«

»Er schwänzt seine Arbeit, das hat er uns erzählt.«

»Das finde ich allerdings bedenklich. Es ist nicht Totos Art, dem Baumarkt fernzubleiben.«

»Er sagte, und das hat uns wirklich alarmiert, Olivia, seine Schwester, wäre am Sterben.«

»Wie bitte?« Maddalenas Herz krampfte sich schmerzhaft zusammen.

»Ginevra bot sofort ihre Unterstützung an, aber Toto wies sie schroff ab. Wenn Olivia erst mal tot sei, würde er zu seiner Tante Antonella ziehen. Er klang unbeteiligt und herzlos.«

»Das beunruhigt mich. So habe ich Toto noch nie über seine Schwester reden gehört. Was meint Ginevra?«

»Sie war völlig von den Socken und drängte mich, Sie zu verständigen.«

»Ja«, entgegnete Maddalena gereizt. »Warum haben Sie Toto nicht gleich mitgenommen und zu mir gebracht, wenn er Ihnen schon so komisch vorkam?«

Fanettis Stimme wurde höher, wie immer, wenn er glaubte, sich für etwas rechtfertigen zu müssen. »Commissaria, wir wollten ihn ja gern mit dem Auto mitnehmen, doch er lehnte das brüsk ab. Wir sind uns nicht sicher, ob das mit seiner Schwester nicht bloß erfunden war. Irgendetwas, das ich nicht durchschaue, geht in seinem Kopf vor. Es verbirgt sich meinen Blicken.«

»Fanetti, bitte hören Sie mit dem Pathos auf. Genießen Sie Ihren freien Tag. Ich kümmere mich um die Angelegenheit. Immerhin scheint Signor Merluzzi mein Spezialprojekt zu sein.«

Sie legte auf. Arturo Fanetti war ein fähiger Kollege, der mitunter gewaltig nervte. Dennoch konnte sie nicht umhin, ihn zu mögen: Er war aufrichtig und verfügte über eine ansehnliche Portion Teamgeist und Herzensgüte.

Vielleicht war an der ganzen Sache nichts dran, und Toto wollte bloß mal freihaben und die Seele baumeln lassen?

So etwas kam vor, auch bei Menschen, von denen man das nicht erwarten würde.

Unruhig marschierte sie in ihrem Büro auf und ab.

»Zoli!«, rief sie in Richtung Verbindungstür. »Kommen Sie bitte in mein Büro. Womöglich besteht akuter Handlungsbedarf.«

Als sie in Piero Zolis eingeschüchtertes Gesicht sah, konnte sie nicht anders, als zu grinsen.

»Es tut mir leid, meine Reaktion auf Ihre Verunsicherung ist unangemessen. Verzeihen Sie mir bitte. Aber ich bin nervös und ziemlich gereizt.«

»Chefin, Ihnen trage ich niemals etwas nach, da können Sie sicher sein. Was ist los?«

»Arturo Fanetti rief mich soeben an. Toto Merluzzi ist nicht zur Arbeit gegangen und erzählt, dass seine Schwester am Sterben ist. Unser Elbenprinz, dem kaum etwas an die Nieren geht, klang äußerst besorgt. Die Missoni war bei ihm, und er meinte, da steckt mehr dahinter.«

»Was schlagen Sie vor?«

»Sie rufen im Baumarkt an und fragen seinen Chef, Signor Calligaris, ob Toto doch noch aufgetaucht ist und ob er eine Ahnung davon hat, was vorgefallen sein könnte.«

»Und wenn Signor Merluzzi nicht dort ist, was machen wir dann?«

»Zoli, bitte zählen Sie mal eins und eins zusammen. Was tun wir dann wohl? Wir setzen uns in den Dienstwagen und suchen unser Sorgenkind. Während Sie mit Calligaris telefonieren, versuche ich, Olivia zu erreichen.«

»Okay.« Zolis blaue Ader auf der Stirn schwoll bedenklich an, während Maddalena bereits zum Handy griff und Olivias Nummer wählte.

Niemand hob ab.

## 30

Aquamarine war so aufgeregt wie selten zuvor.

Welche Überraschung hatte Goran für sie geplant?

Schon dieses Picknick war etwas Einmaliges in ihrem bisherigen Leben. Hatte er womöglich ein Armband für sie besorgt oder ein Halskettchen mit einem Herzanhänger?

»Pass auf«, sagte er und reichte ihr beim Schritt von der Fähre an Land fürsorglich seine Hand.

Sebastiano hätte sie bestenfalls auf den Steg geschubst. Aber vielleicht war sie einfach nur ungerecht, weil ihr alter Freund nicht mehr der war, den sie fast ihr Leben lang gekannt hatte?

Oder war alles viel schlimmer, und sie war das eigentliche Übel in dieser Angelegenheit, der alleinige Grund für seine miserable Stimmung? Vielleicht ahnte er ja etwas von ihrer Zuneigung zu Goran.

»Soll ich dir beim Tragen helfen?«, fragte sie, weil Goran neben dem Köfferchen auch noch seinen unförmigen Rucksack geschultert hatte.

»Nein, lass nur«, wies er ihre Frage selbstbewusst ab. »So schwer ist das Zeug nicht. Das schaffe ich schon, also echt.«

»Das erleichtert mich ungemein.« Sie lachte über sein typisch männliches, prahlerisches Verhalten. Sie hatte ja Augen im Kopf und konnte sich daher vorstellen, wie gewichtig sein Gepäck war.

»Nun, auch Obelix schleppt gern Hinkelsteine auf dem Rücken mit sich herum.« Sie kicherte. »Was schaust du so ungläubig?«

»Ich habe nur nicht damit gerechnet, dass du dich mit dem Lesen von Comics abgibst.«

»Was dachtest du denn, womit ich mir die Zeit vertreibe? Mit Shakespeare oder wie der Kerl heißt?«

Jetzt konnte Goran sich vor Lachen kaum halten.

»Ja, ich gestehe. Unter Ibsen, Kierkegaard, Austen, Joyce, Svevo und so weiter dachte ich, tust du es nicht.«

»Von all denen, die du gerade aufgezählt hast, habe ich nur Jane Austen gelesen, ›Stolz und Vorurteil‹, und auch nur, weil es eine Pflichtlektüre in der Schule war.«

»Nicht mal ›Romeo und Julia‹?« Er zwinkerte ihr kühn zu.

»Den Film habe ich gesehen. Die Giftgeschichte hat mich ziemlich beeindruckt. Bis zum letzten Augenblick habe ich mitgefiebert und gehofft, dass die beiden wieder aufwachen.«

»Dumm gelaufen, würde ich mal meinen.«

An einer hübschen Stelle mit Blick auf die kleinen Boote, die am Ufer im Wasser dümpelten, blieb er stehen, nahm den Rucksack von seinem Rücken und kramte eine Decke daraus hervor, die auf der Unterseite mit wasserabweisendem Material bestückt war.

»Du bist aber mächtig gut ausgerüstet. Schläfst du oft im Freien?« Aquamarine konnte ihre Bewunderung nicht verbergen.

»Es kommt vor, aber eher selten. Jetzt wollte ich es uns gemütlich machen und verhindern, dass die Feuchtigkeit der Wiese zu uns durchdringt.«

»Das ist sehr umsichtig, denn ich leide oft unter nervenden und schmerzhaften Blasenentzündungen.«

Goran gefielen ihre Worte augenscheinlich, denn eine sanfte Röte überzog sein Gesicht.

»Dann habe ich ja endlich einmal alles richtig gemacht.«

»Kommt darauf an, was sich in deinem Rucksack und im Picknickkoffer noch so verbirgt«, entgegnete sie forsch.

»Du wirst vor Staunen deinen schönen Mund nicht mehr zubekommen.«

Goran schlug sich unter Johlen wie ein Gorilla auf die Brust.

Sogar das gefiel Aquamarine, die solche von Testosteron geprägten Gesten üblicherweise verachtete.

»Witzbold«, urteilte sie, setzte sich auf die Decke und machte es sich bequem.

Ihren Kopf stützte sie auf dem Ellbogen ab und sah ihn aufmerksam an.

Mit sichtlichem Vergnügen breitete er die mitgebrachten Köstlichkeiten auf Papptellern vor ihnen aus.

»Mhmm, woher wusstest du, dass ich Dolce Latte so gern esse? Und ungarische Salami?« Begeistert betrachtete Aquamarine die in Öl eingelegten Artischocken, die Zwiebelchen in Weinessig, das frische, knackige Brot, den Bergkäse, die Mortadella mit den Pistazien, die Feigen, die in Scheiben geschnittene Zuckermelone und die kleinen Mozzarellakugeln.

»Jetzt kommt das Beste.« Goran frohlockte richtiggehend. »Diese Flasche Wein habe ich geradewegs aus der Enoteca und nicht im Supermarkt besorgt. Der Rote ist vom Feinsten.«

»Warte mal.« Aquamarine sprang hoch. »Ich bin gleich wieder zurück.«

Sie übersah geflissentlich seinen erstaunten Ausdruck. »Lass du dich auch mal von mir überraschen.«

Rasch lief sie über die Wiese, mied die Wespen und Bienen auf den Gräsern und betrat eine Spur atemlos die Bar, um ihren Beitrag zum Picknick zu besorgen.

Das Tablett mit zwei Gläsern Campari Soda, in denen Oliven auf Spießchen steckten, und einer Schüssel mit kross gerösteten, gesalzenen Erdnüssen balancierte sie königlich vor sich her. Vorsichtig, um keinen Tropfen zu verschütten, setzte sie es vor Goran ab.

»So, da.« Aquamarine strahlte und spürte, wie ihre Wangen sich vor Freude röteten. »Das hier ist unser Aperitif, auf den ich dich einlade.«

»Danke.«

Goran zeigte sich als Kavalier alter Schule und entkorkte schon mal gekonnt den Wein.

Aquamarine reichte ihm den Campari. »Ich verstehe nicht, warum so viele Menschen lieber Aperol schlürfen.«

»Es muss an der Farbe liegen. Die verbinden viele mit Sommer, Orangen und Italien.«

Schweigend knabberten sie die Erdnüsse.

»Die Lagune ist hier so seicht, dass man eigene Boote und ›Straßen‹ im Meer braucht, um sie zu durchqueren«, sagte Goran übergangslos. »Trotzdem tauchte die schwarze Madonna, die man einst in der Marienwallfahrtskirche verehrte, bei einer

Sturmflut auf der Insel auf und ging bei einer weiteren verloren. Das kapiere ich nicht.«

Aquamarine nickte ernst. »Bevor die Fähre geankert hat, sind dir sicherlich die drei Kreuze auf der Landzunge ins Auge gefallen. Das sind Gräber von Mönchen, die durch Überschwemmungen zu Tode kamen. Ich weiß, es ist kaum bis gar nicht vorstellbar. Aber wenn das Wasser schäumt und die Meeresgötter toben, sollte man sich auch hier in Acht nehmen.«

»Das werde ich beachten, auch wenn ich statt eines Bootes bloß ein Stand-up-Paddle besitze. Ich habe es übrigens hier im Rucksack, deshalb ist er so schwer.«

Aquamarine lächelte und kaute an einer süßen Feige. Den Saft schleckte sie von ihren Fingern.

Allmählich leerte sich das Gelände, und immer weniger Touristen schwirrten um sie herum. Wahrscheinlich waren sie beim Essen oder schon wieder zurückgefahren.

»Wir sollten die Flasche austrinken und uns auf den Weg machen, die Insel anzuschauen, sonst fehlt uns am Ende die Zeit dazu. Ich habe versprochen, später im Restaurant bei den Vorbereitungen für morgen zu helfen.«

»Davor bekommst du noch deine angekündigte Überraschung.«

Goran öffnete ein Seitenfach des Picknickkorbs und holte eine selbst gedrehte Zigarette heraus.

Aquamarine blieb die Luft weg. »Spinnst du? Du weißt genau, wie ich über das Kiffen denke. Es hat mich schon immer gestört, ich will das nicht.«

»Es ist ganz leicht und beste Qualität. Du weißt, ich bin selbst nicht allzu versessen auf das Zeug, aber vertraue mir. Einmal ist keinmal, und wenn ich dir wirklich was bedeute, nimm einen Zug, du wirst sehen, es entspannt dich.«

Etwas widerwillig führte Aquamarine den kleinen weißen Stängel zum Mund.

## 31

Toto wusste von damals noch genau, wo er Sebastiano finden würde.
Seine Cousine Caterina hatte ihn, als sie Sebastianos Babysitterin gewesen war, oft dorthin mitgenommen. Es war eine schmale Haushälfte auf der Isola della Schiusa, die mit der Altstadt von Grado durch eine Brücke verbunden war.
Toto war mit dem drolligen Kerl gleich ein Herz und eine Seele geworden, denn sie mussten über vieles gemeinsam herzlich lachen und zerkrümelten sich auf dem Boden über so manchen Witz, den außer ihnen keiner nachvollziehen konnte.
Sebastianos Vater hatte die Familie verlassen, kaum dass sein Sohn das Licht der Welt erblickte. Er war einfach abgehauen und hatte Frau und Sohn ihrem Schicksal überlassen. Als Arbeiter für Schiffsreparaturen bei den Fincantieri, einer großen Werft in Monfalcone, verdiente er nicht viel, und so hatte seine Familie ein eher karges Dasein gefristet. Nach ein paar Jahren war er reumütig zurückgekehrt und wieder zu Hause aufgenommen worden.
Manchmal hatten Sebastiano und Toto in seinem Boot mitfahren dürfen. Das war ein besonderes Vergnügen, denn Toto liebte das Meer und konnte sich nicht sattsehen, wenn der Vater seines kleinen Freundes Fische fing. Die verkaufte er, sonst hätte man Caterina kaum ihren Lohn fürs Babysitten zahlen können. Die Mutter ging putzen und hätte ihren Sohn an mehreren Tagen in der Woche allein lassen müssen, wäre Caterina nicht gewesen.
Toto erinnerte sich jedoch noch genau, dass seine Cousine sie meistens vor die Glotze gesetzt hatte, während sie heimlich im winzigen Vorgarten eine Zigarette nach der anderen rauchte. Er war dann für den Jungen verantwortlich gewesen, hatte seine Pflicht sehr ernst genommen und das Kind dadurch gut kennengelernt. Dementsprechend sah Toto sich ein bisschen als Sebastianos älterer Bruder, dem so einiges anvertraut worden war.

Toto humpelte über die Brücke, blieb stehen, um Luft zu holen, und starrte ins trübe Wasser des Kanals. Krampfhaft überlegte er, ob er gegen das achte Gebot verstoßen hatte, das immerhin lautete: »Du sollst nicht falsch Zeugnis ablegen wider deinen Nächsten.«

Ja, gab er ehrlich zu, leider hatte er sich, ohne eine Sekunde nachzudenken, über diese wichtige Regel hinweggesetzt und sich dadurch schuldig gemacht.

Sein Chef war von ihm über den Grund seines Fernbleibens belogen worden, indem er etwas über Olivia behauptet hatte, das vielleicht, hoffentlich, gar nicht stimmte. Er würde am Sonntag wohl länger bei seinem Priester beichten und für diese Sünde büßen müssen. Davor graute ihm.

Und doch blieb ihm nichts anderes übrig, als für das, was er getan hatte, einzustehen.

Hoffentlich ist Sebastiano zu Hause, betete er still, als er über die Insel hinkte. Er begegnete vielen Menschen und wurde von allen freundlich gegrüßt. Im Unterschied zu seinen sonstigen Gewohnheiten hielt er diesmal aber nicht für einen kurzen Schwatz inne, sondern eilte weiter.

Sebastiano öffnete die Tür. »Alter, komm rein, bevor dich ein Nachbar sieht.«

»Ja, denn sonst wundern die sich, warum ich heute nicht arbeite. Warum bist du nicht im Malereibetrieb? Deine Lehrlingszeit ist noch lange nicht abgelaufen.«

»Willst du mir Vorwürfe machen? Unser Chef macht wie die Friseure jeden zweiten Montag blau.«

»Heißt das, er malt mit den zwei Gesellen alle Wände in dieser Farbe an?«

»Mensch, Alter. Sei nicht so bekloppt. Es bedeutet, da hakeln wir nicht wie die Blöden.«

Toto verstand zwar noch immer nicht, aber er ergab sich in seine Unwissenheit, denn auf seinem Herzen lastete Wichtigeres.

»Willst du einen Espresso?«, fragte Sebastiano und warf die Kaffeemaschine an.

»Darf ich nicht.«

»Memme.«

Das ging entschieden zu weit.

»Ich habe heute schon gegen ein Gebot Gottes verstoßen, also werde ich mich über das Verbot meiner Tante und Schwester ebenfalls hinwegsetzen, denn es dient der Aufgabe, die wir zu erledigen haben. Du und ich werden Kraft dazu brauchen.«

»Mach es nicht so spannend.« Sebastiano reichte ihm eine Tasse mit der ihm untersagten schwarzen Flüssigkeit.

Das Zeug schmeckte bitter und süß zugleich. Und es war ordentlich heiß und verbrannte seine Lippen.

»Nicht so hastig. Lass dir Zeit und genieße.«

»Wir haben keine Zeit, also sollten wir schnell austrinken.«

»Warum bist du nicht im Lager?«

»Weil …« Toto stockte und sah verlegen an Sebastiano vorbei. »Weil dein Nebenbuhler mich geboxt und beschimpft hat. Vielleicht macht er dasselbe gerade mit Aquamarine.«

Ruckartig stellte Sebastiano seine Tasse auf den Tisch.

»Was meinst du damit?«

»Ich habe den Jungen, mit dem du hinter den Badehütten warst, Goran heißt er, bei Aquamarine gesehen. In den letzten Tagen habe ich sie beobachtet, wann immer ich konnte. Ich bin ihr Schutzheiliger und sorge mich um ihr Wohlergehen. Schimpf mich bitte nicht aus, aber er hat es auf sie abgesehen, und Aquamarine … also, sie ist vielleicht verliebt in ihn.«

»Das schlägt dem Fass den Boden aus.«

Welchem Fass? Toto blickte sich gehetzt um. Sebastiano redete genauso unverständlich wie Emilia. Auch bei ihr ging es um dieses Fass, das es gar nicht gab.

Sebastiano kam um den Küchentisch herumgelaufen und packte ihn an den Schultern. »Du hast meine Ehre verteidigt, wie ein Ritter für mich gekämpft? Das rechne ich dir hoch an.«

»Nein, dazu kam es gar nicht.«

»Erzähl.« Sebastiano trat unbeherrscht gegen die Kommode, und das Geschirr darin klapperte. »Was ist passiert?«

»Er hat mich leider erwischt.«

»Spinnst du komplett?«

»Nein, nicht komplett. Nur ein bisschen. Das weißt du.«

»Alter, sperr dein Maul auf, sonst ...«

»... sonst boxt du mich auch?«

»Natürlich nicht. Du bist ja völlig durch den Wind. Erzähl langsam, aber haargenau, was vorgefallen ist.«

»Versuche ich ja, du unterbrichst mich dauernd.«

»Los, zier dich nicht so.«

»Aquamarine half ihrem Vater im Restaurant, sie hatte mich nicht bemerkt und auch sonst niemand, nicht einmal meine Commissaria und ihr Stiefvater, der Comandante Scaramuzza, die dort zu Abend aßen, denn ich kann mich leise wie der Wind bewegen. Aber später, die meisten Gäste waren schon gegangen, tauchte er auf und entdeckte mich. Er zerrte mich aus dem Oleanderbusch, schubste mich und nannte mich Spanner, nur weil ich unsere Aquamarine im Auge behalten wollte. Dann zwang er mich, ihn in sein Appartement zu begleiten, sonst würde er Aquamarine davon berichten. Wir gingen also zu ihm, und er überredete mich, ein paar Züge von seiner Rauschgiftzigarette zu nehmen. Jetzt weiß ich wenigstens, was es mit der Ananas auf sich hat. Der Rauch riecht so. Und du hast das Zeug auch genommen. Mir wurde schummrig nach dem Rauchen, und ich kotzte auf seinen Boden. Zur Strafe verpasste er mir einen festen Hieb, und ich musste alles aufwischen. Dann erklärte er mir, er würde mit Drogen handeln und auch dir Rauschgift verkaufen. Ich habe ihn angebrüllt, dass er das lassen soll, und er hat mir mit der Faust in den Magen geboxt. Da habe ich mich noch einmal übergeben und danach den Boden säubern müssen.«

»Alter, ist das wahr? Wenn ich mir vorstelle, was du durchgemacht hast ... Was wirst du unternehmen?« Sebastiano sah ihn argwöhnisch an. Sein Gesichtsausdruck erinnerte Toto an den seiner Schwester, wenn sie vermutete, er hätte etwas im Sinn, das ihr nicht gefallen würde.

»Da hast du mir eine einfache Frage gestellt, die ich dir leicht beantworten kann. Ich habe schon etwas unternommen, weil ich meiner Kommissarin bereits berichtet hatte, was am Strand vorgefallen war.«

»Toto, Alter, verdammt. Da hänge ich doch auch mit drin. Du wirst deinen ältesten Kumpel doch nicht verpfeifen?«

»Ging nicht anders. Die Gerechtigkeit geht vor. Aber um das Rauschgift geht es jetzt nicht, sondern um Aquamarine. Der Typ will sie heiraten, das hat er mir gesagt. Aber er ist nicht gut für sie, vielleicht boxt er sie auch und gibt ihr von diesem Zeug zu rauchen so wie mir.«

»Was? Toto, jetzt mal in Ruhe. Was hat er dir erzählt?«

»Er drohte mir, mich zusammenzuschlagen, wenn ich jemandem etwas von dem Rauschgift und dem Besuch bei ihm verrate, und sagte, dass ich dann auch Ärger bekommen würde, weil ich doch mitgeraucht hätte. Dann zeigte er mir den Ring. Den will er heute an Aquamarines Finger stecken, und dann gehört sie ihm allein. Du bist dann nicht mehr ihr Freund. Verstehst du? Aber ich werde dir, wie immer, aus der Patsche helfen. Ich bin ihm vorhin von seiner Wohnung zum Kanal gefolgt und weiß nun, dass die Verlobung auf der Isola Barbana stattfinden wird. Er und Aquamarine sind an Bord des Dampfers gegangen, der dorthin fährt. Das ist der Grund, warum ich hier bin. Wir müssen das verhindern.«

»Da bin ich ganz deiner Meinung, Toto.« Sebastiano lief gehetzt durch die Küche, stützte sich an den Wänden ab, schlug mit der Hand gegen die Fliesen über der Spüle und schien kurz vor dem Ausrasten. »Wie stellst du dir das vor, was können wir unternehmen?«

So aufgeregt kannte Toto ihn nicht.

»Atme tief durch, das befiehlt Tante Antonella mir immer, wenn es mir so geht wie dir gerade. Hör auf zu schnaufen, davon wird dir nur übel, und du verlierst deinen Verstand.«

»Ist schon geschehen.« Sebastiano wischte den Schweiß von seiner Stirn. »Was sollen wir tun?«

»Dein Vater hat doch noch sein altes Fischerboot draußen beim Friedhof vor Anker liegen?«

»Ja, natürlich.« Sebastiano blieb jäh stehen. »Toto, altes Haus. Du bist genial.«

»Wir marschieren zu meinem Auto, fahren zum Parkplatz,

stellen es dort ab. Zwischen denen der vielen Besucher der Toten wird es schon niemandem auffallen. Ich meine nur, falls ich
gesucht werde. Und das werde ich, sobald meine Familie mit-
bekommt, dass ich nicht im Baumarkt bin.«

»Ja. Wir nehmen das Boot und tuckern von der Hinterseite
zur Mönchsinsel. Wir ertappen sie in flagranti.«

Wieder so ein Satz, den Toto nicht zuordnen konnte.

»Was bedeutet das?«

»Erkläre ich dir später.«

»Okay. Ein wenig warten wir noch, denn wenn wir zu früh
auf die Insel kommen, entdecken sie uns.«

»Genau so und nicht anders gehen wir die Sache an. Wie zwei
Privatdetektive. In der Garage steht ein voller Kanister mit Benzin, den nehmen wir mit, und vorher plündern wir den Kühlschrank. Wir fahren zur Sicherheit gleich mit dem Boot los und
schlagen uns am Meer den Bauch voll, bevor wir zur Tat schreiten.«

Dagegen hatte Toto nichts einzuwenden.

## 32

Eduardo und sein Bruder Ferdinando hatten ein bestimmtes Ritual, um ihren freien Tag zu genießen – hauptsächlich dann, wenn nichts anderes von Bedeutung anstand. Meistens mussten leider Lebensmitteleinkäufe erledigt oder dringende Reparaturen vorgenommen werden.

Heute war einer dieser Montage, an denen sie wirklich und wahrhaftig an nichts denken mussten außer an ihre eigene Gesundheit und das damit verbundene Wohlbefinden.

»Los«, sagte sein Bruder tatendurstig, »schwing deine Hufe.«

»Bin schon bereit fürs Vergnügen«, entgegnete Eduardo und verschloss sorgsam die Eingangstür zu ihrem Restaurant.

Gemeinsam und in Eintracht schlenderten die Brüder durch den Parco delle Rose hin zur Kuranstalt. Beide litten seit Jahren an Rheuma, und durch das Kochen und Servieren der Speisen waren ihre Gelenke verkrümmt und lechzten geradezu nach einer Behandlung. Zudem schmerzte Eduardos Rücken unerträglich. Medikamente lehnten sie ab, bis auf die tägliche Prise Koks, die Eduardo sich heimlich genehmigte.

Ferdinando nahm nicht mal ein Mittel, wenn das Wetter, wie er sagte, »auf seinen Kopf drückte«.

Dennoch war er es gewesen, der zuerst auf die heilende Wirkung des Meeressandes aufmerksam geworden war. Ihr gemeinsamer Freund, Fulvio Benedetti, hatte ihm in den höchsten Tönen davon vorgeschwärmt, sogar auf seine Parkinsonerkrankung wirke der Sand sich positiv aus, hatte er erklärt.

Als alteingesessene Gradeser war ihnen die wunderbare Wirkung der Thermalbehandlung natürlich schon in ihrer Kindheit gepredigt worden.

»Findest du es richtig, wie Aquamarine herumläuft?«, wagte Eduardo seinen Bruder zu fragen. »Leicht bekleidet und geschminkt wie eines dieser billigen Mädchen.«

»Was regst du dich auf?« Ferdinando zuckte bloß mit den Schultern. »Die Zeiten haben sich geändert, was unsere Eltern als ›billig‹ empfanden, ist auch längst schon Bestandteil der Mode geworden.«

»Mir passt das eben nicht. Hast du mitbekommen, dass sie sich außer mit Sebastiano auch mit anderen Jungs trifft?«

»Sollte mich das denn stören? Hegen wir nicht beide einen gewissen Argwohn gegen den Kerl?«

»Sowieso. Ich will nur nicht, dass sie ausgenutzt wird. Der andere Junge scheint ein paar Jahre älter zu sein als sie.« Eduardo spürte, wie sein Blutdruck bedenklich in die Höhe schoss. Er musste diese Schwankungen demnächst von Dottor Beltrame überprüfen lassen.

»Woher weißt du, was ich nicht weiß? Seit wann trifft sie sich schon mit anderen? Und für wie viel älter als Aquamarine hältst du ihn?«

Die Fragen prasselten nur so auf Eduardo herein.

Bevor Eduardo antworten konnte, hatten sie ihr Ziel erreicht. Höflich wurden sie begrüßt, sie waren schließlich Stammgäste, die auch in den Wintermonaten die Anwendungen in Anspruch nahmen.

»Ihr Freund erwartet Sie schon.«

Eduardo blinzelte seinem Bruder spitzbübisch zu. Wenn Fulvio Benedetti ebenfalls hier war, erwartete sie im Anschluss an die Behandlung mit Sicherheit ein gemeinsamer Umtrunk.

Fulvio lag auf einem Bett, den gesamten Körper mit heißem Sand, der mit Meerwasser vermischt war, bedeckt.

»Hallo«, nuschelte er. »Legt euch neben mich. Es ist ohne die Berichte von den Eskapaden eurer Gäste so langweilig hier.«

Beide gehorchten und unterwarfen sich ebenfalls der Prozedur, die von einer charmanten Physiotherapeutin durchgeführt wurde.

Da Ferdinandos Gesicht frei von Sand war, erzählte er lustige Begebenheiten aus ihrem Berufsleben.

Fulvio lachte so herzlich, dass die Therapeutin ihn mehrmals ermahnen musste, die anderen Kurgäste nicht zu stören.

»Sagt mal, wie geht es meiner Kleinen?«, fragte er daher halblaut.

»Aquamarine ist wohlauf.« Eduardo schnaufte wohlig unter dem heißen Sand.

»Fast hätte ich es vergessen«, sagte Ferdinando. »Heute kommt unser Bruder Ricardo. Der eingebildete Affe erwartet sicherlich ein Galadinner.«

»Kriegt er aber nicht. Lass uns lieber noch auf ein Gläschen zu ›Cesare‹ gehen.«

»Abgemacht. Der hat immer einen Platz für uns.«

Die Sandkörnchen wirbelten nur so durch die Luft.

Und Eduardo fühlte sich mit einem Mal frei von seinen ewigen Schuldgefühlen.

## 33

Aquamarine seufzte.

Das war vielleicht ein Nachmittag!

Goran hatte etwas an sich, dem sie nicht widerstehen konnte.

Sie würde mit Sebastiano Schluss machen müssen, wollte sie sich diese neue und aufregende Erfahrung nicht vermasseln.

In welcher Phase befanden sie sich eigentlich?

Sollte sie es wagen, ihn darauf anzusprechen?

Sie genierte sich als Mädchen, da war sie altmodisch oder vielleicht auch zu prüde, um den ersten Schritt zu machen.

Goran lehnte sich an sie.

Fast wäre Aquamarine zur Seite gefallen.

Ein Schauer überrieselte sie.

Goran hatte recht behalten, die Wirkung des Marihuanas war angenehm und schien ihre sinnliche Wahrnehmung noch zu intensivieren. Alles war so wunderschön hier.

Nicht nur zu jeder der vier Jahreszeiten, auch zu jeder Stunde des Tages änderten sich die Farben des Meeres, des Himmels, der gesamten Vegetation, die sie umgab.

Aquamarine zog an ihrem zu kurzen Shirt.

Goran reagierte unmittelbar.

»Warte.« Er nahm ihr Hoodie und reichte es ihr. »Zieh das über, du frierst ja, und ich möchte nicht, dass du krank wirst.«

Eine Woge der Verliebtheit überschwemmte sie.

Goran griff in die Tasche seiner Jeans und zauberte ein Päckchen hervor. »Mach es auf«, flüsterte er.

Noch eine Überraschung? Aquamarine öffnete die Verpackung und fixierte gebannt den Inhalt.

Da lag auf hellem Samt ein goldener Ring mit einem blau funkelnden Stein.

»Ein Aquamarin, wie mein Name«, hauchte sie.

»Ich stecke ihn dir jetzt auf deinen rechten Finger, weil ich dich liebe und mit dir verlobt sein möchte.«

Eine weitere, noch heftigere Woge grenzenloser Verliebtheit schwappte über Aquamarine hinweg.

Längst hatte sie Zeit und Ort vergessen. Was zählte, waren einzig sie beide und ihre Liebe.

Sie waren das glücklichste Paar auf Erden.

# 34

Maddalena saß im Dienstwagen neben Piero Zoli, der sie wie üblich chauffierte. Sie war eine begeisterte Motorradfahrerin, aber mit dem Auto fuhr sie nur, wenn es nicht anders ging.

»Was hat Ihre Nachfrage beim Chef des Baumarktes ergeben?« Zoli kontrollierte gewissenhaft den Verkehr im Rückspiegel. »Nichts, Chefin, was wir nicht vermuteten beziehungsweise was Arturo uns nicht schon mitgeteilt hätte. Signor Merluzzi ist heute nicht bei seiner Arbeit erschienen, weil er seine angeblich schwer erkrankte Schwester zum Arzt begleiten musste.«

»Danke. Ich kann dem nur Folgendes hinzufügen: Olivia Merluzzi war schwer erreichbar. Zuerst hatte sie ihr Handy ausgeschaltet, dann anscheinend keinen Empfang. Als sie endlich ans Telefon ging, meinte sie, Toto wäre nach Ihrem Besuch sehr verstört gewesen. Ist da etwas vorgefallen, über das ich nicht in Kenntnis gesetzt wurde?«

Zoli hätte fast das Steuer verrissen. »Chefin«, antwortete er gequält, »wo denken Sie hin? Da war nichts. Toto benahm sich eigenartig, aber tut er das nicht ständig?«

»Stimmt, Zoli. Sie haben sicher alle Richtlinien beachtet.«

Neben ihr atmete Zoli tief durch, und ein Hauch Kaffeeduft wehte zu ihr. Spürbar erleichtert sagte er: »Olivia Merluzzi schien etwas angeschlagen, denn sie war blass und müde, aber sind wir das nicht mitunter alle?« Er hielt inne. »Oder irre ich? Für mich mutete die Situation, und Sie wissen, ich beobachte sorgfältig, völlig normal an. Gut, die Geschwister waren in Eile. Sie musste in die Schule, er zur Arbeit. Natürlich kam durch mein unerwartetes Erscheinen Hektik auf, das ist verständlich.«

»Zoli, keine Frage, Sie haben meinen Auftrag ordnungsgemäß erfüllt. Daran zweifle ich nicht.«

»Wohin ist er dann unterwegs? Sein Auto steht nämlich nicht auf dem vorgesehenen Parkplatz, das heißt, er ist irgendwohin gefahren, nachdem er Fanetti und Ginevra traf.«

»Genau das bereitet mir Sorgen. Ich bin mir sicher, dass es sein Humpeln war, das ich Samstagnacht gehört habe, eventuell begleitet von Atemgeräuschen und Schritten einer weiteren Person. Ich dachte in dem Moment, er wolle zu mir, doch jemand anders lief vielleicht vor Toto, und womöglich liegt da des Rätsels Lösung. Ich gestehe, ich habe nicht richtig hingehört, sondern einfach die Jalousien runtergelassen.«

»In der Nähe Ihres Appartements war er womöglich schon, Commissaria. Er sagte, er habe jemanden an der Riva besucht, jedoch nur kurz, und es gab wohl eine kleine Auseinandersetzung.«

»Einen Kampf?«

»Schien mir nicht so, eher ein Wortgefecht. Es sei aber nichts Ernstes gewesen. Ihm war nichts geschehen. Ich habe mich dessen explizit versichert.«

Maddalena spürte die Unruhe, die sie immer dann erfasste, wenn sie nah an einer Erkenntnis dran war.

»Ich rufe mal meine Freundin an, Bibiana Taddi, die Immobilienmaklerin. Vielleicht kann die uns weiterhelfen.«

Zolis Raubvogelgesicht wurde starr, Maddalena erkannte das aus dem Augenwinkel.

»Damit will ich nicht sagen, dass Sie etwas übersehen haben könnten. Aber wenn Toto nicht zu mir wollte, so war er doch anscheinend auf dem Weg zu jemandem in meiner Nachbarschaft. Und die Auseinandersetzung könnte er mit der Person gehabt haben, deren Schritte ich ebenfalls hörte. Ich war, nachdem Leonardo Morokutti mich in jener Nacht zu Hause abgeliefert hatte und schließlich selbst in Triest angekommen war, hundemüde und wollte nur noch ins Bett fallen. Wenn ich ehrlich bin, war ich besorgt, dass Toto Merluzzi mich zu später Stunde erneut mit dieser Ananas-Sache belästigen wollte. Also zog ich mich klammheimlich in mein Schlafzimmer zurück, ohne nachzusehen, wer unter meiner Terrasse vorbeilief.«

»Chefin, Toto Merluzzi konnte doch gar nicht wissen, wo Sie jetzt untergekommen sind, das sagte er heute Morgen selbst.«

»Das stimmt auch wieder. Wahrscheinlich lösen seine häufigen Anrufe und Besuche auf der Polizeistation bei mir diese leicht paranoide Reaktion aus. Aber es würde mich nicht wundern, wenn sich bei Toto Merluzzi immer noch alles um die Ananas-Sache dreht und … Hi, Bibi«, begrüßte Maddalena ihre Freundin, die in diesem Moment abgehoben hatte.

»Werd nicht frech, Signora Commissaria, nur mein Onkel, der Griesgram, nennt mich so, und irgendwann werde ich ihn dafür köpfen müssen. Ich hasse diesen Spitznamen.«

»Wollte dich nicht ärgern. Ich brauche eine Information. Hast du unlängst eines der Appartements neben dem meinen neu vermietet? An einen jungen Mann vielleicht, so Anfang zwanzig?«

Maddalena überlegte, ob Toto den Fremden, den er in die ominöse Ananas-Geschichte verwickelt wähnte, noch näher beschrieben hatte, und ärgerte sich, weil sie sich nicht erinnerte.

»Das habe ich tatsächlich. Ein netter Slowene, er ist ein Stand-up-Paddler oder Kitesurfer und hat längere blonde Locken, die er zum Zopf zusammenbindet. Ich konnte ihm eine wunderhübsche Mini-Garçonnière günstig überlassen.«

Da war sie, die Erkenntnis.

»Mit so einem bin ich unlängst zusammengeprallt«, sagte Maddalena überrascht. »Ich bräuchte seinen Namen und die Hausnummer seiner Unterkunft. Ist das möglich?«

»Warte mal, ich schau gleich in meinen Unterlagen nach.«

Maddalena hörte sie geschäftig blättern, Papier raschelte. An Zoli gewandt meinte sie: »Sie sind nicht der Einzige, der sich noch altmodischer Methoden bedient.«

Sie erntete einen ratlosen Seitenblick.

»Goran Sganbatic heißt der junge Mann, und er hat zuerst eine Anzahlung getätigt, danach aber die gesamte Miete für drei Monate im Voraus auf einen Schlag beglichen.«

Sie nannte Maddalena die Hausnummer des Mieters und fragte, wann sie sich das nächste Mal sehen würden.

Bevor Maddalena antworten konnte, bremste Zoli scharf und bog abrupt nach links ab.

»Was zur Hölle sollte das denn?«, zischte Maddalena erschrocken, und ihre Freundin sagte verdutzt: »Ein Treffen mit mir muss nicht zwangsläufig in der Hölle stattfinden.«

Maddalena lachte hell auf. »Dich meinte ich doch nicht, obwohl die Assoziation gar nicht mal von der Hand zu weisen ist. Wir hören uns später. Ich bin dienstlich unterwegs.«

Sie wandte sich ihrem Kollegen zu, der das Auto mit Schwung in eine Parkbucht zwischen einem Pkw und dem Kleinlaster einer Gärtnerei bugsierte.

»Zoli, wen wollen wir auf dem Friedhof besuchen? Ist mir bei der Morgenbesprechung etwas entgangen?« Sie gähnte.

»Chefin, sehen Sie ihn denn nicht?«

»Wen oder was hat Ihr treffsicheres Adlerauge diesmal entdeckt?« Neugierig blickte sie sich um. »Doch nicht etwa unseren lieben Gesuchten?«

»Nein, ihn nicht, aber seinen Wagen. Schauen Sie.« Zoli fuchtelte aufgeregt mit seiner Hand vor Maddalenas Gesicht herum.

»Pfote weg, ich sehe so nichts.«

»Entschuldigung«, murmelte Zoli. »Dort hinten steht das Auto, eindeutig. Ich habe es wegen der Farbe durch die Bäume hindurch sofort erkannt.« In seiner Stimme schwang Stolz mit.

Beide stiegen aus und gingen zu Totos Fahrzeug. Es war leer. Auch der Rucksack, den er immer mit sich herumtrug, lag nicht auf dem Beifahrersitz.

»Komisch«, befand Maddalena. »Los, Zoli, wir drehen eine Runde auf dem Friedhof. Vielleicht bringt er Nicola Blumen oder betet dort.«

Doch ihr Gang an den Gräbern entlang blieb ergebnislos. Sie durchstreiften auch die nähere Umgebung des Friedhofs, ebenfalls ohne Resultat.

Toto war nirgends zu sehen.

»Der Mann gibt uns Rätsel auf.«

»Solche, die wir vorerst nicht zu lösen imstande sind. Lassen Sie uns daher zurückfahren und diesem Signor Sganbatic einen Besuch abstatten.«

»Chefin, das hätte ich auch vorgeschlagen.«

Maddalena grinste in sich hinein und schlenderte zurück zum Dienstauto.

Toto biss herzhaft von dem mit Mortadella und Gurkenscheiben belegten Panino ab.

Zufrieden klopfte er auf seinen Bauch.

»Mann, du musst echt aufpassen, sonst platzt deine Kugel irgendwann.«

Sein Freund haute ebenso rein wie er, blieb aber immer gleich dünn.

»Das kann nicht passieren. Mein Magen ist ja kein Ballon oder Gummiball. Tante Antonella meint, ich werde von zu viel Essen bloß zuckerkrank. Da besteht aber keine Gefahr, weil ich Salziges eh lieber als Süßes mag.«

Sebastiano lachte so sehr, dass ihr Boot auf den sanften Wellen hin und her schaukelte wie bei heftigem Seegang.

»Du bist mir einer«, sagte er gut aufgelegt und spuckte den Kern einer Olive ins Wasser.

»Hast du für mich den Energydrink eingepackt? So was darf ich nämlich auch nicht trinken. Aber heute machen wir beide eine Ausnahme.«

»Nö, den braucht meine Mama. Nach dem Wegputzen des Drecks in den Hotels benötigt sie dringend frische Energie. Du hast keine Ahnung, was die Gäste für einen Mist zurücklassen.«

»Was zum Beispiel?«

Darauf gab Sebastiano Toto keine Antwort. Wahrscheinlich wollte er nicht, dass ihm der Appetit verging.

Im Kühlschrank von Sebastianos Mutter hatten sie mit Pfefferkörnern bestückte Mortadella gefunden, grüne Oliven, Mozzarella in kleinen Kügelchen, wie er sie am liebsten mochte, scharfe Salami, Pecorino, gelbe Paprika, Essiggurken und scharfe Peperoncini. Aus diesen köstlichen Zutaten hatten sie unterschiedlich belegte Brötchen gebastelt und in Alufolie verpackt.

Toto war schon bei der Zubereitung das Wasser im Mund

zusammengelaufen, obwohl er erst vor Kurzem gefrühstückt hatte.

»Dein Magen knurrt, als hättest du ein Raubtier verschluckt«, meinte Sebastiano und grinste.

»Ich bin immer hungrig. Manchmal, in der Nacht, wenn Olivia schläft, schleiche ich hinunter in die Küche und plündere ihren angeblich geheimen Vorrat. Die Chips mit Chili haben es mir besonders angetan. Die knacken so schön, wenn ich sie futtere.«

»Kann ich mir vorstellen.«

Sebastiano war ein toller Bootsfahrer. Zuerst hatte er das Benzin fachgerecht aus dem Kanister in den Tank gefüllt und danach den Motor gestartet. Der war sofort angesprungen.

Jetzt trieben sie durch die Lagune. Es war noch früh, Zeit genug, um Stellung zu beziehen. Beide wollten verhindern, von Goran und Aquamarine zuerst entdeckt zu werden, da waren sie sich einig.

Trotzdem war eine gewisse Eile geboten.

Maddalena stieg aus dem Dienstwagen, der auf der Riva, nahe ihrer Wohnung, hielt.

»Dann nehmen wir uns das Bürschchen mal vor.«

Zoli nickte ergeben.

Doch auch nach mehrmaligem Klopfen öffnete niemand.

»Der Vogel ist wohl ausgeflogen«, mutmaßte Maddalena.

»Lassen wir ihm eine Nachricht da, dass er sich unverzüglich bei uns zu melden hat.«

»Gute Idee«, pflichtete Zoli ihr bei. In seiner schönen Handschrift schrieb er die Bitte auf eine Seite aus seinem Notizbuch, riss das Blatt heraus und klemmte es in den Spalt zwischen Tür und Zarge.

»Gut«, sagte Maddalena etwas ratlos, »suchen wir weiter nach Toto.«

Aquamarine liebte das Meer.

Wenn die Wellen so schaukelten, fühlte sie sich wie in einer Wiege.

Geborgen und beschützt.

Heute strahlte das Blau des Himmels mit dem türkisgrünen Wasser um die Wette.

»Wer gewinnt?«, fragte sie.

Die Antwort kam unmittelbar und nicht unerwartet: »Du, immer nur du. Keiner Farbe der Natur gelingt es, das Strahlen deiner Augen zu übertreffen.«

»Mehr«, flüsterte sie, »mehr.«

»Warte, bis wir allein sind, bis auch noch der letzte Besucher auf dem Dampfer sitzt.«

Über ihnen kreisten die Möwen. Eine hatte sich einen fetten Fisch aus den Fluten geangelt, drei andere versuchten, ihn ihr abzujagen.

»Schau«, hauchte Aquamarine verstört. »Manchmal fühle ich mich ebenso.«

Ein dunkles Vorgefühl schnürte ihren Hals zu, drückte gegen ihre Brust, machte sie eng.

Sie bekam kaum ausreichend Luft.

Da war dieses einzigartige Wesen neben ihr, das sie umschlungen hielt und spürte, was in ihr vorging. Es küsste ihren Hals, zog an ihrem Ohrläppchen, streichelte sanft über ihre Wange.

»Musst du nicht, mein Liebling. Bei mir bist du sicher. Du und ich, wir beide gehören zusammen, nichts kann uns jemals mehr trennen. Für den Rest unseres Lebens nicht.«

Sogleich lösten sich Melancholie und jegliche Befürchtung, die sie eben noch körperlich wie seelisch gemartert hatten, und schlugen in ungezügelte Begeisterung um. Die intensiven Gefühle rauschender Verliebtheit überwältigten sie.

Was war sie glücklich.

Was war sie froh.

Wer könnte es besser haben als sie?

Weißer Schaum schwappte über den Rand des Bootes, das vor ihnen, die sie am Ufer saßen, im Wasser lag, und sie ließ ihre Finger fasziniert durch das Nass gleiten.

Wann war sie das letzte Mal so verdammt unbeschwert gewesen?

»Möchtest du noch einen Zug?«

Der süßliche Qualm schwebte über ihrem Kopf.

»Doch, einen ganz kleinen, nur nicht hier, erst wenn wir ganz allein sind«, sagte sie verschämt und ärgerte sich gleichzeitig über ihre Zimperlichkeit.

»Was interessieren uns die anderen? Die wissen doch nicht mal, wie das Kraut heißt, das sie für Tabak halten.«

Sie konnte einfach nicht anders, als über solcherlei Unverfrorenheit zu lachen. Unter ihrem knappen Shirt mit den verschwitzten Rändern unter den Achseln hob und senkte sich ihr Bauch.

»Also«, setzte sie erneut an, diesmal mit einem weit besseren Argument, »wenn du möchtest, dass es so bleibt, solltest du das Rauchen vorerst lassen. Einer ist immer unter den Touristen, der das zu Hause oder hier in Grado ebenfalls betreibt. Und der kann den Geruch bestens einordnen. Wahrscheinlich sogar die spezielle Duftnote.«

Das Grinsen, das sich auf Gorans Gesicht ausbreitete, bevor der selbst gedrehte Joint über den kleinen Kahn, der vor ihnen ankerte, hinweg ins Meer segelte, bestätigte sie und ließ ihre Brust stolz anschwellen. Er hörte auf sie und tat, was sie für richtig befand.

Das Gras auf der kleinen Insel war frisch gemäht und verströmte diesen einzigartigen Duft, vermischt mit dem Salz aus der Lagune.

Sie standen auf, sammelten ihr Zeug vom Picknick ein und wechselten ohne vorherige Absprache spontan den Platz.

## 38

»Da, nimm. Das brauchen wir als Stärkung.«

Sebastiano reichte Toto eine Dose kaltes Bier.

»Wo hast du das denn her?«

»Schau mal, ich habe eine Box, da sind Eiswürfel drin. Die kühlen unsere Getränke.«

»Wann hast du das Gesöff in die Tasche gesteckt?«

»Als du auf dem Klo warst.«

»Ach so, denn ich hätte es dir verbieten müssen. Alkohol ist mir wie Kaffee streng untersagt. Falls ich welchen trinke, brummt Olivia mir eine saftige Strafe auf.«

»Keine Bange, das kannst du dir gönnen. Es ist ein alkoholfreies Bier. Glaubst du denn, ich will, dass du Ärger bekommst? Ich bin doch dein Freund.«

»Danke, das ist sehr aufmerksam von dir.«

Die Lasche war leicht abzuziehen. Es zischte, und ein wenig gelbe Flüssigkeit schäumte über den Rand.

»He, pass auf, Alter. Jeder Tropfen ist kostbar.«

Eine Möwe näherte sich im Sturzflug ihrem Boot, und Sebastiano schrie: »Die will uns beklauen! Schnell, hau alles in die Tasche.«

»Zu spät«, antwortete Toto bedauernd und rieb über seine brennenden Augen. Er hatte vergessen, seine Sonnenbrille mitzunehmen. »Die hat sich ein Stück Brot mit Käse geschnappt.«

»Kann ja mal vorkommen«, beschwichtigte ihn Sebastiano. »Mach dir keinen Kopf. Du weinst doch nicht etwa deswegen?«

»Nein. Ich bin doch keine Heulsuse.«

»Dann ist ja alles gut.« Sebastiano prostete ihm mit der silbernen Bierdose zu.

»Auf uns«, sagte Toto, weil er sich erinnern konnte, dass seine Cousinen das riefen, wenn sie mit Prosecco anstießen.

»Den Spruch finde ich zutreffend. Wenn Aquamarine und ich feiern, ist unser Spruch auch ›Alla nostra‹. Wer es zuerst ruft, bekommt einen Kuss vom anderen.« Sebastiano verstummte und sah betrübt zum Himmel, der dunkelblau über ihnen hing.

»Jetzt erklärt deine Freundin diesem Goran das Spiel, weil sie sich verloben und danach heiraten werden.«

»Das sollte wohl ein Trost sein, was, Toto? Der ist aber ziemlich missglückt.«

Sofort stellte sich bei Toto ein schlechtes Gewissen ein. Er hatte eigentlich nur die Wahrheit sagen wollen, aber es war eben sehr mühsam für ihn, die richtigen Worte für spezielle Gefühlslagen zu finden. Damit tat er sich schwer.

»Ich wollte dich nicht kränken. Aber leider ist das nun mal so. Wenn wir es nicht verhindern, wird Aquamarine bald die Braut eines anderen sein. Du hättest ihr schnell einen Ring auf den Finger stecken sollen, dann wäre es nicht so, wie es jetzt ist.«

Wieder schien er das Verkehrte gesagt zu haben, denn in Sebastianos Gesicht las er Wut. Seine Wangen waren gerötet und die Augen zu Schlitzen zusammengezogen.

Das Bier schmeckte bitter, und am liebsten hätte Toto den Rest ins Meer gegossen, aber das traute er sich nicht, weil er seinen Freund nicht noch mehr verärgern wollte.

Sebastiano öffnete aufgebracht die nächste Dose. »Für jeden von uns gibt es zwei Bier. Ausgetrunken wird es bis zum letzten Tropfen. Verstanden? Weggeschüttet wird nichts. Das ist unsere Verköstigung.«

Zwei Bier? Da kam eine heikle Aufgabe auf Toto zu.

»Auch wenn da kein Alkohol drin ist, wackelt das Gehirn in meinem Kopf«, nuschelte er.

»Das gehört so.« Sebastiano grinste auf eine Art, die Toto nicht gefiel. »Runter mit dem Gesöff. Keine Müdigkeit vortäuschen, wir haben noch einiges zu erledigen.«

»Was machst du da?«, fragte Toto irritiert, als er das Päckchen Tabak in seiner Hand bemerkte.

»Ich drehe uns etwas Gras. Das hilft dabei, uns zu entspannen.«

»Ich … aber«, stammelte Toto, »das Zeug schadet doch. Bestimmt wird mir wieder schlecht davon.«

»Flenne nicht gleich. Dieser Stoff ist gut. Wirst sehen.«
Toto nahm gegen seinen Willen einen Zug, aber er atmete den Rauch nicht ein, sondern stieß ihn gleich wieder aus.

»Du verhältst dich wie ein kleines Mädchen. So funktioniert das.«

Sebastiano machte es ihm vor.

»Nein, ich will nicht. Im Bier war doch Alkohol, denn mein Hirn schlingert noch heftiger als eben schon von einer Seite meines Kopfes zur anderen. Du hast mich angeschwindelt.«

»Das bildest du dir ein.«

Doch Toto fiel wie ein nasser Sack nach hinten von seinem Sitz. Der Himmel über ihm verdüsterte sich.

»He, Alter, mach jetzt nicht schlapp. Ich gebe dir etwas, damit du wieder zu Kräften kommst. Da, nimm einen Schluck.«

Starker Kaffee tropfte durch seine Kehle, und auf seiner Zunge zerschmolz eine süße Pastille.

»Das ist purer Traubenzucker, der macht dich fit. Komm, ich helfe dir hoch.«

Sebastiano zerrte an ihm, und mit Totos Hilfe gelang es, dass er wieder aufrecht auf der Holzbank saß. Ihm war übel und schwindlig. Beides verflüchtigte sich jedoch nach wenigen Minuten.

»Geht schon wieder«, murmelte er.

»War ja auch nur eine Minidosis, die nicht mal einem Baby geschadet hätte.«

»Sebastiano, du darfst das nicht machen. Hör auf damit, sonst werfen sie dich ins Gefängnis.«

»Bitte keine Moralpredigt. Bei solchem Mist verschließe ich meine Ohren.«

»Ich meine es gut mit dir, du bist mein Freund. Mich haben sie schon mal eingesperrt. Das war nicht lustig.«

»Sei endlich still. Da, vor uns ist schon die Mönchsinsel. Einer der Dampfer nach Grado fährt gerade los. Verdammt. Hoffentlich sitzen Aquamarine und Goran da nicht drauf, und wir kommen zu spät. Das wäre dann allein deine Schuld.«

Toto bekam, immer noch benommen, mit, dass sie anlegten.

»Wir müssen total leise sein. Zuerst schauen wir, ob sie noch das sind, dann pirschen wir uns an. Alles klar?«

»Ja«, flüsterte Toto und kletterte unbeholfen aus dem Boot.

Sie stapften kurz durch seichtes Wasser, und seine Schuhe wurden pitschenass.

Dann standen sie auf fester Erde hinter der Kirche.

»Warte hier!«, befahl Sebastiano.

Toto gehorchte und lehnte sich an die Mauer des Gotteshauses. Dort verharrte er still, bis Sebastiano zurückkam.

»Ich habe sie gefunden. Los komm, mach aber keinen Lärm.«

Sie schlichen zum anderen Ende der Insel.

Dort lehnten Aquamarine und Goran nebeneinander an einer Zypresse.

Sie hörten sie miteinander reden.

Sie lehnten ihre Rücken gegen den rauen Stamm der Zypresse, unter der sie sich niedergelassen hatten. Eine Ameise eroberte sich den Weg unter Aquamarines Hosenbein und biss.

»Au!« Sie jaulte auf, quetschte den Jeansstoff und erntete einen amüsierten Blick.

»Wer wird denn gleich so ausrasten?«

»Die Roten sind wahre Killer. Aber ich habe sie daran gehindert, mich aufzufressen.«

»Deine Phantasie möchte ich haben.«

Vielleicht waren es seine Worte, die sie fortwährend aufs Neue verführten? Lachend schmiegte sie sich an diesen vertrauten, jedoch immer noch fremden Körper.

»Psst«, bekam sie zur Antwort, als sie einen wohlig gurrenden Laut von sich gab.

Augenblicklich verstummte sie, denn sie wollte sich keinen Ärger einhandeln.

»Die Glocke der Wallfahrtskirche hat geschlagen.«

»Okay«, murmelte sie, »und was nun?«

»Meine nächste Überraschung für dich.«

Sie hörte ein Rascheln, ein ungeduldiges Kramen im Rucksack, und dann spürte sie einen schmerzhaften Stich im Oberarm.

»Eine Wespe oder Biene hat mich erwischt, dagegen bin ich schwer allergisch. Wo ist mein Spray? Ich habe es doch nicht zu Hause vergessen?« Rasende Panik erfasste sie.

Blitzschnell verschwammen alle Farben um sie herum, explodierten wie in einem Kaleidoskop.

»Hilf mir doch«, wimmerte sie.

Antwort bekam sie keine.

»Wo bist du?« Ihr Atem ging hechelnd.

Aquamarine war auf einmal ganz allein.

Und es wurde dunkel.

»Da ist was Schlimmes passiert«, wisperte Toto. »Aquamarine liegt am Boden und krümmt sich.«

»Pssst«, zischte Sebastiano.

»Wir müssen ihr helfen.«

»Sei endlich leise.«

»Bin ich ja schon. Was hat sie denn? Du kennst Aquamarine viel besser als ich.«

Toto war versucht aufzuspringen, wurde von Sebastiano aber gewaltsam zu Boden gedrückt.

»Der blöde Typ hat ihr wahrscheinlich ›Girl Scout Cookies‹ gegeben, das lieben die Mädchen. Das löst Glücksgefühle aus und versetzt einen in ekstatische Zustände. Deshalb windet sie sich, sie ist außer sich vor Entzücken. Es liegt am Rauschgift.«

»Ich finde, es sieht aus, als hätte Aquamarine Schmerzen. Es geht ihr nicht gut. Wir müssen Hilfe holen.«

»Bist du plemplem? Bei den Mönchen etwa? Die werfen uns in einen unterirdischen Kerker, sperren die Tür zu und holen die Polizei. Und dann sind wir beide wegen der Drogen dran. Das Gefängnis wäre unsere nächste Station.«

»Wir haben ihr doch nichts gegeben.«

»Aber du hast Haschisch geraucht, und ich habe Stoff bei mir. Die werden daher annehmen, dass wir schuld sind, dass es ihr so dreckig geht.«

»Die schwarze Madonna ist dort in der Kapelle. Vielleicht weiß sie einen Rat.«

»Toto, halt endlich die Schnauze. Wir leben nicht in der Bibel, wo Wunder geschehen.«

»Wo ist Goran? Er hat Aquamarine durch die Zigarette in diesen Zustand versetzt, er soll sie da gefälligst wieder herausholen.«

»Das ist die erste hilfreiche Frage, die du bisher gestellt hast, Alter. Wo ist der widerliche Typ hin?«

Sie robbten näher, und da lag Aquamarine allein auf der Wiese unter der Zypresse.

Von Goran war nichts zu sehen.

Es roch nach Gegrilltem.

»Die Mönche essen, und dann beten sie.« Toto kannte sich mit den Gebräuchen und Gepflogenheiten der Klosterbrüder aus.

»Na und? Das ist für uns doch nicht wichtig. Schau mal lieber auf die Lagune hinaus.« Sebastiano fuchtelte mit dem Finger und zeigte auf einen Schatten, der sich stetig von der Insel entfernte.

»Goran«, stammelte Toto. »Der üble Bursche haut einfach ab und überlässt seine Verlobte dem Schicksal.«

»Er ist ein mieser Verräter.«

»Stimmt. Ruf einen Arzt oder besser gleich die Ambulanz an. Die holen sie mit dem Rettungsboot ab.«

Sebastiano durchwühlte seine Hosentaschen. »Verflucht. Das blöde Handy habe ich gar nicht dabei. Es lädt zu Hause auf. Ich wusste ja nicht …«

»Dann drehe ich Aquamarine auf die Seite, das habe ich gelernt. Dadurch kann sie nicht ersticken. Und danach fahren wir mit dem Boot los, um Hilfe zu holen.«

»Das ist die zweite gute Idee des Tages, Toto. Los.«

Aquamarine atmete.

Ihre Brust hob und senkte sich ganz leicht und erinnerte Toto an den zarten Flügelschlag eines Nachtfalters.

Wäre sie seine Verlobte, würde er sie jetzt küssen.

Gemeinsam drehten sie das Mädchen auf die Seite, und Toto fand, sie sah mit ihrem Engelshaar und sogar halb nackt noch wunderschön aus. Sie roch sauber nach Seife, Shampoo und ein bisschen nach Zitrone.

»Sollen wir ihr den Ring abziehen?«, fragte er.

»Wieso das denn?«

»Weil er vom falschen Mann ist. Dein Ring sollte an ihrem Finger stecken.«

»Das stimmt zwar, aber es spielt keine Rolle mehr. Aquamarine hat sich für einen anderen entschieden.«

»Wenn sie wieder klar denken kann, wird es ihr nicht gefallen, dass Goran sie allein gelassen hat. So schätze ich sie ein. Dann wird sie zu dir zurückkommen.«

»Ich will sie nicht mehr.«

»Und wenn sie dich bittet? Sei nicht so hart zu ihr. Fehler können passieren.«

»Hör mit dem Blödsinn auf. Was morgen geschieht, kannst du heute nicht planen. Vielleicht gebe ich ihr eine zweite Chance.«

»Das ist richtig«, murmelte Toto.

»Hauen wir ab. Wir haben uns überzeugt, dass sie lebt, mehr können wir im Moment nicht tun.«

Toto warf einen letzten Blick auf das reglos daliegende Mädchen und folgte Sebastiano zurück zum Boot.

## 41

Goran fuhr gegen die Windrichtung. Das bedeutete, er kam wesentlich langsamer voran, als er erwartet hatte. Die Wellen kräuselten sich leicht auf dem Meer, und er paddelte, so kräftig er konnte, gegen die Strömung an. Obwohl er ins Schwitzen geriet, war er froh, dass er das Kapuzenshirt übergezogen hatte, das ihn vor den Blicken anderer verbarg.

Auf der Mönchsinsel hatte er seine Habseligkeiten zusammengerafft und hastig im Rucksack verstaut. Den Picknickkoffer befestigte er an seinem Stand-up-Paddle.

Der vorletzte Dampfer war schon vor einer Weile davongefahren, und er kam nur an wenigen Booten vorbei.

Unter der Brücke, die den Übergang von der östlichen in die westliche Lagune markierte, passierte er einen Kahn, in dem ein alter Fischer saß.

Der betagte Mann schenkte ihm zum Glück keinerlei Aufmerksamkeit, er war zu sehr mit dem Angeln beschäftigt.

Schon bog Goran in den Kanal ein.

Erleichtert atmete er durch. So schnell wie heute war er noch nie zuvor unterwegs gewesen. Durch die körperliche Anstrengung hatte er die Gedanken, die ihn jetzt zu überwältigen drohten, von sich wegzuhalten vermocht.

Hurtig kletterte er über die schmale Treppe an der Mauer zur Riva hinauf und zog das Board hinter sich her.

Mit seinen zitternden Fingern brauchte er einige Versuche, bis er das Schloss seiner Wohnungstür geöffnet hatte.

Da klemmte eine Notiz, dass er sich sofort bei der Polizei melden sollte.

Auch das noch!

Erst als er sich auf die Couch im Wohnzimmer fallen ließ, kam er zur Besinnung.

»Was, verflucht noch einmal, habe ich getan?«, fragte er in das leere Zimmer.

Eine Antwort bekam er natürlich nicht, aber seine Gedanken fingen an sich wild zu überschlagen.

Seine besondere, außergewöhnliche Freundin hatte er fahrlässig im Stich gelassen.

Wie war das geschehen?

Panik.

Die blanke Angst hatte ihn überfallen.

Goran schlotterte wie Espenlaub. Seine Zähne schlugen schmerzhaft aufeinander.

Das Herz wollte seinem üblichen monotonen Rhythmus nicht mehr folgen, sondern sprang fast aus seiner Brust.

Goran fühlte, wie sein Magen sich umdrehte und den Inhalt nach oben loszuwerden versuchte.

Was hatte er sich bloß dabei gedacht, sein Allerliebstes im Stich zu lassen?

Er hatte ihr doch bloß noch einen kleinen Joint zum Rauchen geben wollen, einen von der aufheiternden Sorte.

Alles war danach schiefgegangen.

Kaum hatte er ihr das Zigarettchen gezeigt, war sie zu Boden gesunken und hatte zu röcheln begonnen, geschnaubt und ihre Augen verdreht, bis nur noch das Weiße zu sehen war.

Goran war im Nu auf den Beinen gewesen.

Kein einziges weibliches Wesen auf dieser Welt war es wert, alles zu verlieren.

Er gestand es sich ehrlich ein, er war in eine außerordentliche, für ihn im Nachhinein nicht mehr erklärbare Panik verfallen und wollte nichts lieber, als den Ort des Geschehens so bald als möglich zu verlassen.

Aquamarine war von einem Moment zum anderen nicht mehr Teil seines Lebens gewesen. Zu besessen war er von der Angst, mit seinen Geschäften aufzufliegen. Das wäre sein absoluter Ruin und möglicherweise sogar mit einem Aufenthalt im Knast verbunden.

Das durfte und wollte er unter keinen Umständen riskieren.

Keine Liebe war stark genug, um ihn dazu zu bewegen.

Nicht einmal die zu Aquamarine.

Trotz des Ringes an ihrer Hand war es ihm wichtiger gewesen, seine geliebte Verlobte zu verlassen, als ihr beizustehen.

Natürlich war diese wunderbare Frau das beste von allen weiblichen Wesen, die ihm je begegnet waren.

Dennoch hatte Goran eigene und klare Prioritäten zu setzen. Und seine Wahl war in diesem speziellen Fall auf ihn selbst gefallen.

Er hatte seine Liebste ihrem Schicksal überlassen.

War das Verrat?

Zweifellos.

Was war bloß mit ihm passiert?

Er hatte Leine gezogen, war einfach abgehauen.

Sollte er zurückpaddeln und nach ihr sehen?

Er war doch kein Unmensch.

Mit Bedacht baute er einen kleinen Joint und rauchte ihn. Als er fertig war, drückte er den Stummel im Aschenbecher aus.

Es gab nur diesen einen Weg für ihn zu beschreiten.

Zuerst schlug er die Decke auf seinem Bett auf, zog das Bettlaken glatt und schüttelte die Kissen. Dann öffnete er das Fenster einen Spaltbreit und atmete tief durch.

Viel hatte er nicht, alles passte in seinen Rucksack.

Das Stand-up-Paddle kam als Letztes dran. Er holte es von draußen in die Küche und ließ die Luft heraus. Es war schnell und mühelos zusammengefaltet. Wahrscheinlich hätte er die Prozedur sogar im Schlaf geschafft, so sehr war sie ihm in der Zwischenzeit vertraut geworden.

Die verbliebenen Vorräte aus dem Picknickkoffer warf er in den Mülleimer unter der Spüle. Er musste alles ordentlich hinterlassen, um kein Aufsehen zu erregen.

Rasch lief er zum Container hinter dem Haus und entsorgte den Müll. Den leeren Picknickkoffer stellte er daneben auf den Boden.

Vielleicht brachte er dem, der ihn fand, mehr Glück als ihm und Aquamarine.

Erst als er wieder im Appartement war, überfiel ihn erneut das Grauen.

Was, wenn Aquamarines allergische Reaktion tödlich war?

Hieß das, er wurde durch seine Flucht zum Mörder?

Oder nannte sich das »unterlassene Hilfeleistung«?

Und was geschah, wenn Aquamarine gefunden und gerettet wurde?

Würde sie der Polizei seinen Namen nennen?

Goran wollte sich die unterschiedlichen Szenarien nicht weiter ausmalen.

Denn jedes einzelne löste unmittelbar Schuldgefühle in ihm aus.

## 42

Toto hatte einen Plan.

Sebastiano war nicht eben begeistert davon, aber wenn Toto einmal von etwas überzeugt war, setzte er das auch durch.

Die Worte seiner Tante Antonella klangen ihm im Ohr: »Meinen Neffen kann so schnell nichts aufhalten, wenn er eine Idee umsetzen will, da fährt sogar die Eisenbahn drüber.«

»Mach das Boot fest, damit es nicht davonschwimmt«, wies er Sebastiano scharf an.

»Alter, reiß dich gefälligst am Riemen. Das bestimme immer noch ich. Damit kenne ich mich aus, und du hast nicht mal den blassesten Schimmer, wie das funktioniert.«

»Ich will es gar nicht wissen, aber vielleicht brauchen wir den Kahn heute noch.«

Toto seufzte.

»Schwachsinn. Wozu?«

»Das kann keiner im Voraus sagen. Manchmal passieren Dinge, die wir nicht vorhersehen.«

»Bist du unter die Philosophen gegangen? Hör auf zu plappern und starte endlich den Wagen.«

Zum Glück hatte er das Auto direkt am Friedhof, wenige Meter von dem Boot entfernt, geparkt.

»Ich werde genau auf die Geschwindigkeitsbegrenzungen achten. Strafe zahle ich keine. Das steht fest.«

»Los jetzt! Leg einen Zahn zu. Ich will genauso wenig wie du, dass Aquamarine etwas passiert, auch wenn sie nicht mehr meine Verlobte ist.«

»Sie war nie deine Verlobte, weil du ihr keinen Ring geschenkt hast. Das hat Goran gemacht, und deshalb wird sie ihn heiraten und ganz sicher nicht deine Frau werden.«

»Nerv nicht, sondern gib Gas.«

»Wir biegen schon ins Zentrum von Grado ein. Ich bin schneller gefahren, als ich durfte.«

Toto parkte den Wagen auf einem der vorgesehenen Plätze für Elektroautos und sperrte gewissenhaft ab.

Die Glocke im Turm der Basilika schlug laut und schrill in seinen Ohren. Toto blieb stehen und sah zum Himmel.»Es ist schon zwanzig Uhr. Die arme Aquamarine muss frieren. Wir hätten sie zudecken sollen.«

»Komm schon!«, rief Sebastiano, der bereits weitergeeilt war. Und Toto humpelte dem Freund hinterher.

Kurz darauf waren sie beim »Rickys« angelangt.

Toto beugte sich vor und stützte die Hände in seine runde Taille.»Ich habe Seitenstechen vor Angst.«

»Sei kein Feigling. Wir müssen es Ferdinando und Eduardo sagen, wir haben keine Wahl. Du hast mich überzeugt, also bitte kneif jetzt nicht.«

»Du musst schon nicht allein hineingehen.« Toto ging zur Tür des Restaurants, drückte die Klinke hinunter und schaute Sebastiano verdutzt an.»Sie lässt sich nicht öffnen. Es ist abgesperrt.«

»Mensch, Alter. Es ist Montag. Heute haben die ihren Ruhetag. Sonst hätte Aquamarine ja gar keinen Ausflug machen können, weil sie arbeiten müsste.«

Sebastiano hatte seine umständliche Erklärung eben beendet, als jemand Toto von hinten auf die Schulter klopfte.

»Junger Herr, was ist Ihr Begehr?«

Toto verstand nicht, was der Mann ihn fragte, aber er erkannte ihn sofort. Es war Signor Ricardo, ein weiterer Onkel von Aquamarine. Er stand mit forschender Miene vor ihnen und hob bedauernd die Schultern.

»Zu wem wolltet ihr beide denn? Meine Nichte ist nicht daheim und sonst auch keiner. Bist du nicht Aquamarines Freund?«

»Ja, der war ich«, erwiderte Sebastiano.

Was sollten sie bloß tun?

»Ist etwas passiert? Ihr wirkt so bedrückt.«

»Ja.« Toto zog an Sebastianos Arm.»Hörst du? Wir müssen den Signore einweihen. Die anderen sind nicht da. Aber er gehört auch zu Aquamarines Familie.«

»Wovon redest du?« Aquamarines Onkel packte Toto grob am Ellbogen.»Was habt ihr angestellt?«

»Wir haben nichts verbrochen.« Sebastiano wich zurück. Sein Atem ging stoßweise, und er bekräftigte:»Nichts, gar nichts habe ich getan.«

Toto argwöhnte, dass der Freund versuchen wollte, sich aus der Sache herauszuwinden. Das durfte er nicht zulassen, sonst stand er am Ende blöde da und musste alles allein ausbaden. Die Worte quollen daher nur so aus ihm hervor.

Immer wieder verhaspelte er sich.»Aquamarine ... sie liegt auf dem Boden unter der Zypresse und atmet ... komisch. Wir haben sie auf die Seite gedreht, weil ... weil sich das so gehört. Damit sie ihre Zunge nicht verschluckt oder ... erstickt, wenn sie sich übergibt. Ich war in einem Rettungskurs vom Baumarkt aus, da haben wir das gelernt. Wir sind hier, um ... Hilfe zu holen.«

»Der Reihe nach und ganz genau. Bislang habe ich nur die Hälfte von deinem Kauderwelsch verstanden. Aber ich muss alles wissen, sonst kann ich nichts tun. Kommt mit.«

Während Sebastiano gezwungenermaßen neben Signor Ricardo herlief und Toto an dessen anderer Seite humpelte, was das Zeug hielt, um den Anschluss nicht zu verlieren, erzählte er dem Onkel, was sie beobachtet hatten.

Der stieß unverständliche Laute aus, ballte die Fäuste und wirkte zunehmend wütend.

»Drogen hat das dumme Mädchen genommen? Na, die wird etwas zu hören bekommen.«

Das Schnellboot von Aquamarines Onkel lag im geschützten Innenstadthafen, dem Mandracchio, und sie kamen innerhalb weniger Minuten dort an.

Als sie sich anschickten, über die Kaimauer ins Boot zu klettern, fuhr Signor Ricardo sie mürrisch an:»Ihr beiden fahrt nicht mit. Ich allein bringe Aquamarine entweder wohlbehalten nach Hause oder direkt ins Krankenhaus nach Monfalcone. Das ist eine Familienangelegenheit. Keiner von uns nimmt Rauschgift, damit dürfen wir nicht in Verbindung gebracht werden. Geht sofort heim und erzählt niemandem ein Sterbenswort von dem

Vorfall, sonst werdet ihr es bereuen. Dafür sorge ich. Habt ihr das kapiert? Ihr zwei habt schon genug verbockt. Wollt ihr früh sterben? Nein? Dann haltet euer Schandmaul. Ich regle das.«

Verdutzt und leicht verwirrt blieben Toto und Sebastiano am Kai stehen und sahen zu, wie sich das Boot auf dem Kanal entfernte.

»Ein unsympathischer Kerl«, meinte Sebastiano, und Toto nickte zustimmend.

»Wir müssen es allen verschweigen. Ich habe vor dem Onkel Angst.«

»Ich auch«, erwiderte Sebastiano. »Also halten wir den Mund. Wir sollten außerdem eine Zeit lang keinen Kontakt zueinander haben. Und falls wir uns doch irgendwo treffen, nicht miteinander oder mit Aquamarine über das reden, was wir erlebt haben. Du gehst morgen wie sonst auch in den Baumarkt und ich in den Malereibetrieb.«

Sie verabschiedeten sich hastig.

Toto wischte die Tränen von seinem Gesicht. Traurig und zutiefst aufgewühlt schleppte er sich nach Hause. Zwischendurch blieb er immer wieder stehen und versuchte, Klarheit zu gewinnen. Doch in seinem Kopf ging weiterhin alles drunter und drüber, obwohl sein Gehirn endlich zu schlingern aufgehört hatte.

Als er die Tür zu Tante Antonellas Haus erreichte, wurde sie von innen aufgerissen.

Olivia stand drohend vor ihm. »Bist du verrückt geworden? Wo hast du dich herumgetrieben? Wir wollten dich schon suchen lassen. Die Commissaria hat mich verständigt, dass du nicht zur Arbeit erschienen bist.«

Sie zog ihn ins Wohnzimmer, wo die anderen aufsprangen und sich um ihn scharten.

»Ich habe nichts Böses getan.«

»Warum warst du auf dem Friedhof? Was hattest du dort zu suchen?«

»Zu suchen? Nichts. Aber ich darf darüber kein Wort verlieren. Es ist ein Geheimnis.«

»Hat es etwas mit Nicola zu tun?«

»Nein.«

Obwohl er heute dort gewesen war, hatte er keine Minute für Nicola in ihrem Grab übriggehabt.

Was war er bloß für ein untreuer Geselle.

»Verrate uns, was los ist. Kapierst du nicht, dass Tante Antonella ganz fertig vor Sorge ist? Du bist sonst so zuverlässig. Was hast du deinem Chef für ein Märchen aufgetischt? Ich hoffe, du hast dich wenigstens entschuldigt.«

»Kein Märchen. Die halbe Wahrheit. Nämlich, dass du krank bist. Wie geht es dir überhaupt? Gesund siehst du nicht aus.«

»Danke, Toto. Hast du was angestellt? Du kannst es uns sagen, niemand macht dir einen Vorwurf.«

»Ich habe kein Verbrechen begangen. Ich nicht.«

Auch in der Küche musste er diesen Satz ständig wiederholen.

Tante Antonella drückte ihn auf einen Stuhl, Caterina brachte ihm ein Glas Milch, und Emilia stand auf, kam zu ihm und hielt seine Hand fest. Davide zwinkerte ihm aufmunternd zu.

Olivia war nicht mehr zornig, sie strich über sein Haar.

Zum ersten Mal an diesem schrecklichen Tag fühlte Toto sich ein wenig besser und geborgen im Kreis seiner Lieben.

Das war seine Familienangelegenheit.

## 43

Eduardo und Ferdinando kamen leicht angeheitert nach Hause. Sofort übermannte sie das schlechte Gewissen.

»Oje. Ricardo wird sauer sein. Wir haben ihn versetzt. Kein Essen, keine Getränke.«

»Und keine Angeberei. Mich stört es nicht, sein Geschwätz einmal nicht ertragen zu müssen.«

Eduardo war nicht nur darüber froh, sondern auch erleichtert, für den Besucher nicht groß aufkochen zu müssen. Zwar hatte er das Menü vorbereitet, bevor sie losgezogen waren, aber der Hauptteil der Arbeit stand noch aus.

»Holen wir uns einen Happen aus der Küche und öffnen noch einen guten Tropfen, was meinst du?«

»Gute Idee«, pflichtete Eduardo seinem Bruder bei.

Während Ferdinando eine Flasche öffnete, schmierte Eduardo Thunfischpaste zwischen ein paar Tramezzinischeiben und füllte Oliven aus einem Glas in eine kleine Schale.

»So«, sagte er, »auch ohne Ricardo – oder gerade deshalb – genießen wir unseren Imbiss.«

Nachdem sie das zweite Glas Wein getrunken hatten, sah Eduardo auf die Uhr.

»Es ist sehr spät geworden. Schläft Aquamarine schon?«

Ferdinando wischte sich mit einer Serviette über den Mund.

»Ehrlich gesagt, ich war gar nicht oben, weil ich zuerst dachte, sie kommt etwas später, und dann annahm, sie wäre in ihrem Zimmer. Was bin ich für ein schlechter Vater. Ich sehe sonst immer als Erstes nach ihr. Fulvio hat uns ganz schön eingeschenkt, was? Mir brummt langsam der Schädel.«

»Geben wir ihm nicht die Schuld. Er ist ein trinkfreudiger Geselle, das wissen wir. Dieses Fläschchen hier«, Eduardo zeigte auf den Wein, »wäre dennoch nicht notwendig gewesen. Aber wenn man mal so einen gewissen Pegel erreicht hat, macht man halt weiter.«

»Stimmt«, pflichtete Ferdinando ihm bei. »Ich gehe mal hoch und überzeuge mich, dass alles in Ordnung ist.«

Kurz darauf hörte Eduardo ihn rufen.

»Komm schnell. Aquamarine ist nicht da!«

Eduardo flog geradezu die Treppe hinauf.

Ferdinando stand in Aquamarines Zimmer und war kalkweiß im Gesicht. »Im Badezimmer und auf der Toilette habe ich nachgesehen. Sie ist nicht hier.«

»Es ist bereits nach elf. Das verstehe ich nicht. So lange bleibt sie nie weg. Und wenn, dann nur mit unserer ausdrücklichen Erlaubnis.«

»Ruf sie an.«

Ferdinando stieg die Stufen hinab und holte sein Handy aus dem Restaurant. »Warte mal«, sagte er, »hier habe ich einen verpassten Anruf von ihr, so gegen Mittag, und eine ungelesene WhatsApp.«

»Was schreibt sie?«

»›Mach dir keine Sorgen, ich bin zu einem Ausflug eingeladen worden. Komme nicht allzu spät zurück.‹«

»Es ist bereits allzu spät«, erklärte Eduardo.

»Hmm, stimmt. Und die Nachricht kam auch schon vor Stunden an. Recht bald, nachdem sie versucht hatte, mich zu erreichen.« Er wählte ihren Namen aus seiner Favoritenliste. Sie war dort, wie auch bei Eduardo, als Nummer eins abgespeichert.

Ungeduldig wartete Ferdinando darauf, dass sie abhob.

»Ihr blödes Telefon ist abgeschaltet. Es meldet sich nur die Mobilbox.«

»Der Saft wird ihr ausgegangen sein. Kannst du erkennen, wann sie zum letzten Mal online war?«

»Nein. Der Zeitstempel ist deaktiviert. Raffiniert, damit wir sie nicht kontrollieren können.«

»Vielleicht hat sie ihn wegen Sebastiano ausgeschaltet, denn unlängst konnte man noch sehen, wann sie online war.«

»Warum sollte sie? Ist mir da was entgangen?«

»Ich vermute stark, dass Aquamarine einen neuen Freund hat, einen blond gelockten Jungen Anfang oder sogar Mitte zwanzig, er hat neulich vor dem Restaurant auf sie gewartet. Sie weiß nicht, dass ich es bemerkt habe, aber sie haben Nummern ausgetauscht. Daher wird sie wohl mit Sebastiano Schluss gemacht haben.«

»Du bist ja weit besser über die Belange meine Tochter informiert als ich, ihr Vater. Sollte mich eigentlich nicht wundern, das war schon immer so.«

Eduardo beschlich ein unangenehmes Gefühl, auch wenn sein Bruder das ohne Vorwurf sagte.

»Warte mal. Womöglich hat sie bei mir angerufen oder eine SMS geschickt?«

Er zog sein Handy aus der Hosentasche. »Hat sie nicht. Siehst du, sie meldet sich zuerst bei dir.«

»Schade. Denn ich wäre erleichtert, hätte sie es bei dir versucht. Was machen wir jetzt?«

Eduardo dachte angestrengt nach. »Wir rufen Sebastiano an und fragen, ob er etwas weiß.«

»Auch sein Telefon ist ausgeschaltet«, sagte Ferdinando kurz darauf enttäuscht.

»Lass uns den restlichen Wein austrinken und überlegen, wie wir weiter vorgehen, okay?«

»Abgemacht. Es bleibt uns ohnehin nichts anderes übrig, als auf die kleine Signorina zu warten.«

Sie saßen sich eine Weile stumm gegenüber und lauschten auf jedes Geräusch.

»Ich hab es. Wir wissen, wo Sebastiano wohnt, schließlich haben wir sie doch oft genug hinbegleitet oder abgeholt, als sie jünger war. Nimm deine Jacke und komm. Wir gehen jetzt auf die Isola della Schiusa und läuten so lange an der Haustür, bis einer aufmacht.«

»Was täte ich ohne dich? Die Idee ist genial. Aber vorher schreibe ich ihr eine WhatsApp-Nachricht, wo wir sind, und klebe einen Zettel an ihre Zimmertür. Falls sie zurückkommt, während wir unterwegs sind, findet sie die Nachricht dort am ehesten.«

Sie ließen das Licht im Restaurant brennen.

Es war stockdunkel, und ein leichtes Lüftchen bewegte die

Äste der Pinien und Zypressen. Der Duft der Blumen in den Trögen auf der Brücke übertünchte den Geruch des Kanals. Ein paar lärmende Touristen kreuzten ihren Weg und durchbrachen mit ihrem Lachen die nächtliche Stille.

Sie mussten nicht lange klingen, auch wenn es bereits Mitternacht war. Die verschlafen blickende Signora, Sebastianos Mutter, öffnete rasch.

»Ist etwas passiert?«

»Wir hoffen nicht. Sebastiano, ist er zu Hause?«

»Klar, schon seit einiger Zeit. Was ist los?«

»Aquamarine. Wir können sie nicht erreichen. Bitte wecken Sie Sebastiano. Vielleicht weiß er, wo meine Tochter steckt.«

»Natürlich, kommen Sie herein. Ich hole ihn gleich.«

»Danke«, murmelten Ferdinando und Eduardo gleichzeitig und lehnten das Angebot auf einen Kaffee entschieden ab.

»Bitte beeilen Sie sich. Wir machen uns Sorgen.«

Sebastiano kam mit verstrubbeltem Haar und einer sauren Miene in das Wohnzimmer getrampelt, wo sie nervös warteten.

»Es ist mitten in der Nacht, und ich muss morgen beziehungsweise heute sehr früh bei der Arbeit sein. Einem Lehrling wird so leicht nichts nachgesehen. Vor allem keine Verspätung.«

»Daran besteht kein Zweifel«, antwortete Eduardo reserviert, er ärgerte sich über die anmaßende Art des Jungen.

Wirklich gemocht hatte er ihn nie.

Ferdinando schien es ähnlich zu gehen, denn er fuhr Sebastiano grob an: »Das ist kein Kinderspiel, sondern wichtig. Und mir ist es egal, ob du ausgeschlafen bist oder nicht. Wir wollen wissen, wann du Aquamarine zuletzt gesehen hast. Bei dir oben ist sie ja nicht, oder?«

»Nein, natürlich nicht«, stammelte der Junge, der seine Überheblichkeit abgelegt hatte und nun eher zerknirscht wirkte.

»Hast du eine Ahnung, wo sie sein könnte?«

»Nein, habe ich leider nicht. Wir gehen nicht mehr miteinander«, brachte er kleinlaut hervor.

Eduardo wunderte sich, dass der Junge dieselben Ausdrücke verwendete wie er, als er jung war.

»Das ist mir neu«, mischte sich die Signora ein. »Aber dann verstehe ich, warum du so niedergeschlagen bist.«

»Gar nix kapierst du«, fuhr Sebastiano seine Mutter an. »Sie hat mich wegen einem Idioten verlassen. Aber mir ist das schnuppe. Ich finde eine Bessere.«

Eduardo musste an sich halten, um dem Jungen keine zu kleben.

»Wann hast du mein Kind zuletzt gesehen?«, fragte Ferdinando verbissen.

»Muss vorgestern oder so gewesen sein. Seit sie mit dem Idioten unterwegs ist, meldete sie sich kaum noch.«

Unverrichteter Dinge zogen die beiden wieder ab.

Das feine Lüftchen von vorhin war in einen scharfen Wind umgeschlagen, der ihnen um die Ohren pfiff.

»Wir warten, bis sie auftaucht, und dann kriegt sie gewaltigen Ärger, das verspreche ich dir«, erklärte Ferdinando, aber Eduardo spürte dessen Angst körperlich.

## 44

Goran wählte die Nummer seiner Schwester.

Es war spät, denn er war vor Erschöpfung eingenickt. Aber Adele würde abheben, sobald sie seinen Namen auf dem Display ihres Handys las. Sie schaltete das Telefon auch während der Nacht nie aus, damit er sie erreichen konnte.

Kaum erklang das erste Freizeichen, ging sie auch schon dran.

»Goran«, sagte sie verschlafen, doch ihre Stimme klang erfreut.

»Ich brauche deine Hilfe, Adele. Bist du allein?«

»Was denkst du? Dass ich einen Freund, den es nicht gibt, ins Zimmer geschmuggelt habe?«

»Blödsinn. Ich dachte bloß, Mama wäre bei dir.«

»Die schläft um diese Uhrzeit tief und fest, genau wie alle anderen. Außerdem kommt sie selten zu mir. Wir verstehen uns nicht mehr so gut, seit du weg bist.«

»Wieso das denn?«

»Liegt vielleicht daran, dass ich dich vermisse und schnell in Rage gerate, wenn jemand mich nur schief ansieht.«

Die Arme hing zu sehr an ihm. Das war ihm klar, aber in seiner jetzigen Situation war es von unermesslichem Vorteil.

»Adele, weißt du noch, wo die Schlüssel zur Almhütte sind? Ich muss einige Zeit von der Bildfläche verschwinden und will mich dort verkriechen.«

»Natürlich weiß ich, wo sie liegen. Im obersten Fach von Papas Schreibtisch, neben allem anderen Krimskrams. Hast du etwas angestellt? Hoffentlich ist es nichts Schlimmes.«

»Ich erkläre dir alles, wenn wir uns treffen.«

»Du kommst nach Hause?«

Am liebsten hätte seine Schwester wohl »Juhu« gerufen und wäre jubelnd durchs Haus gelaufen.

»Nein. Psst. Nicht so laut. Es muss geheim bleiben. Niemand soll erfahren, dass wir Kontakt hatten.«

»Warum denn?«

»Pass gut auf. Ich bin in Grado und ohne Auto unterwegs.«

»Du hast ja gar keines.«

»Sei nicht so begriffsstutzig.«

»Also, Brüderlein, wie kann ich dir helfen?«, fragte sie keine Spur beleidigt.

So war sie eben, und er dankte nicht zum ersten Mal in seinem Leben dem Himmel für diesen wunderbaren Menschen.

»Du hast doch den Führerschein gemacht.«

»Schon vor einem Jahr. Du hast mir damals so schöne Blumen geschenkt. Übrigens, danke für das Geld. Mama glaubt immer noch, dass du in Udine bist und studierst.«

»Lass sie, das ist gut so. Hör mir bitte zu. Du schnappst dir das Auto und die Schlüssel für die Hütte. Vielleicht findest du im Kühlschrank etwas Proviant. Brot, Salami, Käse, Obst, Gemüse und etwas zu trinken. Kaffee wäre super. Dann holst du mich ab und fährst mich in den Karst hinauf, kehrst nach Hause zurück und legst dich ins Bett.«

»Ich bin doch nachtblind. Das traue ich mich nicht.«

»Dann wirst du eben lernen müssen, dich zu überwinden, so wie wir alle das mitunter tun müssen. Du hast mir in die Hand versprochen, mir immer zu helfen. Genauso wie ich dir.«

»Ja ... aber ... wo soll ich hinkommen?«

»Ich weiß noch nicht. Ich marschiere jetzt über den Damm und halte auf dem Festland ein Auto an. Falls einer zufällig nach Nova Gorica unterwegs ist, gebe ich dir Bescheid. Vielleicht musst du auch nach Triest, Gradisca oder Udine kommen. Ich werde nur einen Wagen anhalten, alles andere wäre zu auffällig. Man könnte sich an mich erinnern.«

»Dann hole ich dich besser gleich in Grado ab.«

»Das ist keine gute Idee, denn ich muss, so schnell es geht, weg von der Insel.«

»Hoffentlich klappt das. Was soll ich machen, wenn einer im Haus aufwacht oder checkt, dass ich das Auto nehme? Oder mich beim Heimkommen erwischt?«

»Du bist doch sonst so einfallsreich. Bitte eine deiner Freundinnen, dir ein Alibi zu geben.«

»Das klingt unheimlich, Goran. Wie in einem Kriminalfilm.«

»Du schaffst das schon. Ich schenke dir auch etwas Hübsches, sobald ich mich wieder sehen lassen kann.«

»Musst du nicht, du bist mein Bruder, und ich helfe dir auch ohne ein Geschenk.«

»Kleine, sobald wir uns treffen, werfe ich mein Handy in einen Bach oder Fluss. Du musst mir bitte ein Prepaidtelefon in einem billigen Supermarkt, der nachts offen hat, besorgen und es mir mitbringen. Nur du hast dann diese Nummer, okay?«

»Okay. Und wenn ich es nicht zu dir schaffe?«

»Dann weiß ich auch nicht mehr weiter. Ich baue zu hundertundeinem Prozent auf dich. Es hängt an dir, ob ich aus der Sache heil herauskomme. Bitte lass mich nicht hängen.«

Adele seufzte und sagte: »Dann ziehe ich mich mal leise an und nehme das Auto. In Kürze bin ich weg vom Haus und warte auf deinen Anruf.«

»Kluges Mädchen. Bin stolz auf dich. Bitte vergiss den Schlüssel zur Hütte und das Prepaidhandy nicht.«

»Keine Angst. Und treib in der Zwischenzeit keinen neuen Unfug, hörst du?«

»Geht klar. Bis später.« Goran legte auf.

Das hatte ja besser geklappt als erhofft.

Rasch zog er sein Hoodie an und schlüpfte in die Schuhe. Er schulterte den Rucksack und verließ hastig das Haus.

Schon bald würde er seine Schwester treffen und Grado den Rücken kehren. Ein für alle Mal.

## 45

Maddalena war müde.

Sie war nach Dienstende mit Stella im »Cesare« eine Pizza essen gegangen, da ihr Magen heftig knurrte, im Kühlschrank zu Hause aber gähnende Leere herrschte. Dennoch wollte sie auf dem Heimweg noch mal zu Sganbatic, da er sich bis jetzt nicht gemeldet hatte.

Irgendetwas knallte knapp vor ihrer Haustür gegen Maddalenas Körper.

Es tat weh.

Erschrocken hielt sie inne. »Entschuldigen Sie mal!«, blaffte sie ungehalten den Typen an, der sie fast umgerannt hätte.

»Aber sicher, Signorina«, antwortete der Lümmel frech und wollte sich entfernen.

Doch er hatte wohl nicht mit ihrer Entschlossenheit gerechnet. Ein Griff nach seinem Arm, und schon hatte sie ihn.

»Stehen geblieben«, herrschte sie ihn an.

Ihre Laune war bereits im Keller, also gedachte sie nicht, höflich zu diesem Rüpel zu sein.

Der junge Mann versuchte sich aus ihrer Umklammerung zu befreien, jedoch erfolglos, da Maddalena im Umgang mit Übeltätern bestens geschult war.

»Sorry, ich wollte Sie weder verletzen noch erschrecken. Das war gewiss nicht meine Absicht.«

Sieh an. Kaum hatte Maddalena das Bürschchen in der Mangel, vergingen ihm seine vorlauten Äußerungen.

Aus der Küche des Restaurants neben ihrer Wohnung wehte ein scharfer Geruch herüber. Maddalena konnte ihn keiner Speise zuordnen.

»Chili- oder Sojasoße«, erklärte der Kerl, als hätte er ihre Gedanken gelesen.

Maddalena konnte nicht anders, als ihn loszulassen und herzlich zu lachen.

»Kennen wir uns nicht?«, fragte sie, da er ihr seltsam vertraut vorkam.

»Nicht dass ich wüsste.«

Maddalena war sehr gut darin, offensichtliche sowie geschickte Lügen zu durchschauen.

»Klar doch. Sie sind mein Nachbar. Luisa«, sie wies auf das Lokal, vor dem sie standen, »hat uns doch neulich hier zusammen gesehen. Von ihr habe ich erfahren, dass Sie in geringer Entfernung von meinem Appartement wohnen. Das stimmt doch?«

»Ja ... ähem. Stimmt«, stammelte der Typ. Auf dem Rücken trug er einen sichtlich schwer beladenen Rucksack.

»Sind Sie Goran Sganbatic?«

»Woher wissen Sie das? Wollen Sie mich wegen meines Namens verhaften? Sie sind doch die Commissaria hier.«

»Ganz genau. Und nein, ich will Sie weder ins Kittchen bringen noch wegen Körperverletzung anklagen. Weit gefehlt. Doch eine wichtige Frage hätte ich schon.«

»Beantworte ich Ihnen gern. Schießen Sie los, aber bitte nicht im wörtlichen Sinn.« Er kicherte überspannt über seinen öden Witz.

Maddalena spürte die Unruhe, die den jungen Mann erfasst hatte.

»Toto Merluzzi. Ist Ihnen dieser Name ein Begriff?«

»Keine Ahnung. Ich weiß nicht, um wen es sich handelt.«

»In der Nacht von Samstag auf Sonntag saß ich auf meiner Terrasse und hörte Totos Humpeln. Er war in Begleitung, da waren noch andere, schnelle Laufschritte. Ihre womöglich.«

»Das kann nicht sein. Ich war in dieser Nacht aus. Habe verschiedene Bars besucht.«

»Irgendwann werden Sie aber doch heimgekommen sein. Oder? Auch ich war länger unterwegs und daher zu später Stunde noch wach. Ich weiß, dass er an der Riva jemanden getroffen hat, und vermute, dass Sie das waren. Was haben Sie mit Signor Merluzzi zu schaffen? Dieser Mann steht unter meinem persönlichen Schutz. Ich hoffe nicht, dass Sie ihn in irgendwelcher Weise bedroht haben?«

»Wie kommen Sie denn darauf? Das ist eine völlig absurde Unterstellung. Ich werde mich deshalb morgen bei Ihrem Vorgesetzten über Sie beschweren.«

»Dagegen ist nichts einzuwenden. Das passiert mir häufig. Dennoch, ich habe eine gute Nase, mir entgeht selten etwas.«

Maddalena spürte, dass Sganbatic kurz vorm Explodieren war. Daher legte sie noch ein Scheit nach. Sie glaubte ihm kein Wort. Sie war nicht wirklich in bester Laune. Und er bekam es jetzt handfest ab.

»Was treiben Sie in unserem schönen Grado, außer die Polizei zu beschäftigen? Und warum haben Sie sich nicht bei uns gemeldet? Wir haben Ihnen eine Nachricht hinterlassen.«

»Muss der Wind fortgeweht haben. Da war nichts. Ist das ein amtliches Gespräch? Ich meine, werde ich hier offiziell vernommen? Das behagt mir nämlich ganz und gar nicht.«

»Hallo!« Luisa war vor das Restaurant getreten und kam auf sie zu. »Goran, falls Sie unsere Commissaria nicht belästigen, hätte ich noch ein Fischsüppchen für Sie.« Sie grinste und ergänzte mit Blick auf Maddalena: »Die Polizei isst bei uns immer umsonst.«

Sganbatic gab einen erstickten Laut von sich, und Luisa strich eine Strähne ihres weißen Haares zurück.

»Das war einer meiner miesen Scherze«, stellte sie klar. »Natürlich bezahlen auch Bullen bei uns ihre Zeche, da möchte ich nicht falsch verstanden werden.«

Maddalena musste mit aller Kraft ein Lachen unterdrücken. Es würde absolut nicht hierherpassen und die Situation zudem bagatellisieren. »Danke, Luisa, dass du uns nicht als korrupt hinstellst. Wenn du aber vor Fremden solche Reden schwingst, wird da möglicherweise etwas falsch verstanden.«

»Es wäre auch für euch beide noch genug Suppe da«, erwiderte Luisa ungeachtet des Vorwurfs. »Setzt euch doch.«

Maddalena wusste nicht, wie sie das freundliche Angebot angemessen ablehnen sollte, ohne beleidigend zu wirken.

Goran Sganbatic nahm ihr die Entscheidung ab.

»Danke, Signora Luisa, aber ich muss dringend nach Hause zu meiner Mutter. Wir haben einen Trauerfall in der Familie.«

»Das tut mir leid.« Luisa wirkte bestürzt. »Heißt das, Goran, Sie reisen heute noch ab?«

»Leider ja. Ich hätte sehr gern viele weitere Tage und Stunden auf Ihrer wunderbaren Insel verbracht.«

»Und Sie, liebe Signora Degrassi? Hätten Sie nicht Lust auf einen frisch gefangenen Branzin mit einer Scheibe Burrata darauf, trotz der späten Stunde?«

»Prinzipiell immer und mit Vergnügen, aber ich war im ›Cesare‹ und bin von der Pizza noch immer pappsatt.« Sie klopfte sich auf ihren nicht vorhandenen Bauch.

»Ich verstehe.«

Maddalena fand Luisa umwerfend nett. Es behagte ihr nur nicht, dieses Gespräch in Anwesenheit des Jungen zu führen.

»Dann werde ich mich an diesem Punkt verabschieden und freue mich auf Fisch an einem anderen Tag.«

»Falls wir da nicht gerade unseren Ruhetag genießen«, warf Luisa spöttisch ein.

Maddalena wusste, wie selten das Restaurant in den Sommermonaten geschlossen hatte.

»Ich komme sicher«, versprach sie. »So viel steht fest.« Dann fiel ihr noch etwas ein. »Warten Sie kurz, Luisa, hatten Sie Spätdienst von Samstag auf Sonntag? Ich kam etwas angesäuselt heim und habe nicht darauf geachtet, ob Sie noch da waren.«

»Ich habe Sie nicht gesehen, Commissaria. Toto Merluzzi war der Einzige, der mir an dem Abend – oder vielmehr in der Nacht – aufgefallen ist.«

»Wie bitte?« Maddalena hob die Augenbrauen und sah Sganbatic an.

»Ich jedenfalls ging allein zurück zu meinem Appartement in jener Nacht«, wehrte der junge Mann ab.

»Wieso können Sie zeitlich so genau nachvollziehen, wovon Signora Luisa eben sprach?«, fragte Maddalena misstrauisch. »Da stimmt doch etwas nicht.«

»Commissaria«, warf Luisa ein, »ich weiß gar nicht genau, wie spät es war. Bitte nageln Sie mich also nicht auf diese Aussage fest.«

»Keineswegs«, beruhigte Maddalena sie, »ich habe Signor Merluzzi an dem Abend ebenfalls bemerkt und bin der Meinung, dass er nicht allein war.«

»Nun, als ich ihn sah, war er es. Ciao!«, rief Luisa ihnen zu und verschwand im Restaurant.

Maddalena fand es eigenartig, dass Toto am Samstag so spät hier gewesen war, doch auf diese Weise fand sie nicht heraus, wen er besucht hatte und ob hinter der Auseinandersetzung, von der er Zoli berichtet hatte, doch mehr steckte. Da musste sie morgen bei Toto persönlich nachhaken. Und Goran Sganbatic musste sie wohl oder übel laufen lassen.

»Nun denn.« Sie wollte endlich in ihre Wohnung und keine weiteren unergiebigen Gespräche führen. »Ich hoffe sehr, dass Sie mich nicht angelogen haben, Signore.«

»Keineswegs. Alles im grünen Bereich«, murmelte Sganbatic und schickte sich an, schwer bepackt die Riva zu verlassen.

Heute würde sie das Rätsel nicht mehr lösen.

Sie ging nach oben und schlüpfte unter ihre Decke, ohne eine Zigarette auf der Terrasse zu rauchen oder sich die Zähne zu putzen.

## 46

Sebastiano konnte nicht wieder einschlafen. Unruhig wälzte er sich von einer Seite auf die andere. Der Überfall von Signor Ferdinando und dessen Bruder hatte ihm mächtiger zugesetzt, als er sich zuerst eingestehen wollte. Er war richtig erschrocken, hatte innerlich gezittert und nur so getan, als ob ihm alles gleichgültig wäre.

Seine Mutter, die auf ihren sechsten Sinn schwor, hatte gespürt, dass etwas ganz und gar nicht in Ordnung war. Er hatte all seine Überzeugungskraft aufgebracht, um sie zu beruhigen. Wirklich entspannt wirkte sie danach jedoch nicht. Im Gegenteil, sie begann nachzubohren. Eine Technik, die sie, seit er klein war, bestens beherrschte. Oft kam sie ihm so auf die Schliche. Und wenn nicht, war sie meist ziemlich nah dran.

Sie hatten einander eine Weile am Küchentisch gegenübergesessen. Anfangs war sie still gewesen, dann stand sie auf und bereitete Kakao für ihn vor. Es war sein Lieblingsgetränk, dass er früher oft bekam, wenn er sich wehgetan hatte.

»Mein spezielles Trostpflaster, Mama?«

»Du hast es erfasst, mein Junge, und jetzt raus mit der Sprache. Die Signori aus dem ›Rickys‹ statten uns doch nicht ohne einen wichtigen Anlass zu dieser späten Stunde einen ›Besuch‹ ab. Verkauf mich nicht für blöd.«

»Die machen sich Sorgen. Kann ich verstehen. Aquamarine zieht mit zwielichtigen Gestalten herum.«

Während er seinen Kakao trank, fragte seine Mutter beharrlich nach: »Aquamarine und du, wann ist das mit der Trennung passiert? Ich wollte mich gestern nach ihr erkundigen, weil mir auffiel, dass ich sie schon länger nicht mehr gesehen habe. Sonst war sie ständig hier bei dir oder du bei ihr. Sie ist so ein liebes Mädchen. Was ist geschehen? Hast du sie wieder mal hintergangen, und sie ist dir auf die Schliche gekommen? Du denkst wohl, ich bekomme nicht mit, was mein Sohn so alles treibt.«

»Nein. Nichts dergleichen. Ein anderer, ein richtig mieser Typ hat sie so schwer beeindruckt, dass sie *mir* den Laufpass gegeben hat.«

»Wirklich lieb warst du in letzter Zeit nicht zu ihr. Ich habe mir oft gedacht, ich an ihrer Stelle könnte dich nicht aushalten.«

Er hatte den Kakao ausgetrunken, den Becher abgespült, einen erstaunten Blick geerntet und war in sein Zimmer geflüchtet.

Aquamarine hätte schon längst wieder zu Hause sein müssen. Selbst wenn ihr Onkel Ricardo sie ins Krankenhaus gebracht hatte, würden Aquamarines Vater und ihr Onkel Eduardo doch inzwischen davon erfahren haben. Das gefiel ihm nicht. Er überprüfte sein Handy in der Hoffnung, eine Nachricht erhalten zu haben, aber da war genauso wenig drauf wie bei seiner Ankunft zu Hause. Weder eine SMS noch eine WhatsApp oder ein Anruf waren eingegangen, und online war sie auch nicht.

Die Luft im Zimmer war stickig, und es roch ungelüftet. Seiner Mutter war es zu viel, nach ihrer anstrengenden Putzarbeit in den Hotels auch noch zu Hause groß aufzuräumen. Seinen kleinen Raum säuberte er daher schon lange selbst, sofern er nicht zu faul dazu war. Und das war er meistens.

Die Bettwäsche gehörte gewechselt, die alten Pizzakartons, die sich auf seinem Schreibtisch stapelten, entsorgt und der Staubsauger endlich angeworfen.

Er nahm sich vor, heute nach Dienstschluss sein Zimmer in Ordnung zu bringen. Wahrscheinlich sollte er sich auch gleich die Küche vornehmen und seine Mutter im Haushalt künftig mehr unterstützen.

Gute Vorsätze nannte man das. Sonst überfielen ihn diese vorbildlichen Absichten nur zum Jahreswechsel, wenn die Feuerwerke an Grados Himmel funkelten und bunter Sternenregen auf die Insel niederfiel. Wirklich ausgeführt hatte er selten, was er sich großherzig vornahm.

Außer in einer bestimmten Sache. Aquamarine war schon so lange seine Freundin, dass er manchmal vergaß, charmant zu ihr zu sein. Vieles war selbstverständlich geworden, und deshalb ließ er sich ab und an eine kleine Überraschung für sie einfallen. In letzter Zeit hatte er die Zügel allerdings schleifen lassen und schließlich die Abrechnung dafür präsentiert bekommen.

Sie hatte ihn verlassen und war nun mit dem schäbigen Kerl, diesem Drogendealer Goran, zusammen.

Ruckartig setzte er sich auf.

Aquamarine.

Shit.

Was hatten sie getan?

Hätte sein Handy nicht im Wohnzimmer am Aufladekabel gehangen, hätte er dann telefonisch um Hilfe gebeten?

Er wusste es nicht.

Einerseits war er sauer auf sie, andererseits besorgt.

Dass sie das Gras nicht vertragen hatte, stand eindeutig fest. Aber er nahm an, dass sie davon schon ganz von allein runterkommen würde. Natürlich waren ihm Zweifel gekommen, als sie sich so gar nicht rührte, das war ja auch der Grund gewesen, den Onkel um Hilfe zu bitten.

Dieser Ricardo war ein seltsamer Typ. Allein wie er darauf bestanden hatte, dass sie den Mund hielten, weil es sich um eine Familienangelegenheit handele und die Rauschgiftsache nicht an die Öffentlichkeit dringen dürfe. Ging's noch?

Toto und er hätten einfach mitfahren und sich nicht abwimmeln lassen sollen.

Aber gut, dachte er, der Alte würde schon wissen, was zu tun war, schließlich handelte es sich bei Aquamarine nicht um irgendjemanden. Sie war die Tochter seines Bruders.

Sein Kopf brummte. Er nahm einen Schluck Wasser aus dem Glas, das sicher schon tagelang auf seinem Nachtkästchen stand.

Es schmeckte schal und roch nach der Lagune.

Ekel schüttelte ihn.

Was, wenn der Onkel zu spät gekommen und Aquamarine zu den Mönchen gelaufen war?

Die würden schnell bemerken, was für ihren Zustand verantwortlich war, und die Polizei verständigen.

Dann würde alles herauskommen.

Sein eigener Drogenkonsum. Auch, dass er dem armen Toto Bier und Haschisch zum Rauchen gegeben hatte.

Was war bloß in ihn gefahren?

So verantwortungslos kannte er sich nicht.

Oder machte er sich auch dabei etwas vor?

Die Trennung machte ihm mehr zu schaffen, als er sich eingestehen wollte. Dadurch waren seine Gefühle durcheinandergeraten.

Er hatte seinen Kopf verloren.

Da gab es doch sogar einen Song dazu.

*Du bist immer noch irgendwie*
*Immer noch hier bei mir*
*Nach all den Jahren verfolgst du mich im Traum*
*Ich will immer noch nicht, dass du gehst*
*Ich kann's immer noch nicht ganz verstehen*
*Wieso, weshalb, warum soll ich dir glauben?*
*Ich will nie wieder mein' Kopf verlieren*
*Ich will nie wieder mein Herz riskieren*
*Ich will nie wieder solche Schmerzen spüren*
*Wegen dir*

Dass ihm dieses Lied eines deutschen Sängers gerade jetzt einfiel!

Vor etwa einem Jahr hatte er eine kurze Affäre mit einer Österreicherin gehabt. Die hatte den Song immer vor sich hin geträllert. Da sie Italienisch sprach, hatte sie ihm den Text einigermaßen gut übersetzen können. Aus irgendeinem für ihn nicht mehr nachvollziehbaren Grund waren die deutschen Worte in seinem Gedächtnis hängen geblieben.

Die Melodie kreiste hartnäckig in seinem Schädel, kroch durch seinen Gehörgang.

Vielleicht erinnerte er sich gerade jetzt daran, weil er Aquamarine vermisste. Sie war so lange ein wichtiger Teil von ihm gewesen und hatte immer die Nase vorn gehabt. Nicht nur Toto war für ihn da, wenn er Mist baute. Auch Aquamarine hatte und hätte ihn nie im Stich gelassen.

Es war allein seine Schuld, dass sie sich von ihm getrennt hatte. War es ihm bisher noch sehr gut gelungen, seinen Schmerz über das Ende ihrer Liebe zu verbergen, so fühlte er sich auf einmal hilflos und ausgeliefert. Dann fiel es ihm wie Schuppen von den Augen: Er brauchte sie wie die Luft zum Atmen. Ohne sie war er nichts. Bestenfalls ein aufgeblasener, hirnloser Angeber, schlimmstenfalls ein Loser, der seine Sachen nicht geregelt bekam. Sie musste wieder zu ihm zurückkommen.

Sebastiano beschloss, alles daranzusetzen, sie erneut zu erobern. So leicht durfte er sie nicht aufgeben. Sein Lebensglück hing davon ab.

Ohne sie kam er sich vor wie ein Schiff, das führerlos über das nächtliche Meer irrte.

Er stand auf und ging zum Fenster. Die Scheiben waren blind vor Schmutz. Die würde er sich wohl auch vornehmen müssen.

Sogar Toto war auf der Insel vernünftiger gewesen als er.

Aber ab morgen würde er ein neuer Mensch sein. Einer, der Verantwortung übernahm.

## 47

Ferdinando und Eduardo waren nach dem Gespräch mit Sebastiano ernüchtert nach Hause gelaufen. Mit jedem Schritt wuchs die Hoffnung, Aquamarine könnte inzwischen zurückgekehrt sein. Doch ihr Zimmer war leer. Auch im Restaurant war sie nicht. Ferdinando ging ruhelos auf und ab. »Ich habe ein mieses Gefühl. Warum meldet sie sich nicht?«

Abermals kontrollierte er sein Telefon. »Keine Nachricht. Du?«

»Dasselbe wie bei dir. Aber weißt du, was wir bis jetzt vergessen haben? Den Anrufbeantworter vom Restaurant.«

»Hören wir den mal ab.«

Gesagt, getan. Doch es waren nur die üblichen Reservierungswünsche für ein Mittag- oder Abendessen zu hören.

»Sag mal, mir fällt eben auf, dass Ricardo sich nicht gemeldet hat. Und es passt gar nicht zu ihm, uns nicht auf den Geist zu gehen, weil wir nicht da waren, als er kam.«

»So wie ich ihn einschätze, ist er bitter beleidigt, weil wir ihn nicht über die Verspätung informiert haben, und ruft deshalb nicht an.«

»Du magst recht haben. Aber vielleicht hat er Aquamarine gesehen oder eine Idee, wie wir weiter vorgehen sollen. Ich klingle mal bei ihm durch.«

»Ja, mach das bitte. Du kommst besser mit ihm aus als ich.«

Eduardo wählte die Nummer ihres älteren Bruders, der auch gleich abhob.

»Wo wart ihr? Ich habe endlos gewartet. Keine Meldung von euch, nichts. Das finde ich unverschämt«, fuhr er Eduardo an.

»Wir haben uns mit Fulvio verplaudert und die Zeit ganz übersehen. Sei uns nicht böse.«

»Es sollte besser nicht noch mal vorkommen. Immerhin habt ihr euer Restaurant nur dank mir. Ohne mich wärt ihr nicht da, wo ihr jetzt seid. Ein kleines Abendessen einmal im Monat ist da wohl nicht zu viel verlangt?«

Ferdinando nahm Eduardo das Telefon aus der Hand. »Ich bin es, es tut uns leid. Wird nicht wieder vorkommen«, sagte er mit bebender Stimme. »Es ist etwas Schreckliches geschehen, Aquamarine meldet sich nicht, das ist überhaupt nicht ihre Art. Du kennst sie ja, zuverlässig ist das Mädchen. Wir kommen vor Sorge fast um.«

»Wie bitte? Sie liegt noch nicht in ihrem Bett?«

»Nein, das regt uns ja so auf.«

»Warte mal. Das kann doch nicht wahr sein. Ich bin schon auf dem Weg zu euch.«

Bevor Ferdinando etwas erwidern konnte, hatte sein Bruder das Gespräch beendet.

»Er kommt her.«

»Wie, ich höre wohl nicht recht?« Eduardo wusste nicht, ob er darüber froh oder bestürzt sein sollte. Ricardo konnte sehr anstrengend werden und war höchst eigenwillig. Was er befand, setzte er durch. Er trat sehr bestimmend und über die Maße fordernd auf.

Wenige Minuten waren vergangen, als Ricardo auch schon an die Eingangstür klopfte.

»Ist sie inzwischen da?«

»Nein. Es ist alles wie vorher. Setz dich zu uns.«

Eduardo drückte ihn auf einen Stuhl.

Ricardo war mit den Jahren dick geworden. Ein weißer Kranz umschloss die Glatze auf seinem Kopf. Er trug eine neonfarbene Kapuzenjacke aus Öl, wie beim Segeln, und Gummistiefel.

»Regnet es? Ist mir nicht aufgefallen, als ich dich hereinließ.«

»Nein«, wehrte Ricardo brüsk ab. »Ich habe das Boot geputzt und eine kleine Ausfahrt gemacht. Als ihr angerufen habt, bin ich gekommen, so rasch ich konnte, und habe mich nicht extra umgezogen. Was spielt das für eine Rolle? Wir haben Wichtigeres zu besprechen.«

»Ich meinte nur, dass es vielleicht regnet und Aquamarine da draußen nass wird.«

Ricardo wurde knallrot. Eduardo sah zu Ferdinando, und dieser nickte bestätigend.

»Uns geht es ebenso. Die Angst macht uns ganz fertig.«

»Jetzt mal der Reihe nach. Wer hat Aquamarine das letzte Mal gesehen? Und wann? Wisst ihr, was sie heute vorhatte?« Ferdinando kam Eduardo zuvor. »Nichts wissen wir.«

»Sie verließ das Haus gegen Mittag und wollte rechtzeitig wieder da sein«, warf Eduardo ein, »um bei den Vorbereitungen für morgen mitzuhelfen.«

»War sie denn da?«

»Ich glaube nicht. Ferdinando und ich haben uns Sandbäder gegönnt, dann mit Fulvio einen draufgemacht, und als wir zurückkamen, war hier unten alles unverändert.«

Plötzlich fiel ihm ein, wie böse sie sich voneinander verabschiedet hatten. Was hatte er ihr nachgerufen, bevor er die Tür zuknallte? »Du wirst deine Unverschämtheit noch bereuen!«

Wäre er nicht so ausgeflippt wegen ihrer zu kurzen Hose und des knapp sitzenden Oberteils, hätte er vermutlich erfahren, wohin sie unterwegs gewesen war.

Er war solch ein Idiot!

»Warum bist du auf einmal so still?«, fragte Ferdinando.

»Mir ist wieder eingefallen, dass ich ein wenig grob zu Aquamarine war, als sie ging. Mir hat ihre Kleidung nicht gepasst.«

»Wieder mal zu sexy?«

Eduardo und Ferdinando starrten Ricardo entgeistert an.

»So sind die jungen Dinger nun mal. Was bin ich froh, dass ich einen Jungen habe und mich über so etwas nicht ärgern muss.«

»Eduardo überreagiert da oftmals«, sagte Ferdinando. »Ich sehe das weniger tragisch.«

»Auf der Hut sein solltet ihr dennoch. Sie ist ein hübsches Mädchen, und natürlich treiben sich Männer herum, die das für sich ausnutzen wollen. Habt ihr einen Averna Sour für mich? Mir ist ein wenig mulmig, wenn ich mir vorstelle, was der Kleinen alles zustoßen kann. Konntet ihr sie nicht erreichen? Ich meine, telefonisch.«

»Nein. Ihr Handy ist ausgeschaltet. Aber wir waren bei Sebastiano, ihrem Ex-Freund.«

»Wie bitte? Wann?« Ricardo schüttete seinen Digestif, ohne abzusetzen, hinunter.

»Irgendwann, vielleicht vor ein, zwei Stunden.« In Eduardos Kopf breitete sich eine Art Nebel aus, der seine Gedanken verschluckte. Er wähnte sich kurz vor einem Zusammenbruch.

»Wir wollten von dem Jungen wissen, ob er heute mit Aquamarine zusammen war oder sie gesehen hat«, sagte Ferdinando. »Aber er konnte uns nicht weiterhelfen. Er gab an, sie nicht gesehen zu haben, weil Aquamarine sich kürzlich von ihm getrennt hat. Du kennst Sebastiano doch? Seit dem Kindergarten sind die beiden unzertrennlich.« Er reichte Eduardo ein Glas Wasser. »Da, trink.«

Doch Eduardo schüttelte nur abwehrend den Kopf und verschränkte seine Finger fest ineinander.

»Warum sollte ich den Jungen kennen?«, schnauzte Ricardo. »Mir ist völlig schleierhaft, von wem die Rede ist.«

Eduardo kam wieder ein wenig zu sich. Entgeistert sah er zu seinem Bruder. »Was redest du da für einen Quatsch? Und warum wirst du gleich so heftig?«, empörte er sich. »Du warst bei einigen Schulfesten dabei und bei sämtlichen Geburtstagsfeiern. Da war Sebastiano immer an Aquamarines Seite.«

»Ach, den meinst du? So ein schmächtiges Jüngelchen mit schmalen, listigen Augen? Ungepflegt, aber recht attraktiv und aus ärmlichen Verhältnissen. Hoffentlich ist der Neue eine bessere Partie.«

»Wie kommst du darauf, dass meine Tochter einen neuen Freund hat?«

»Kaum einer trennt sich ohne Grund. Und Aquamarine ist eine kleine Schönheit, die bleibt nicht lang allein.«

»Jedenfalls kam nichts für uns Verwertbares heraus. Der Besuch bei Sebastiano war umsonst.«

»Vielleicht hat er Nebensächliches erwähnt, das von Bedeutung ist, ohne es zu wissen?«

»Nein, nur das, was wir dir gerade gesagt haben.«

»Gibt es einen Hinweis auf die Identität des Neuen?« Ricardo räusperte sich und fügte hinzu: »Falls es einen gibt.«

Eduardo tauschte einen Blick des stillen Einverständnisses mit Ferdinando und antwortete zurückhaltend: »Aquamarine ist ein treues Mädchen. Daher können wir uns nicht vorstellen, dass sie wie eine Biene von einer Blume zur anderen fliegt.« Mehr wollten sie gegenüber Ricardo nicht preisgeben.

»Wie geht es weiter?« Ricardo zeigte aus dem Fenster. Draußen war es in der Zwischenzeit hell geworden. »Es ist fünf Uhr am Morgen, und ihr müsst bald mit den Vorbereitungen für das Mittagsgeschäft beginnen.«

»Aquamarine ist nicht da. Ich öffne das Restaurant sicher nicht. Wir müssen sie suchen und zur Polizei gehen.«

»Sehe ich auch so. Kochen kann ich heute ebenso wenig wie höflich zu den Gästen sein.«

»Dann los«, sagte Ferdinando, »hängen wir das Schild an die Tür.«

»Welches?«

»Das, auf dem steht: ›Wegen einer Familienangelegenheit bleibt das Restaurant heute geschlossen‹. Es liegt in der untersten Schublade des Besteckschranks.«

Ricardo stieß einen eigenartigen Laut aus, machte eine heftige Bewegung, und Eduardos Glas kippte um. Wasser ergoss sich über das Tischtuch. Er erhob sich und holte einen Lappen.

»Was ist an dem Schild auszusetzen, dass du so reagierst?« Ferdinando schien beleidigt.

»Nichts«, brummte Ricardo und tupfte mit einer Serviette über seine Stirn. »Ihr solltet jetzt zur Polizei gehen, Aquamarine ist noch immer nicht heimgekommen. Wenn ihr wollt, halte ich hier unterdessen die Stellung.«

Eduardo war froh, dass sein ältester Bruder nicht auf die Idee kam, mit ihnen gehen zu wollen. Zudem war es gut, dass jemand im Restaurant blieb

Falls seine Nichte auftauchte.

## 48

Caterina kam aus dem Grübeln nicht mehr heraus.

Selten hatte sie so oberflächlich geschlafen wie letzte Nacht.

Seit ihrer Beziehungskrise mit Enzo war das einige Male vorgekommen. Irgendwann hatte der Schlaf sie dann zwar doch immer überrollt und am weiteren Nachdenken gehindert, ihr im Gegenzug aber auch sehr böse Träume beschert.

Diesmal war das anders.

Kaum hatte sie ihre Augen geschlossen, kreisten die Gedanken.

»Toto«, murmelte sie.

Was hatte ihr Cousin auf dem Kerbholz?

Seine Worte, als er heimgekommen war, hatten sie zutiefst verstört.

»Ich habe kein Verbrechen begangen. Ich nicht.«

Wer hatte dann ein Verbrechen begangen?

Und welches Geheimnis behielt er stur für sich?

Eines stand unbestreitbar fest: Ihr Cousin hatte sich in Schwierigkeiten gebracht.

Sollten sie Toto beim Frühstück in die Mangel nehmen und aus ihm herausquetschen, was er verbarg, oder lieber gleich mit ihm die Degrassi aufsuchen? Etwas anderes fiel ihr nicht ein.

Ihr Telefon leuchtete auf.

Enzo.

Kurz überlegte Caterina, ihn wegzudrücken. Sie entschied sich jedoch, das Gespräch anzunehmen.

»Guten Morgen, *tesoro*«, begrüßte er sie überschwänglich.

»Guten Morgen«, erwiderte sie frostig. »Ich habe kaum geschlafen. Toto steckt mal wieder in Schwierigkeiten.«

»Tut er das nicht in einem fort?«

»Wie kommst du darauf? Das ist ungerecht von dir. Er hat schon sehr lange keine Dummheit mehr begangen.«

»Reg dich bitte nicht auf.«

Genau das tat Caterina aber.

»Mein Cousin ist doch kein Idiot!«

»Mit dir ist es immer das Gleiche. Du drehst einem das Wort im Mund um. Ihr seid alle viel zu sehr darauf bedacht, Toto nicht zu beleidigen, seiner zarten Seele nicht zu schaden, statt die traurige und bittere Realität zu erkennen. Er ist geistig minderbemittelt. Es würde euch allen besser gehen, wenn ihr das endlich einsehen würdet.«

Caterina war sprachlos.

»Wann können wir dich zu Hause erwarten? Wenn du nicht bald auftauchst, kommen wir und packen dich ein.« Er lachte.

Und Caterina kochte über.

»Ich will die Scheidung«, fauchte sie und brach die Verbindung ab.

Ihr Herz pochte stürmisch, aber es fühlte sich richtig an.

Sie würde alles dransetzen müssen, das alleinige Sorgerecht für Francesco zu bekommen. Bei so einem Vater wollte sie ihr Kind nicht aufwachsen lassen.

»Mama!«, rief sie und sprang die Treppe zur Küche hinab. »Könnte ich mit Francesco eine Weile zu dir ziehen? Ich habe gerade mit Enzo Schluss gemacht.«

Ihre Mutter setzte sich aufrecht hin, faltete ihre Hände und brachte mit Inbrunst hervor: »Gut gemacht, mein Mädchen. Endlich.«

»Danke«, antwortete Caterina erleichtert, dann fügte sie leise hinzu: »Wir müssen Totos Geheimnis ernst nehmen.«

»Ich weiß«, entgegnete ihre Mutter kummervoll. »Ich weiß.«

## 49

Maddalena wurde auf der Dienststelle von Guido Lippi empfangen.

»Ciao, Chefin«, sagte er, und sie wusste sofort, dass irgendetwas vorgefallen war.

»Lippi, heraus mit der Sprache. Ich kann Ihren Gesichtsausdruck inzwischen ziemlich gut deuten.«

Lippi blickte auf etwas in ihrem Rücken und flüsterte: »Dahinten warten zwei auf Sie.«

»Um wen handelt es sich?«, fragte Maddalena, die sich nicht umdrehen wollte.

»Um die Besitzer vom Restaurant ›Rickys‹, in dem wir unlängst gespeist haben.«

»Was treibt sie zu uns?«

»Die Tochter, das hübsche blonde Mädchen, ist gestern fortgegangen und nicht nach Hause zurückgekommen.«

»Oje.« Maddalena schwante Übles. »Ist der Kollege Zoli schon da?«

»Klar.«

»Er soll die Signori in mein Büro führen und sein Heft zum Mitschreiben nicht vergessen.«

»Wird gemacht.«

Dieser Tag nahm keinen guten Anfang.

Missgestimmt ging Maddalena in den Waschraum. Im Spiegel sah ihr eine um einiges älter wirkende Version ihrer selbst entgegen. Ein längerer Urlaub wäre nicht schlecht, fand sie und wusste zugleich, dass sie bis zum Herbst warten musste, wollte sie sich für ein, zwei Wochen verabschieden.

Entschlossen drehte sie ihre Locken im Nacken umeinander und verknotete sie so an ihrem Hinterkopf. Die Strähnen, die sich lösten, wischte sie zurück und bestrich ihre Lippen mit einem rosafarbenen Fettstift. Die langen Wimpern über ihren müden Augen tuschte sie schwarz.

Zu Hause sprang sie am Morgen oft nur rasch unter die Dusche, stieg in ihre Kleidung und rauchte auf ihrer Terrasse eine Zigarette, statt sich zu schminken. Zwischendurch hatte sie mal mit dem Rauchen aufgehört, nach Franjos Tod aber wieder damit angefangen. Es entspannte sie.

Dann ließ sich das Zusammentreffen mit den Besitzern des Restaurants nicht länger hinauszögern.

»Guten Morgen«, begrüßte sie die beiden Männer, als sie kurz darauf ihr Büro betrat, und nickte Zoli freundlich zu. »Bitte nehmen Sie wieder Platz und berichten Sie mir genau, was vorgefallen ist.«

Ferdinando und Eduardo sahen grauenerregend aus. Sie hatten die Nacht über sicherlich kein Auge zugetan.

»Aquamarine ist einfach verschwunden. So ein Verhalten entspricht meiner Tochter nicht. Manchmal ist sie ein wenig unpünktlich, aber so etwas hat sie sich noch nie erlaubt. Sie ist zuverlässig, und niemals zuvor ist sie über Nacht weggeblieben.«

»Haben Sie eine Ahnung, wo und mit wem sie unterwegs sein könnte?«

»Eben nicht«, sprang Eduardo ein, weil Ferdinando kurz die Luft im Hals stecken blieb. »Wir haben versucht, sie telefonisch zu erreichen, aber ihr Handy ist ausgeschaltet.«

»Wann hatten Sie zuletzt Kontakt?«

»Gestern Vormittag. Ich war unten in der Küche und habe sie gesehen, als sie fortging. Es gab einen kurzen Disput wegen ihrer meiner Ansicht nach unpassenden Kleidung, und dann ging sie. Sie meinte noch, sie würde nicht zu spät nach Hause kommen und bei den Vorbereitungen für heute mithelfen, das sollte ich ihrem Vater ausrichten.«

»Du hattest das zwar erwähnt, aber nicht, dass Aquamarine es mir ausrichten ließ.«

»Ist das von Bedeutung?«, fragte Maddalena. Sie wusste aus Erfahrung, dass sich in Nebensächlichkeiten manch interessanter Hinweis verbergen konnte.

»Nein, nein«, antwortete Ferdinando rasch, »es heißt bloß, dass meine Kleine an mich gedacht hat, als sie ging.« Tränen stiegen ihm in die Augen. »Aquamarine und mein Bruder verstehen sich sehr gut, das war schon immer so. Wenn sie was auf dem Herzen hatte, vertraute sie sich ihm meistens zuerst an.«

»Das stimmt, aber danach haben wir ihre Probleme stets gemeinsam gelöst. Ich habe dir nie etwas verschwiegen.«

»Das nehme ich an, und es war auch so. Aber trotzdem hast du weggelassen, dass sie es *mir*, ihrem Vater, mitteilen wollte.«

»Entschuldige, daran habe ich nicht gedacht.«

Maddalena erkannte den Konflikt zwischen den beiden Brüdern intuitiv. Gemeinsam hatten sie das Mädchen nach dem frühen Tod seiner Mutter großgezogen. Eine gewisse Rivalität war dabei sicher unvermeidbar gewesen. Wie tief der Stachel der Eifersucht sich eingegraben hatte, konnte sie nicht sagen, doch das würde die Stresssituation, in der sich beide gerade befanden, nun womöglich zeigen.

Zoli sah zu ihr herüber. Ihm war der kleine Zwist zwischen den Brüdern ebenfalls nicht entgangen.

»Signor Eduardo, gibt es noch etwas Interessantes, das wir wissen sollten?« Es kam strenger heraus, als Maddalena beabsichtigt hatte.

Eduardo zuckte sichtlich zusammen. »Nein, es gefiel mir nicht, wie freizügig sie gekleidet war. Daher war für mich offensichtlich, dass sie sich mit einem Jungen verabredet hatte.«

»Ja, und ich habe gerade erst erfahren, dass meine Kleine sich von ihrem langjährigen Freund Sebastiano getrennt hatte. Sie traf sich wohl mit jemand Neuem.«

»Wir haben ihn in der Nacht aus dem Bett geholt, um ihn zu fragen, wo Aquamarine ist«, erklärte Eduardo betreten.

»Wen? Sebastiano, den Ex-Freund von Aquamarine?«

»Wen denn sonst?«

Zoli war im Begriff, Signor Eduardo zurechtzuweisen, doch Maddalena verhinderte das mit einem ablehnenden Blick. Die beiden Signori waren komplett durch den Wind. Sie benötigten in erster Linie ihre Aufmerksamkeit und Zuwendung.

»Wie reagierte der Junge?«

»Er war in keiner Hinsicht hilfreich. Selbst seine Mutter war wie vor den Kopf gestoßen. Auch sie hatte nicht mitbekommen, dass Aquamarine nicht mehr mit ihrem Sohn zusammen war.«

Das erstaunte Maddalena nicht.

Wer in diesem jugendlichen Alter vertraute seinen Eltern Kummer und Schmerz an?

Die Tür zu ihrem Büro schwang auf.

Schon wieder, dachte sie verärgert, als sie den Comandante den Holzrahmen komplett ausfüllen sah. Der Anblick erinnerte sie an ein Bild, das sie vor Jahren in den Uffizien von Florenz gesehen hatte. Es zeigte einen mächtigen Jäger, der Hörner auf dem Kopf trug.

»Degrassi, begleiten Sie mich hinaus.«

Maddalena bat Piero Zoli zähneknirschend, das Gespräch weiterzuführen, entschuldigte sich bei den Signori und folgte Scaramuzza nach draußen.

Auf dem Flur fasste sie für ihren Chef zusammen, worum es ging und dass dringender Handlungsbedarf bestand.

»Es besteht absolute Eile, Degrassi.«

Als wenn sie das nicht wüsste. Dennoch zwang sie sich, diplomatisch vorzugehen. Jeder hier auf dem Polizeirevier fürchtete Scaramuzzas Launen. Von irrational aufbrausend bis väterlich entgegenkommend beherrschte er das ganze Repertoire.

»Comandante«, kündigte sie selbstbewusst an, »ich müsste wieder hinein, um Piero Zoli zu unterstützen.«

»Sagen Sie mal, meine Beste«, erwiderte er eingeschnappt, »interessiert es Sie keinen Deut, was meine Wenigkeit vor Ihrem Erscheinen herausgefunden hat?«

»Doch, Comandante, diese Information bräuchte ich natürlich, um effektiv weiterarbeiten zu können.« Der Fisch hatte angebissen, und wie. »Ich höre, Comandante. Bitte klären Sie mich auf.«

»Sie dürfen Ihre Ungeduld nicht so unverblümt zeigen. Wozu habe ich Sie in dieses Führungsseminar geschickt? Um sich besser am Riemen zu reißen. Es hat eine Menge gekostet.«

»Bitte«, wiederholte sie mit Engelsgeduld, »klären Sie mich auf.«

»Immer schön freundlich bleiben. So mag ich Sie schon lieber, Degrassi.«

Der Comandante machte ein wichtiges Gesicht und erklärte: »Der Onkel des Mädchens äußerte die Vermutung, dass seine Nichte sich neuerdings mit einem ihm unbekannten Jungen traf. Auf mein Nachforschen konnte er einige Angaben über dessen Äußeres machen, da er die beiden vor ein paar Tagen kurz zusammen vor dem Restaurant gesehen hatte. Allem Anschein nach tauschten sie Telefonnummern aus. Bei dem Unbekannten handelt es sich um einen blond gelockten jungen Mann, Anfang bis Mitte zwanzig, schlank und sportlich.«

Maddalena hatte sofort Goran Sganbatic vor Augen.

»Verdammt.« Sie griff zu ihrem Diensthandy.

## 50

»Warum lasst ihr mich nicht zur Arbeit? Andrea wartet sicher schon auf mich.«

Toto spürte, wie seine Wangen vor lauter Ärger heiß wurden. Caterina, Emilia und Tante Antonella saßen um ihn herum im Wohnzimmer. Olivia war »schweren Herzens«, wie sie gesagt hatte, zur Arbeit gegangen. Sie hätte sich krankmelden können, wollte aber die anderen Lehrer nicht im Stich lassen. Von ihm hingegen wurde genau das verlangt. Andrea musste nun allein das Werkzeug schichten und in die Laden einordnen.

»Ich sehe das nicht ein.«

»Deine Meinung dazu ist hier nicht gefragt.«

»Emilia«, entrüstete sich Tante Antonella. »Lass Toto in Ruhe, wir haben ihm schon genug zugesetzt.«

»Mama«, giftete seine Cousine zurück, »du und Caterina dürft ihm also verbieten, in den Baumarkt zu fahren. Wenn ich was dazu sage, bin ich gleich das Ungeheuer.«

Davide kam verschlafen hereingeschlurft. Er rieb sich die Augen und sah fragend in die Runde. »Um welches Ungeheuer geht es?«

»Ach, sie lästern über mich, weil ich ausspreche, was gesagt werden muss.«

Emilia stand auf und ließ sich von ihrem Verlobten in die Arme nehmen.

»Toto steht mal wieder im Mittelpunkt. Der große Rat hat beschlossen, er darf erst wieder zur Arbeit, wenn er sein Geheimnis ausplaudert. Und ich finde das auch.«

»Vielleicht ist es besser, ihr wisst nicht, was gestern passiert ist«, gab Davide zu bedenken. »Hat da schon mal einer drüber philosophiert?«

Toto verstand zwar nur die Hälfte, aber er fühlte sich gut vertreten durch den einzigen anderen Mann im Raum.

»Wer ein Geheimnis verrät, muss sterben. Das steht in einer Legende aus dem Mittelalter«, bekräftigte er.

»Du Depp«, ereiferte sich Emilia. »Wir leben in der Gegenwart, das finstere Mittelalter liegt Jahrhunderte hinter uns. Dir wird dein Kopf schon nicht abgehackt, wenn du mit uns redest. Hat dich denn jemand gezwungen, über irgendetwas zu schweigen?«

Toto wurde schlecht. Sein Magen krampfte sich zusammen.

War sie eine Hellseherin?

Bevor er etwas erwidern konnte, läutete das Telefon.

## 51

Maddalena hatte es bei Olivia probiert, doch dort meldete sich niemand. Also wählte sie die Nummer von Totos Tante Antonella. Die ging auch sofort an den Apparat.

»Hier spricht Commissaria Degrassi. Ist Ihr Neffe bei Ihnen? Ich müsste ihn dringend sprechen.«

»In welcher Angelegenheit?«

»Das kann ich ihm nur persönlich sagen.«

Es raschelte, als das Telefon an Toto weitergereicht wurde.

»Ja?« Seine Stimme klang piepsig.

»Toto, was wissen Sie über den neuen Freund von Aquamarine aus dem ›Rickys‹?«

»Ich … er ist … was meinen Sie?«

»Sie haben meinem Kollegen Piero Zoli gestern Morgen gesagt, dass Sie Samstag spätabends an der Riva jemanden besucht haben. Und dass es zu einer Auseinandersetzung gekommen sei. Das war Goran Sganbatic, mit dem Aquamarine sich seit Kurzem trifft, nicht wahr?«

»Goran, ja, so heißt er«, kam es schüchtern von Toto. »Er hat mir wehgetan, weil er nicht wollte, dass ich wegen der Ananas-Sache herumspioniere.«

»Wo waren Sie gestern? Warum stand Ihr Wagen auf dem Friedhof?«

»Das darf ich nicht verraten.«

»Toto, hören Sie mir zu. Aquamarine ist seit gestern verschwunden. Wenn Sie etwas darüber wissen, müssen Sie es mir berichten. Anderenfalls machen Sie sich strafbar.«

Sie hörte, wie ein erschrockenes Schluchzen aus Totos Kehle drang.

»Commissaria, Goran ist mit Aquamarine auf die Isola Barbana gefahren, um sich dort mit ihr zu verloben. Das habe ich Sebastiano erzählt, und wir wollten das verhindern, indem wir ihnen gefolgt sind.«

Das war mehr Wissen über die Sache, als Maddalena erwartet hatte.

»Toto, bitte sagen Sie Ihrer Tante, dass Sie zu uns kommen müssen. Inspektor Fanetti holt Sie ab, Sie müssen eine Aussage auf dem Polizeirevier machen.«

»Dann warte ich hier auf ihn.«

Totos Magen gab endgültig auf. Das Frühstück schwappte hoch, und er lief ins Badezimmer, wo er sich übergab.

Was sollte er bloß machen?

Er durfte nicht über das reden, was er und Sebastiano erlebt hatten. Mit keinem, auch nicht mit seiner verehrten Kommissarin. Er musste einen Ausweg finden. Das Denken fiel ihm noch ein Stück schwerer als sonst. Er saß in einer Falle, so viel stand fest. Er spülte seinen Mund aus und befeuchtete sein Haar mit Wasser, damit es nicht mehr so wirr abstand. Bedrückt schlich er ins Wohnzimmer zurück. Dort war es mucksmäuschenstill. Das Schweigen versetzte ihn in Panik. Er räusperte sich, und dann fingen alle gleichzeitig zu reden an. Toto begann bitterlich zu weinen.

»Das Gejammer nützt dir nichts. Was hast du angestellt?«, herrschte Emilia ihn an. »Mach endlich den Mund auf.«

»Nein!«, schrie Toto. »Ich darf mein Gelübde nicht brechen.«

Caterina kam zu ihm. »Schatz, wenn du Informationen hast, die der Commissaria helfen können, das Mädchen zu finden, wird dir nichts anderes übrig bleiben, als dich ihr anzuvertrauen. Sie meint es gut mit dir.«

Caterina hatte er immer Emilia vorgezogen. Nur als sie wegging, damals, und ihn allein in Grado zurückließ, hatte er Emilia an ihre Stelle gesetzt.

»Danke«, wimmerte er, »du bist sehr lieb, und ich verdiene das nicht. Was soll ich bloß machen?«

»Erzähl Commissaria Degrassi einfach, was du weißt. Es wird dir nichts geschehen, außer du deckst eine Person, die ein Verbrechen begangen hat.«

»Ist Rauschgift ein schweres Verbrechen?«, brachte er unter Schluchzern hervor.

Die Stille, die abermals eintrat, war beängstigend.

Sebastiano war voller Zweifel.

Was war falschgelaufen?

Klar doch, er hatte den armen Toto dazu verleitet, Bier zu trinken, und den Doofi hinters Licht geführt, indem er ihm weismachte, im Getränk wäre kein Alkohol. Und danach hatte er ihm zu allem Überfluss auch noch einen Joint aufgezwungen.

Was bin ich bloß für ein Mensch, dachte er.

Sie waren gerade dabei, die Wände eines Hauses in der Pineta an der Spiaggia Airone zu streichen. Hier waren die Kitesurfer zu Hause, und unwillkürlich dachte Sebastiano an Goran, der mit seinem Stand-up-Paddle die Gegend unsicher gemacht hatte. Warum hatte sich der elende Typ neben Aquamarine am Strand niedergelassen?

War es damals schon seine Absicht gewesen, sie zu erobern, oder dem puren Zufall zuzuschreiben?

Egal, wie auch immer, es hatte zu keinem guten Ergebnis geführt.

Der nächtliche Besuch der beiden Signori hatte ihm zugesetzt.

Sollte er in der Mittagspause im Restaurant vorbeischauen und sich nach seiner Freundin erkundigen?

Wahrscheinlich musste er das tun.

Wenn Aquamarine inzwischen nach Hause gekommen war, würde er ein ernsthaftes Gespräch mit ihr führen, um bestimmte Dinge klarzustellen: Er, und kein anderer auf dieser Welt, war ihr Freund und sie weiterhin sein Mädchen.

Daran bestand nicht der geringste Zweifel. Er hatte sie selbst mehr als nur ein Mal betrogen, also konnte er ihr diesen Fehltritt verzeihen.

Dieser Goran war ein schlechter Mensch. Immerhin hatten er und Toto gesehen, wie er sich aus dem Staub machte, als sie seine Hilfe gebraucht hätte. Das ging gar nicht, so schlecht hätte nicht mal er sich benommen. Sie musste das begreifen.

Dass sie ihrerseits weggefahren waren, war in seinen Augen nicht das Gleiche, schließlich hatten sie Hilfe holen müssen, obgleich es in irgendeiner verqueren Weise sehr wohl bedeutete, dass sie Aquamarine ebenfalls alleingelassen hatten. Nicht anders als der Stand-up-Paddler hatten sie sich verkrümelt.

Er verstand auch nicht, warum dieser merkwürdige Onkel sie nicht wie vereinbart nach Hause gebracht hatte. Denn wäre das geschehen, hätten Ferdinando und Eduardo sich doch gestern nicht wie die Irren aufgeführt und sie spätnachts aus dem Bett geklingelt.

Da stimmte etwas nicht.

Hatte einer der Mönche sie gefunden?

War Aquamarine im Krankenhaus von Monfalcone gelandet?

Sollte er dort mal anrufen?

Hatte sie der Joint, den sie mit Goran geraucht hatte, dermaßen außer Gefecht gesetzt, dass sie ernste Schäden davongetragen hatte?

Seit dem Kindergarten waren sie und er ein eingeschworenes Team gewesen, das niemand hätte trennen können. Trotz all seiner Betrügereien hatte er stets gespürt, dass sie die Richtige für ihn war und keines dieser anderen begehrenswerten Mädchen.

Und doch hatte er den wichtigsten Menschen in seinem Leben kaltblütig im Stich gelassen.

Sie hätten Aquamarine packen, aufheben und ins Boot tragen sollen. Das wäre es gewesen. Totos Auto stand genau am Anlegeplatz. Es wäre ein Leichtes gewesen, sie in den Wagen zu bugsieren und sofort ins Krankenhaus zu bringen. Dort wäre sie in Sicherheit gewesen, und fachkundige Ärzte hätten sich um sie gekümmert und sie behandelt.

Was war bloß in ihn gefahren?

Er war nicht die Spur klüger als Toto, über den er sich nicht selten lustig machte.

Dieser Dummkopf hatte wenigstens reagiert und einen Plan entwickelt. Auch wenn der sich, im Nachhinein betrachtet, als falsch erwiesen hatte. Aber das konnte man ihm nicht vorwerfen.

Totos Auffassung der Welt war eine andere.

Er hingegen wusste Bescheid und hatte den armen Tor viel zu oft für seine eigenen Zwecke eingespannt.

Sollte er mit Toto Kontakt aufnehmen und die Angelegenheit gegen ihre vorherige Abmachung, sich länger nicht zu treffen, erneut besprechen?

Aber Toto war ohne Handy unterwegs. Er besaß nämlich überhaupt kein Telefon.

Eine Zeit lang hatte er eines gehabt, es aber höchstwahrscheinlich verloren. Oder seine Tante und seine Schwester hatten es konfisziert, weil er damit Unfug getrieben, womöglich irgendwelche verwerflichen Nummern angerufen hatte. Das war ihm ohne Weiteres zuzutrauen. Bei den Merluzzis drehte man ihm in solch einem Fall einfach den Hahn ab.

Wenn er Toto treffen wollte, musste er ihn also an seinem Arbeitsplatz abpassen. Oder an ihrem Strandstück; oder ihn gar persönlich bei dessen strenger Tante Antonella aufsuchen.

Nichts anderes blieb ihm übrig.

Sebastiano arbeitete still vor sich hin, war aber absolut nicht bei der Sache.

Der Geselle, mit dem er heute auf der Baustelle war, ermahnte ihn mehr als einmal, genauer zu sein, und schüttelte mehrmals unzufrieden seinen Kopf.

»Hast wohl die Nacht durchgemacht?«, fragte er und ging, ohne auf seine Antwort zu warten, davon.

Irgendwann tauchte sein Meister auf und kanzelte ihn wegen seiner offensichtlichen Zerstreutheit ab.

»Wenn du hierbleiben möchtest, solltest du dich um hundertachtzig Grad drehen, sonst ist deine Karriere als Maler ziemlich schnell beendet.«

»Ja, Chef, ich gebe ab sofort mein Bestes«, murmelte er folgsam und meinte es auch so.

Gegen den Gesellen, der ihn ebenso leichtfertig verraten hatte wie er selbst am Montag seine beste, liebste und einzig wahre Freundin, hegte er keinen Groll.

Der hatte getan, was getan werden musste.

Erstmals kam Sebastiano wirklich zu sich.

Er wusste, was nun anstand.

Er bat um eine Zigarettenpause, verließ das Haus und wählte Aquamarines Handynummer.

Niemand hob ab, es meldete sich nur die Mobilbox.

Das war in Sebastianos Leben das erste Mal, dass er sich ernsthaft Sorgen um jemanden machte.

Was war mit ihr, wo steckte sie?

Gierig atmete er die Meerluft ein und beobachtete die Möwen, die sich wie immer stritten. Das Wasser kräuselte sich, weil von Triest ein frischer Wind wehte. Wahrscheinlich erreichte sie spätestens morgen eine ordentliche Bora, und sie würden ihre Pinsel und Eimer festhalten müssen, damit die Farbe nicht herausschwappte.

Was war richtig, was falsch?

Er zog an seiner Zigarette.

Wie zur Hölle sollte er sich verhalten?

Wäre es richtig, alles den Bullen zu verraten?

Sollte er ihren Vater oder ihren Onkel Eduardo anrufen?

Er wäre es ihnen schuldig.

Letzte Nacht hatte er sie für blöd verkauft.

Aquamarine war immer eine der Säulen in seinem Leben gewesen.

Und auf einmal war sie nicht mehr für ihn da.

Sebastiano krümmte sich vor Kummer.

Caterina brach in Tränen aus, als Inspektor Fanetti ihren Cousin abholte.

Verzweifelt umklammerte sie ihre Mutter.

»Mama«, schluchzte sie, »was passiert mit unserem Toto? Er hat sicher kein Verbrechen begangen, auch wenn er von Rauschgift redet. Er muss etwas beobachtet haben, das er nicht begreift.«

»Schätzchen, ich habe schon in der Schule angerufen und den Direktor gebeten, dass er Olivia heimschickt. Er war verständnisvoll und meinte, dass sie gleich nach Hause kommen würde.«

Kaum hatte ihre Mutter den Satz vollendet, schwang die Tür auf, und Olivia stürmte herein.

»Verdammt!«, rief sie. »Was ist passiert?«

»Beruhige dich erst mal und trink einen Schluck vom Melissentee. Dann besprechen wir in Ruhe die missliche Angelegenheit.«

»Warum weinst du?«, fuhr Olivia Caterina an. »Es geht um meinen Bruder, habe ich recht? Er ist doch nicht tot, oder? Haltet ihr etwas vor mir zurück?«

»Nein, Kind, jetzt setz dich hin. Alles wird gut. Rege dich nicht so auf. Toto lebt.«

Caterina ließ sich neben ihrer Cousine nieder und nahm deren Hand. Sie war trotz der Temperaturen, die schon fast hochsommerlich waren, eiskalt.

»Livi«, flüsterte sie, »ich erkläre dir alles. Kein Grund, in Panik zu verfallen, aber wir befinden uns trotz allem in einer ernsten Situation.«

Olivia riss sich los und klatschte ihre Hand auf den Küchentisch. Der Melissentee schwappte über den Rand des Bechers, und ein Glas fiel um.

»Was ist los? Mein Direktor holt mich doch nicht einfach so aus dem Unterricht?«

»Toto wurde von Inspektor Fanetti zur Commissaria gebracht. Er scheint in eine üble Sache verwickelt zu sein. Aquamarine ist verschwunden, aber das heißt nicht, dass unser Toto etwas damit zu tun hat.«

»Ich kapier das nicht.«

»Uns geht es ähnlich.«

»Wir müssen Sebastiano verständigen. Toto und er treffen sich häufig.«

Olivia sah hundeelend aus, fand Caterina.

»Gute Idee«, sagte sie. »Aber wie erreichen wir ihn? Weiß eine von euch, wo er arbeitet?«

»Ich glaube, er hat bei einem Maler auf der Isola della Schiusa eine Lehrstelle. Das hat Toto einmal erwähnt. Er war so stolz darauf, einen Maler zum Freund zu haben.«

»Okay. Ich klingle mal bei allen Malerbetrieben an.«

»Sollten wir nicht auch einen Rechtsanwalt kontaktieren? Toto redet sich manchmal, ohne es zu kapieren, ins Verderben. Auch wenn die Commissaria ihn ins Herz geschlossen hat, muss sie die Konsequenzen ziehen.«

»Das sollten wir veranlassen, aber erst mal versuchen wir, Sebastiano zu erreichen.«

In Momenten wie diesem war Caterina froh, so eine tatkräftig handelnde Mutter zu haben. Die gemeinsame Zukunft in diesem Haus würde nicht einfach werden, darüber war sie sich klar, aber es war allemal besser, wieder hier mit ihr als in Florenz mit Enzo zu leben. Außerdem hatte sie dann Francesco bei sich. Und wenn sie jetzt für Toto einen Anwalt brauchten, könnte der ihr behilflich sein, einen Kollegen zu finden, der auf Scheidungen spezialisiert war.

Sie atmete tief durch.

Schon der zweite Malereibetrieb war der richtige.

Anstandslos gab die Sekretärin Sebastianos Handynummer an sie weiter.

Olivia rief ihn an und schaltete das Gespräch auf Lautsprecher.

»Ja, hallo, wer ist dran?«

»Olivia, die Schwester von Toto.«

»Ciao, Signora Merluzzi. Ich wollte heute nach der Arbeit ohnehin zu Ihnen kommen, um mit Toto zu reden.«

»Was hat Toto angestellt?«

»Nichts. Wir sind allerdings beide in eine Sache verwickelt.«

»Geht es um Aquamarine? Sie ist verschwunden.«

»Ja, eben darüber wollte ich mit ihm sprechen. Wir haben gestern etwas beobachtet und müssen Commissaria Degrassi verständigen.«

»Das ist bereits geschehen. Toto befindet sich auf der Polizeistation. Er wurde abgeholt.«

Caterina hörte ebenso wie ihre Mutter und Olivia ein Röcheln.

»Dann muss ich sofort dorthin. Ich bin gleich dort.«

Olivia sah Caterina verzweifelt an.

## 55

Maddalena schwirrte der Kopf.

Olivia hatte eben angerufen und mitgeteilt, dass Sebastiano in Kürze bei ihnen eintreffen würde, und Fanetti hatte Toto in der Zwischenzeit zu ihr ins Büro gebracht.

»Wer hält eigentlich im Lokal die Stellung, solange Sie beide hier sind? Ich meine, falls Aquamarine inzwischen heimkommt«, wandte sie sich an Ferdinando.

»Unser Bruder Ricardo ist dort und wartet auf sie.«

Maddalena nickte und bat Rita Beltrame, während der Befragung mit den beiden Brüdern draußen zu warten.

Toto knabberte mit gesenktem Kopf an seinen Nägeln und sah erst hoch, als Sebastiano im Kommissariat eintraf und ebenfalls zu ihr gebracht wurde.

Alarmiert sprang er von seinem Stuhl auf.

Sebastiano machte eine Handbewegung, die Maddalena nicht deuten konnte, woraufhin Toto sich sichtlich beruhigt wieder setzte.

Was ging da vor?

Zoli, der heute mehr denn je einem Raubvogel glich, sah von seinem Heft hoch und sagte: »Leugnen, Lügen oder dergleichen Sinnloses bringt euch nichts Gutes. Jungs, jetzt und hier ist für euch die Stunde der Wahrheit angebrochen.«

Wieder einmal wunderte Maddalena sich über ihren Kollegen. Auch Arturo Fanetti, der noch immer zugegen war, warf Zoli einen überraschten Blick zu.

»Los.« Sie drückte den Rücken durch und begann mit der Befragung. »Was wird vor uns verborgen? Wenn Sie beide sich schuldig machen wollen, dann schweigen Sie. Anderenfalls könnten Sie uns darin unterstützen, Aquamarine zu finden.«

»Ich«, nuschelte Toto und verstummte.

»Was?«, herrschte Arturo Fanetti ihn an. »Was ist los mit Ihnen? Ginevra und ich haben Sie gestern im Park angetroffen, wo Sie uns weiszumachen versuchten, dass Ihre Schwester Olivia im Sterben läge, was meine Verlobte zutiefst verstört hat, bis sie erfuhr, dass da überhaupt nichts dran ist. Was erlauben Sie sich, einen solchen Quatsch zu verzapfen?«

»Fanetti«, wies Maddalena ihren aufgebrachten Kollegen zurecht. »Das hat Zeit. Jetzt geht es darum, das Mädchen zu finden.« Sebastiano flüsterte dem verunsicherten Toto etwas zu, und Zoli fuhr wie ein Raubvogel dazwischen.

»Keine Privatgespräche, wenn ich bitten darf. Alles muss unserer Commissaria bekannt gegeben werden.«

Toto setzte zum Sprechen an.

Sebastiano begann zu zittern.

»Also«, sagte Toto und stockte. Er sah zu seinem Freund, der nickte. »Sebastiano und ich waren auf der Mönchsinsel. Deswegen haben Sie auch meinen Wagen beim Friedhof parkend gefunden, Commissaria. Sebastianos Boot, das von seinem Vater, liegt dort vor Anker. Ich wusste, weil ich diesem Goran gefolgt bin, dass die beiden dorthin wollten. Sebastiano hatte keine Ahnung, was seine Freundin trieb. Deshalb bin ich zu ihm gegangen und habe ihm alles erzählt.«

Maddalena und Piero Zoli holten gleichzeitig Luft, schwiegen aber.

Arturo Fanetti hingegen preschte vor. »Und weiter? Wir wollen das Mädchen finden. Wenn Sie sich nicht kooperativ zeigen, machen Sie sich strafbar. Verstanden? Sie landen beide im Kittchen.«

## 56

»Kittchen?«, fragte Toto.

Er erhob sich rasch, denn es behagte ihm nicht, wenn jemand stand, während er sitzen musste, und Arturo Fanetti richtete sich drohend über ihm auf. Toto kam sich dadurch noch eine Spur kleiner und unbedeutender vor als sonst.

»Ist das ›Kittchen‹ auch ein Gefängnis? Oder eine Heilanstalt? Da war ich nämlich schon, in Triest. Die Ärztin mit den kurzen grauen Haaren mochte ich sehr.«

»Dottoressa Ghiberti arbeitet nicht mehr im Ospedale di Cattinara«, sagte die Commissaria. »Sie betreibt mittlerweile in Görz eine Privatpraxis. Sie werden die Ärztin demnach nicht wiedersehen.«

»Das ist traurig. Sie hat mich damals verstanden. Nie sagte sie ein falsches Wort zu mir. Obwohl sie so runde braune Augen hatte, die mir fast unheimlich waren, weil ich immer an Murmeln denken musste.«

»Es geht hier nicht um die Ärztin, Signor Merluzzi. Was haben Sie gestern getan, warum waren Sie auf der Insel?«, unterbrach Piero Zoli ihn.

Sebastiano versetzte ihm unter dem Tisch einen Tritt. Er gab einen komischen Laut von sich, der Toto an das Kreischen der Möwen erinnerte. »Es stimmt. Wir waren auf der Isola Barbana. Als Toto mir von Aquamarines neuem Freund berichtete, bin ich ziemlich heißgelaufen.«

»Ja«, bestätigte Toto, »ich war zuerst bei ihm zu Hause. Wir haben Essen eingepackt, als Wegzehrung. Er war erst blass und ist danach ganz rot im Gesicht geworden.«

»Kein Wunder«, zischte Sebastiano. »Nachdem du mir gesteckt hast, was du wusstest, ist das doch nachvollziehbar. Auch ich bin nur ein Mensch, kein Affe.«

»Das weiß ich. Denn Affen haben längere Arme als du und können nicht so gut reden.«

Seine Commissaria biss sich auf ihre Unterlippe, bis Toto den Abdruck ihrer Zähne darauf erkennen konnte.

»Wir haben Aquamarine nichts angetan. Sebastiano und ich wollten doch nur Hilfe holen. Deswegen sind wir, so schnell wir konnten, mit dem Boot zurückgefahren und haben mein Auto genommen.«

»Das ist eine äußerst ungenaue Beschreibung, damit können wir nichts anfangen. Sie haben das Wichtigste ausgelassen, zum Beispiel, warum Sie Hilfe holen mussten«, wies der Raubvogelmann ihn zurecht.

Die Commissaria, die üblicherweise auf Totos Seite war, nickte dem Kollegen zu.

Mochte sie ihn nicht mehr?

Das wäre schrecklich und ein schwerer Verlust in seinem Leben. Genauso furchtbar wie der Tod von Olivia.

Sebastiano setzte zum Sprechen an, und Toto betete stumm, dass er das Schweigen nicht brechen würde. Er hatte fürchterliche Angst vor der Rache des Onkels.

»Wir haben das Boot meines Vaters genommen und sind zur Mönchsinsel gefahren.«

»Dann haben wir auf der Rückseite der Insel das Boot vertäut und uns angeschlichen«, ergänzte Toto hastig. »Aquamarine saß mit diesem Goran unter einer Zypresse. Er hat mich am Samstag geschlagen, wegen der Ananas-Sache. Jetzt weiß ich wenigstens, warum es so durchdringend nach Ananas roch. Rauschgift riecht manchmal so.«

Sebastiano versetzte Toto unauffällig einen weiteren Tritt. Der Raubvogelmann notierte etwas in sein Heft, und die Commissaria las mit einem Seitenblick, was er aufschrieb.

»Rauschgift?«, fragte die Commissaria gedehnt.

»Ja«, antwortete Toto stolz. »Eine bestimmte Sorte.«

Fanetti musterte ihn skeptisch. »Woher wissen Sie das?«

»Das weiß ich eben.« Schnell blickte er zu Sebastiano. Er würde den Freund nicht verraten.

»Darüber reden wir noch«, sagte die Commissaria. »Im Moment haben wir Bedeutsameres zu klären. Was geschah unter dem Baum? Hat einer von Ihnen gehört, worüber gesprochen wurde?«

Toto und Sebastiano schüttelten die Köpfe.

»Liebesgeflüster«, fiel Toto ein. »So muss es gewesen sein. Sie waren verlobt. Aquamarine trug seinen Ring an ihrem rechten Finger.«

»Das haben Sie von Ihrem Beobachtungsposten aus erkennen können?«

»Nein, erst später.«

»Toto«, fuhr ihn seine Commissaria an. »Versuchen Sie sich bitte zu konzentrieren. Sie müssen alles der Reihenfolge nach berichten, sonst können wir das nicht nachvollziehen.«

»Um welche Art Ring handelte es sich?«, fragte Arturo Fanetti wissbegierig.

Toto wusste auch, wieso. Er wollte herausbekommen, was richtig war, wenn er seiner Freundin Ginevra einen Ring schenkte. Oder hatte er das schon getan? Toto war sich auf einmal nicht mehr sicher.

»Aquamarine trug den Verlobungsring am rechten Ringfinger. Er hatte einen blauen Stein, der die Farbe ihrer Augen widerspiegelte«, sagte Sebastiano.

»Ihre Augen waren doch geschlossen«, warf Toto ein.

»Soll das heißen, sie war bewusstlos, Signor Merluzzi?«, bohrte der Raubvogelmann nach.

»Ich denke schon, denn sie atmete komisch.« Sebastiano übernahm nun wieder das Reden. »Goran hatte ihr etwas zum Rauchen gegeben, und Aquamarine vertrug das Zeug nicht. Sie wurde wohl ohnmächtig, und der blöde Typ ist mit seinem Stand-up-Paddle einfach von der Insel abgehauen.« Er geriet richtig in Rage. »Wir brachten sie in die stabile Seitenlage.«

»Ich habe das in einem Erste-Hilfe-Kurs im Baumarkt gelernt«, fuhr Toto dazwischen.

Es ging nicht, dass Sebastiano sich derart in den Vordergrund drängte.

»Was haben Sie dann gemacht?« Wieder klang die Stimme seiner Commissaria scharf.

Toto zuckte zusammen. Denn jetzt mussten sie genau überlegen, was sie preisgaben.

»Sag du es«, bat er daher Sebastiano.

Der warf ihm einen erzürnten Blick zu.

»Wir liefen zum Boot, um Hilfe zu holen. Keiner von uns beiden glaubte, dass Goran noch einmal zurückkäme.«

»Auf dem Gras lag sie, unter der Zypresse«, fuhr Toto fort. »Dort hatten sie gesessen, während sie einen geraucht und sich ordentlich bekifft haben.«

»Toto!«, rief Sebastiano entsetzt.

Die Commissaria fragte ruhig nach: »Toto, woher kennen Sie all diese Begriffe?«

»Weiß ich eben.« Er durfte sich nicht in die Karten schauen lassen, sonst verriet er womöglich den Freund.

»Also gut, was passierte danach? Warum haben Sie nicht den Notruf gewählt? Oder die Mönche aus dem Kloster geholt?«

»Ein Handy hatten wir nicht dabei. Ich hatte früher mal eines, aber jetzt ist es weg. Und das Telefon von Sebastiano war zu Hause an der Ladestation. Die Ordensbrüder hätten uns in den Keller in ein Verlies geworfen, deswegen sind wir nicht zu ihnen gegangen.«

»Seid ihr komplett meschugge? So viel Dummheit kann doch nicht wahr sein!« Der Inspektor mit dem Raubvogelgesicht hob die Hand, als wollte er ihn schlagen. Er wurde Toto von Minute zu Minute unsympathischer.

»Wir sind mit Totos Auto, das ja auf dem Friedhofsparkplatz stand, in die Stadt gefahren.« Sebastiano stülpte seine weiß angekleckste Malerhose am Bund um und zog das Poloshirt heraus. Toto spürte seine Verlegenheit. So verhielt der Freund sich nur, wenn er weder ein noch aus wusste.

Jetzt lag es an ihm, Sebastiano beizustehen. »Wir ließen den Wagen stehen, und ich humpelte, was das Zeug hielt. Wir hatten schreckliche Angst um Aquamarine.«

Sebastiano hatte sich wieder gefangen. »Alles, was wir sagen, entspricht der Wahrheit, wir lügen nicht.«

Die Commissaria klopfte mit einem Kugelschreiber auf den Schreibtisch.

»Und?« Sie fixierte ihn, bis er den Kopf senkte.

Angestrengt starrte er auf seine Schuhspitzen.

»Toto. Wohin wollten Sie?«

»Zum Restaurant, zu Aquamarines Vater. Aber weder er noch ihr Onkel Eduardo waren da.«

Sebastiano verbot ihm mit einem warnenden Blick weiterzureden.

Toto gehorchte.

Es war eine Art stillschweigendes Einverständnis zwischen ihnen.

## 57

Maddalena seufzte.

Hoffentlich hatte Toto keine Schuld auf sich geladen. Der junge Mann war ihr seit Jahren vertraut und immer wichtiger geworden. Nie hatte er sich etwas vorzuwerfen gehabt, sich immer vorbildlich verhalten, sich nie etwas zuschulden kommen lassen. Und jetzt das.

Diese unselige Geschichte würde Folgen für ihn haben, so viel stand unabänderlich fest.

»Chefin«, hörte sie Zoli sagen. »Ich habe die beiden in einen Verhandlungsraum geführt. Sie sollen dort warten, bis wir Genaueres in Erfahrung gebracht haben.«

»Olivia sollten wir verständigen. Sie macht sich sicher schon große Sorgen.«

»Das habe ich bereits erledigt, auch seine Tante ist informiert. Ebenso die Mutter von Sebastiano und sein Malermeister. Denn unnötige Schwierigkeiten wollen wir keinem machen. Der Junge soll seine Lehre abschließen, damit mal was aus ihm wird.«

Maddalena fand darauf keine Antwort. Zu sehr war sie damit beschäftigt, einen korrekten Handlungsablauf zu erstellen.

»Zoli«, sagte sie, »irgendetwas passt nicht ins Bild. Da liegt der Hund begraben.«

»Chefin, zum Glück haben Sie diese Äußerung nicht vor Signor Merluzzi getätigt, denn er würde sie wörtlich nehmen und nach dem begrabenen Hund suchen.«

Trotz der Tragik in seinen Worten musste Maddalena lachen. Piero Zoli hatte es faustdick hinter den Ohren, er taute förmlich auf.

»Haben Sie die Jungs von der Wasserpolizei verständigt? Wir brauchen ein Boot. Und die Mönche müssen wir aufsuchen.«

»Auch das ist bereits erledigt. Wir sollen in fünfzehn Minuten am Mandracchio sein. Die Kollegen warten dort schon auf uns. Auch den Mönchen sind wir angekündigt worden.«

»Gut gemacht«, lobte Maddalena ihn. »Rufen Sie Fanetti. Er soll uns begleiten. Mit seiner Art wird er die Mönche zugänglicher machen, als wir beide das könnten.«

»Das sehe ich auch so. Von den Signori aus dem ›Rickys‹ soll ich Ihnen ausrichten, dass das Mädchen bisher nicht aufgetaucht ist. Der dritte Bruder, Ricardo, hält ja im Restaurant Wache und hat vorhin mit den beiden telefoniert.«

»Wenn ich geahnt hätte, wie alles zusammenhängt, hätte ich Goran Sganbatic gestern nicht so einfach von der Leine gelassen«, meinte Maddalena nachdenklich. »Jetzt müssen wir ihn als Zeugen zur Fahndung ausschreiben. Rita Beltrame war mit einem Kollegen an der Riva, um ihn zur Vernehmung abzuholen, und stellte fest, dass der Vogel tatsächlich ausgeflogen ist. Das bedeutet, er ist mit seinem gesamten Zeug abgehauen. Lippi hat inzwischen die Medien vom Verschwinden des Mädchens verständigt. Es läuft auf jedem Sender, im Netz ist es sowieso, und morgen steht es auch in den Zeitungen.«

Arturo Fanetti betrat nach einem kurzen Klopfen Maddalenas Büro.

»Haben Sie sich umgezogen?« Maddalena und Zoli starrten den Elbenprinzen verwundert an.

»Nur das T-Shirt. Ich habe es mir von Ginevra bringen lassen. Ich finde, die blau-weißen Streifen sehen maritimer aus und vermitteln dadurch nicht den Eindruck einer polizeilichen Befragung. Die Mönche sollen sich bei meinem Anblick entspannen und ein bisschen aus der Schule plaudern.«

Maddalena und Zoli warfen sich einen verstohlenen Blick zu und lachten dann beide lauthals los.

So war er eben, ihr Arturo Fanetti, immer bemüht, sich der jeweiligen Situation anzupassen. Ein wahrer Segen, ihn im Team zu haben. Er war einzigartig.

»Was gibt es da zu lachen?« Er sah sie leicht indigniert an.

»Das ist eine Art Reflex, der sich bei Unerwartetem einstellt«, erklärte Maddalena und versuchte, ernst dreinzublicken, was ihr aber nicht so richtig gelang. »Ich kann nichts dagegen machen. Es überfällt mich einfach.«

»Und Piero, lieber Kollege, warum kicherst du, kaum dass ich für die Bootsfahrt und die damit verbundene Befragung der Ordensbrüder angemessen gekleidet bin?«

Zolis Ader auf der Stirn schwoll an, und Maddalena glaubte, ihm aus der Patsche helfen zu müssen.

»Ach, mein guter Fanetti, Sie wissen doch schon seit Langem, dass Piero Zoli lacht, wenn ich lache, und böse schaut, wenn ich es tue.«

Aber ihre Strategie ging nicht auf.

Jetzt war es Arturo Fanetti, der kicherte, und Piero Zoli sah sie eingeschnappt an.

»Lasst uns aufbrechen. Es wartet Arbeit auf uns.«

Gemeinsam verließen sie die Polizeistation, und Zoli brachte sie im Dienstauto zum Hafen. Dort wartete bereits die Küstenwache mit ihrem schnittigen blau-weißen Boot auf sie. Fanetti passte mit seinem Outfit haargenau dazu.

Aurora winkte ihr aus der Bar freundlich zu.

Die denkt wohl, ich mache einen Ausflug auf Staatskosten, überlegte Maddalena und winkte ebenso aufgeräumt zurück.

Es roch muffig aus dem Hafenbecken, und Zoli wies auf ein paar durchsichtige Quallen.

»Gott sei Dank müssen wir nicht zur Insel schwimmen«, warf Fanetti, der die Quallen ebenfalls bemerkt hatte, trocken ein.

## 58

Eduardo war besorgt wie nie zuvor. Nicht mal nach der großen Hochzeit mit den vielen Gästen vor ein paar Jahren hatte er sich so schlapp und doch aufgekratzt gefühlt.

Ricardo saß im Restaurant, offensichtlich betrunken. Neben ihm lungerte sein Sohn, Feliciano, der nur selten mit ihm herkam. Feliciano war ihm und Ferdinando, obwohl er ihr leiblicher Neffe war, nie ans Herz gewachsen.

Tunlichst hatten sie es vermieden, ihn mit Aquamarine allein spielen zu lassen. Der Typ war schräg und ein Ebenbild seines Vaters. Abgesehen davon, dass er noch alle Haare auf dem Kopf hatte und sich moderner kleidete.

»Onkel Ferdinando, Onkel Eduardo, was für eine Freude, euch endlich einmal wiederzusehen. Auch wenn die Umstände äußerst traurig sind. Weiß man schon Näheres über das Verschwinden meiner Cousine? Aquamarine war stets mein Augenstern«, log er unverblümt.

»Feliciano, schön, dich hier bei uns anzutreffen«, antwortete Ferdinando höflich.

Eduardo blieb eine adäquate Begrüßung im Hals stecken.

Was hatte der verwöhnte Bengel im Restaurant verloren?

Ricardo antwortete, als hätte er die Gedanken seines jüngsten Bruders gelesen: »Mein Sohn macht sich Sorgen. Als er bemerkte, dass ich nicht wie sonst am Frühstückstisch saß, rief er mich an. Weil er ein guter Junge ist, wollte er mich nicht allein warten lassen und ist seither an meiner Seite und leistet mir Gesellschaft. Ich bin verzweifelt.«

»Es gibt nichts Neues. Aquamarine hat sich nicht gemeldet, ihr Handy ist immer noch aus. Die Commissaria, ihr Vorgesetzter, die Kollegen, eigentlich alle … wirklich alle im Polizeirevier setzen alles in Bewegung, um meine Tochter zu finden.«

»Können wir uns an der Suche beteiligen?«, fragte Feliciano eifrig, und Eduardo hätte ihm am liebsten eine gescheuert.

Was war dieser Junge falsch. Er wusste über das gespannte Verhältnis zwischen seiner Nichte und seinem Neffen nur allzu gut Bescheid. Reine Sensationsgier hatte ihn hierhergetrieben und keineswegs die Sorge um seine Cousine. »Das Polizeiboot ist mit der Commissaria und ihrem Team auf dem Weg zur Mönchsinsel. Es hat sich herausgestellt, dass Toto Merluzzi und Sebastiano sie gestern dort gesehen haben. Anscheinend wurde sie von ihrem neuen Freund zu einem Picknick eingeladen, ist kollabiert und wurde dann dort von ihm alleingelassen. Er hatte ihr Rauschgift verabreicht«, erklärte Eduardo. Ricardos Gesicht wurde tiefrot. »Was erzählten die Burschen genau?«

Hoffentlich trifft ihn nicht der Schlag, dachte Eduardo und brachte seinem Bruder ein Glas Wasser.

»Nichts von Interesse. Sie waren angeblich von der Isola Barbana direkt nach Grado zurückgefahren und kamen her, um uns zu informieren. Weil Montag war, trafen sie aber niemanden an. Und anstatt die Polizei zu informieren, waren sie ratlos und gingen nach Hause.«

»Das nennt man allgemein und juristisch betrachtet ›unterlassene Hilfeleistung‹«, erklärte Feliciano prahlerisch. »Sie haben meine Cousine einfach dort liegen lassen.«

»Ein Unding«, pflichtete Ricardo seinem Sohn bei. »Ich gebe dir in allen Punkten recht. Niemand von uns hier hätte so fahrlässig gehandelt.«

»So ein Blödsinn! Keiner weiß, wozu er in Ausnahmesituationen fähig ist«, warf Eduardo bissig ein.

»Fakt ist«, sagte Ferdinando leise, »unser Mädchen bleibt verschwunden. Wenn wir Glück haben, ist sie bei den Mönchen auf der Krankenstation gelandet.«

»Das gilt es zu hoffen«, sagte Eduardo nickend.

»Bis jetzt steht leider nur fest, dass mein Kind verschollen ist.« Ferdinando raufte sein schütteres Haar.

»Onkel, was das angeht, muss ich dich leider eines Besseren belehren. Aquamarine ist kein Flugzeug. Nur diese werden als verschollen gemeldet.«

Eduardo sprang auf. »Unterlasse gefälligst diesen Quatsch und führe dich nicht so obergescheit auf. Damit schindest du bei uns keinen Eindruck.«

»Rede nicht so mit meinem Sohn. Er war die ganze Zeit über hier und hat mit mir gewartet. Solche boshaften Worte hat er nicht verdient. Feliciano hat doch nur versucht, die Dinge klar zu formulieren. Er ist ein guter Junge.«

Eduardo marschierte von Unruhe getrieben im Restaurant auf und ab.

»Streit ist etwas, das wir jetzt am allerwenigsten brauchen«, wandte Ferdinando begütigend ein. »Ricardo, versteh bitte unseren Bruder. Seine Nerven sind wie die von uns allen höchst angespannt. Er wollte nicht grob sein. Stimmt's, Eduardo, wolltest du doch nicht?«

»Nein«, murmelte Eduardo und kam sich gedemütigt vor. »Ich bin nur kurz vor dem Durchdrehen. Tut mir leid, war nicht so gemeint. Mein Temperament ist mit mir durchgegangen.«

Sein großkotziger Neffe und sein selbstherrlicher Bruder nickten einander einvernehmlich zu.

»Kann in den besten Familien vorkommen. Wichtig ist, dass wir zusammenhalten und Aquamarine finden.«

Wie wollte Ricardo das anstellen?

Mit seinem Boot ebenfalls zur Isola Barbana fahren?

Oder blöde Sprüche klopfen wie sein Sohn?

Er hatte den Jungen so was von über, dass er den Blick abwenden musste.

»Vielleicht ist es besser, wenn ihr beide jetzt heimgeht. Ricardo, altes Haus, du siehst müde aus und komplett fertig. Ich weiß deinen Einsatz sehr zu schätzen. Danke, dass du die Stellung gehalten hast. Es hätte ja sein können, dass meine Kleine auftaucht.«

»Ehrensache, das versteht sich doch von selbst. Du hättest das Gleiche für mich getan.«

»Selbstverständlich. Wartet mal. In der Küche steht ein Topf voll mit Minestrone. Die Suppe hat Eduardo gestern gekocht. Wir sollten alle etwas Warmes in den Magen bekommen.«

Eduardo verstand die Botschaft und verzog sich. Wahrscheinlich hatte Ferdinando gar nicht mal so unrecht. Er war gereizt und sollte nicht gleich so überreagieren.

Konnte es sein, dass er unter einem Entzug litt? Ein Grund mehr, sich zu beherrschen. Er drehte das Gas auf und rührte mit dem Holzlöffel das Gemüse um. Die Brühe schmeckte langweilig, befand er, gab Thymian und Majoran dazu und salzte nach. Jetzt passte es schon besser.

Ferdinando hatte in der Zwischenzeit den Tisch gedeckt, und sie setzten sich in vorgegebener Eintracht hin und löffelten schweigend ihre Suppe.

»Ich gehe mal zum Telefon«, sagte Ferdinando, als er fertig war. »Der Anrufbeantworter quillt vor Nachrichten schon wieder über. Ganz vernachlässigen dürfen wir den Betrieb nicht, wir leben schließlich von unseren Gästen.«

»Korrekt«, pflichtete Ricardo ihm bei. »Und zu einem nicht unwesentlichen Teil von meiner damaligen Unterstützung.«

Abermals war Eduardo kurz davor, dem Bruder seine Meinung zu sagen. Was für ein unverschämter Kerl er doch war.

Vom Tresen her erklangen unterschiedliche Stimmen, teils aufgeregt, teils mitfühlend.

»Stellt euch vor, keine einzige Tischreservierung, sondern lauter Hilfsangebote.« Ferdinando hatte Tränen in den Augen. »Ich rufe noch schnell im Büro die E-Mails ab.«

Eduardo stand auf, sammelte die leeren Suppenschüsseln ein und gesellte sich zu seinem Bruder.

»Schau«, flüsterte Ferdinando erstickt, »auch hier kommt eine Mail nach der anderen herein, und so viele unserer Gäste und auch andere Menschen auf der Insel bieten ihre Unterstützung an. Sie suchen nach unserem Mädchen und durchstreifen die Gegend, fahren zu den kleinen Inseln. Ich bin gerührt. Das ist wahrer Zusammenhalt. Sogar die Lehrer aus ihrer ehemaligen Schule melden sich.«

»Aquamarine ist auch nicht irgendjemand. Jeder, der sie kennt, mag sie. Sie hat etwas ganz Besonderes an sich, das war immer schon so.« Eduardos Stimme brach.

Ferdinando trat Schweiß auf die Stirn, er war kurz vor einem Zusammenbruch. »Die Degrassi wollte doch zu den Mönchen und uns danach Bescheid geben. Warum meldet sie sich nicht? Glaubst du, sie hat etwas in Erfahrung gebracht?«

»Hört auf, euch verrückt zu machen!«, rief Ricardo ihnen aus dem Restaurant zu. »Das bringt nichts, ihr müsst stark bleiben und die Nerven bewahren.«

Leicht dahingesagte Allgemeinplätze, fand Eduardo und verachtete seinen Bruder für dessen Plattheit.

Dann stutzte er.

Er gab Ferdinando, der neben ihm vor dem Computer saß, mit dem Ellbogen einen so harten Stoß in die Rippen, dass der gequält aufjaulte.

»Au, du Trottel. Du tust mir weh. Was ist in dich gefahren?«

Eduardo nuschelte eine halbherzige Entschuldigung. Er war im höchsten Maß verunsichert.

»Was ist das denn?«, fragte er verwirrt und tippte wild auf den Bildschirm.

»Finger weg, du hinterlässt doch Fettflecken. Ich verstehe nicht, worauf du hinauswillst.«

»Da, sieh doch mal auf die Taskleiste, was da alles geöffnet ist. Warst du das?«

»Nein. Ich bin das erste Mal seit Aquamarines Verschwinden am PC und habe keinen blassen Schimmer, wer da vorher dran war.«

»Das sind alles Nachrichten vom Verschwinden unserer Aquamarine.«

Ein unangenehmes Gefühl erfasste Eduardo, irgendetwas, das er nicht benennen konnte, lief hier falsch.

Und dann fiel es ihm wie Schuppen von den Augen.

»Feliciano!«, brüllte er und rauschte ins Restaurant. »Hast du dich an unserem Computer zu schaffen gemacht?«

»Onkel«, antwortete der Junge schnippisch, »glaubst du wirklich, ich lasse mich dazu herab, so ein fossiles Gerät zu benutzen?« Er klopfte auf sein iPad. »Das ist meine Welt. Altertümliches Zeug, wie ihr es habt, interessiert mich nicht die Bohne.

Diese vorsintflutlichen Geräte stellen sie uns nicht mal im Unterricht zur Verfügung.«

Ferdinando erschien hinter Eduardo und hielt ihn mit einem festen Griff davon ab, den unverschämten Neffen zu ohrfeigen. »Nicht mein Sohnemann, sondern ich war an eurem Computer. Ich habe versucht, Neuigkeiten zu erfahren. Entschuldigt mal, dachtet ihr etwa, ich schlafe, während ich auf Aquamarine warte? Im Gegenteil. Der Averna hat mir einen klaren Kopf verschafft. Jedes Portal, jede Zeitung, jeden Radiosender habe ich durchsucht, nichts ausgelassen. Auch ich will meine Nichte finden.«

»Daddy«, äußerte Feliciano bewundernd, »du bist einfach eine Klasse für sich. Aber du hättest mich ruhig aufwecken können, ich hätte dir beigestanden. Mein Vater«, sagte er und sah seine Onkel herausfordernd an, »hat mehr drauf als die meisten.«

Ferdinando war inzwischen ebenso erzürnt wie Eduardo. Er konnte es an seinen verkrampften Gesichtszügen ablesen.

Gemeinsam versuchten sie, ihre Verwandten loszuwerden, um ein bisschen Ruhe zu finden. Ihr Vorhaben gestaltete sich jedoch nicht einfach, denn keiner der beiden schien Lust zu haben, sie zu verlassen.

## 59

Zoli und Fanetti halfen Maddalena ritterlich, aus dem Polizeiboot auf den Steg zu steigen. Sie ärgerte sich darüber, obwohl sie wusste, dass die beiden dieses Verhalten als richtig empfanden.

»Oldschool, total, völlig veraltet«, murmelte sie und wäre fast über die Spitzen ihrer Stiefel gestolpert, hätte Zoli sie nicht geistesgegenwärtig am Arm gepackt. Zum Schämen fehlte ihr eindeutig die Zeit, also machte sie sich unwirsch los und wies die beiden an, ihr zu folgen.

»Hätten wir uns nicht anmelden müssen? Die Mönche sind eigen und schätzen Überraschungsbesuche meines Wissens nicht«, wagte Arturo Fanetti sich vor.

Zoli blies ins gleiche Horn. »Die haben sicher gerade ihre Vesperstunde und wollen nicht gestört werden.«

»Die Vesper, lieber Piero, ist der Mönche liturgisches Abendgebet. Wir haben aber erst späten Vormittag.«

Wieder mal ließ Fanetti seine Bildung heraushängen. Maddalena war daran gewöhnt, auch wenn sie nicht umhinkonnte, sich darüber zu ärgern.

Zoli bemühte sich redlich, jedoch wusste er es nicht besser, er hatte eben nicht Fanettis allumfassende Erziehung genossen. Aber er war deswegen keinen Deut schlechter als sein allwissender, vom Schicksal begünstigter Kollege. Der im Übrigen nicht anders konnte, als sein Wissen unbekümmert heraushängen zu lassen.

»Mein Vater hat mich für einige Jahre in ein Klosterinternat geschickt, es war eine harte, wenn auch aufschlussreiche Zeit. Ich habe Mozart und Haydn kennengelernt.«

»Persönlich?«, fragte Zoli spitz und ungewöhnlich sarkastisch nach.

»Nein, Piero, ihre musikalischen Meisterwerke, die ›Sinfonie mit dem Paukenschlag‹ von Haydn und Mozarts ›Jupitersinfonie‹, wurden mir nahegebracht.«

Maddalena fuhr Fanetti an: »Schluss damit. Wir bewundern Ihre erstklassige Erziehung. Aber damit ist es noch lange nicht getan.«

»Ich wollte doch nur anmerken, dass die Mönche um zwölf Uhr ihre Sext beten. Sie ist eine der kleinen Horen Prim, Terz, Sext und Non und erfolgt meist vor dem Mittagessen. Der Tagesablauf in einem Kloster dreht sich nun mal hauptsächlich um das Gotteslob.«

»Stopp, Fanetti, genug. Wir haben verstanden, dass wir die Glaubensbrüder möglicherweise beim Gebet oder Mittagsmahl stören. Das darf uns aber nicht hindern. Außerdem hat man uns angemeldet, nicht wahr, Zoli? Das sagten Sie doch.«

»Ja, Chefin. Es gibt einen Glaubensbruder, der unabhängig von der Tageszeit oder deren Ritualen Gespräche entgegennimmt.«

Maddalena ärgerte sich, dass der Kollege weiter ohne Rücksicht auf Verluste vor sich hin dozierte.

Zoli spürte, wie üblich, ihren wachsenden Unmut und reichte ihr seine Thermoskanne.

»Nehmen Sie einen Schluck. Er wird Ihnen guttun, Chefin«, flüsterte er. »Ich bin beeindruckt, wie viel und was mein Kollege alles weiß. Seine Belehrungen bringen mich immer ein Stück weiter. Glauben Sie mir, ich schätze das.«

Zoli fand oft die genau richtigen Worte, um Maddalenas aufgewühltes Inneres zu besänftigen. Und alles, worum es ihnen ging, war, das Mädchen zu finden. Maddalena hoffte immer noch, sie unversehrt auf der Krankenstation anzutreffen.

»Danke«, flüsterte sie zurück. »Ihre Freundlichkeit steht dem Espresso Ihrer Mutter in ihrer stärkenden Kraft in keiner Weise nach.«

Ein Benediktinermönch empfing sie in schlichtem Gewand, das komplett schwarz war und eine Kapuze hatte.

Er führte sie durch einen Maddalena endlos lang erscheinenden Flur in ein schmales Büro.

»Wir unterscheiden uns«, erklärte der Mönch, »ein wenig durch unsere Selbstständigkeit von den anderen Ordensbrüdern.

Auch wenn es selbstverständlich unsre oberste und heilige Pflicht ist, am Gottesdienst teilzunehmen. Wissen Sie, wir sind sozusagen die Ur-Mönche, die älteste Gemeinschaft des westlichen Ordenslebens, trotzdem schauen wir über den Tellerrand. Wir leben über uns hinaus, sind weltoffen, auch wenn wir dem Herrn gehören.«

Maddalena wechselte einen Blick mit ihren Kollegen. Einzig Arturo Fanetti nickte wissend. Daher übernahm er auch, ohne Rückfrage an sie, das Gespräch.

»Wir sind auf der Suche nach einem sechzehnjährigen Mädchen, das am Montag, also gestern, mit ihrem Freund hier auf der Insel war.«

»Wir haben das bereits aus den Medien erfahren. Auch wenn Sie es vielleicht nicht annehmen, wir besitzen Notebooks, iPads, Handys und Computer. Es ist äußerst tragisch, was geschehen ist, aber es kommen täglich, vor allem in den Sommermonaten, so viele Besucher zu uns, dass wir außerstande sind, sie einzeln wahrzunehmen. Unser Weg führt uns, wenn wir das Kloster verlassen, lediglich zwischen der Kapelle und der Wallfahrtskirche hin und her. Unser Hauptdomizil sind die Innenräume des Konventes, und manche Brüder pflegen den Garten. Wir bauen unterschiedliches Gemüse und Obst an, haben einen Zitronenhain angelegt und betreiben eine Rosenzucht.«

Maddalena konnte ihm den Stolz ansehen.

»Gut«, warf sie ein, »doch könnte es nicht möglich sein, dass einer Ihrer Kollegen oder, wie Sie sagen, Brüder etwas bemerkt hat? Es handelte sich um ein Liebespaar. Und wie wir inzwischen in Erfahrung gebracht haben, waren die beiden noch auf der Insel, als der letzte Dampfer bereits abgefahren war. Vielleicht hat einer der Ihren sie gefunden und auf die Krankenabteilung geschafft? Angeblich stand das Mädchen unter dem Einfluss von Drogen.«

»Darauf gibt es eine klare Antwort: nein. Denn als wir davon hörten, haben wir uns darüber unterhalten. Da wussten wir noch nicht, dass die junge Frau zum letzten Mal auf unserer Insel gesehen worden war. Das macht aber keinen Unterschied, denn wenn ein Bruder das Mädchen gefunden hätte, wüssten wir alle von dem Vorfall.«

Maddalena zweifelte nicht an den Worten des Mönches. Er wirkte aufrichtig.

Unverrichteter Dinge verließen sie das Kloster und stapften schweigend über die Wiese zur Anlegestelle. Es duftete intensiv nach den Nadeln der Zypressen und Pinien. Ein strahlend blauer Himmel, der überhaupt nicht zur Situation passen wollte, spannte sich über der Insel. Kein einziges Wölkchen trübte den angebrochenen Nachmittag, alles deutete auf weiterhin herrliches Wetter hin. Kurz überlegte Maddalena, sich nach Dienstschluss ins Meer zu stürzen, verwarf den Gedanken aber gleich darauf als selbstsüchtig. Nichts galt mehr an diesem Tag, als das Mädchen wiederzufinden.

»Bis auf Ihren Vortrag ist bei mir nichts hängen geblieben, Fanetti«, sagte sie zu ihrem Kollegen, der ihr galant ins wartende Polizeiboot half.

»Wir sollten Signor Merluzzi und den Jungen aus dem Verhörzimmer entlassen. Vielleicht begehen sie einen Fehler, wenn sie allein und unbeobachtet sind. Ich habe den Eindruck, dass die beiden eine wichtige Information für sich behalten.« Fanetti lehnte an der Reling des Bootes, und der Fahrtwind verstrubbelte sein helles Haar.

Mehr denn je ähnelte er Legolas, dem Elbenprinzen.

Maddalena konnte nicht umhin, seinen Worten etwas abzugewinnen.

»Das ist eine gute Idee. Zum einen möchte ich nicht, dass Toto dadurch Schaden nimmt, dass er im Zimmer eingesperrt ausharren muss, zum anderen sollten wir ein wachsames Auge auf die beiden haben. Zoli, bitte verständigen Sie Guido Lippi, dass er die beiden nach Hause fahren, sich danach aber in Totos Nähe aufhalten soll. Möglicherweise verlässt Toto das Haus oder bekommt Besuch.«

»Wird erledigt, Chefin«, sagte Zoli und griff eilfertig zu seinem Diensthandy.

## 60

Eduardo und sein Bruder saßen einander gegenüber.
Was war das eben für eine Szene gewesen?
Ferdinando sprach es noch vor ihm aus. »Ricardo ist ein wahres Ekel und sein Sohn eine kleine Bestie. Wenn wir das hinter uns haben und unser Mädchen zurück ist, müssen wir ihn loswerden. Wir werden einen Kredit aufnehmen und ihn auszahlen. Auf dieses Almosen können wir zukünftig verzichten. Mit diesem Teil der Familie brechen wir.«

»Einverstanden«, brummte Eduardo und beschloss gleichzeitig, nie wieder Kokain anzurühren, koste es, was es wolle.

»Warum verhält er sich jetzt wie ein Samariter, der uns dabei unterstützen will, Aquamarine zu finden? Das birgt doch einen gehörigen Widerspruch in sich.«

»Ich kapier das auch nicht. Doch ich habe ihm als unserem älteren Bruder stets vertraut.«

»Mir sind Zweifel gekommen. Ich bin mir seines Wohlwollens nicht mehr sicher. Möglicherweise handelt er zu seinem eigenen Vorteil. Denn wenn unserem Mädchen wirklich etwas zugestoßen ist –«

»Nein!«, unterbrach Ferdinando ihn heftig. »So ist das nicht. Meine Tochter macht bloß einen drauf mit ihrem neuen Freund. Sie taucht wieder auf. Das verspreche ich dir in die Hand hinein. Niemals wird Feliciano an ihre Stelle treten.«

Eduardo schwieg.

Ferdinandos Handy surrte.

»Die Commissaria«, flüsterte er, nahm das Gespräch an, und dann fiel sein Telefon zu Boden.

»Was hat sie gesagt? So rede doch«, versuchte Eduardo ihn aus der Schockstarre zu reißen.

»Die Ebbe hat eine weibliche Leiche freigesetzt. Einer der Fischer hat sie gefunden und sich sofort auf dem Polizeirevier gemeldet.«

»Das kann irgendjemand sein, eine doofe Touristin, die ihre Kräfte beim Schwimmen überschätzt hat, oder eine dieser albernen Stand-up-Paddlerinnen, die unsere Gezeiten unterschätzen, sogar eine Kitesurferin könnte es getroffen haben.«

»Halt endlich deinen Mund, Eduardo. Wir müssen unmittelbar los, die Leiche identifizieren. Man hat sie bereits an Land geschafft und in die Pathologie befördert.«

»Das ist unser Ende. Wer, wenn nicht Aquamarine, kann das sein?«

Eduardo begann schluchzend zu weinen.

## 61

Maddalena stand gewissermaßen unter Schock.

Zoli, sie und Fanetti waren über den Fund einer jungen weiblichen Leiche informiert worden, kaum dass sie das Festland betreten hatten. Das lag jetzt eine Stunde zurück.

Inzwischen hatte Rita Beltrame, die das besser konnte als ihre Kollegen, die Signori informiert. Die beiden waren auf dem Weg, um die Tote aus der Lagune im Krankenhaus von Monfalcone zu identifizieren.

Maddalena war bereits vor Ort.

Der Tod, meinte der Pathologe, sei nicht durch Ertrinken eingetreten. So viel stehe fest, denn die Tote habe kein Wasser in der Lunge. Deutlich erkennbar waren Würgemale und ein eingedrückter Kehlkopf, wodurch eindeutig Fremdverschulden die Ursache war. Weitere Untersuchungen stünden noch aus.

Sie hasste diesen Mediziner, einen frauenfeindlichen Wichtigtuer, der sie bis zu seiner hoffentlich bevorstehenden Pension niemals akzeptieren würde. Immer mal wieder hatte sie mit ihm zu tun gehabt.

Fanetti war der Ansicht, der kleine Mann leide an einem Napoleon-Komplex. Seine ungehobelte Art sprach für sich. Kaum war Maddalena anwesend, rümpfte er seine zu kurze Knollennase und schnaubte abschätzig. Seine herausstehenden Barthaare zitterten dabei.

Doch an ihm führte kein Weg vorbei.

»Chefin.« Zoli trat auf sie zu.

Sie standen zu dritt im Leichenschauhaus und warteten mit bangen Herzen auf die Signori aus dem »Rickys«.

Er nahm ihre Hand, etwas, das er noch nie zuvor gewagt hatte, und sagte leise: »Ich glaube, es ist Aquamarine, die da auf dem Obduziertisch liegt. Arturo und ich konnten bereits einen Blick auf die Leiche erhaschen. Eigentlich besteht kein Zweifel an ihrer Identität.«

»Wie kommen Sie darauf?« Maddalenas Knie wurden schwach, und sie lehnte sich an Zolis Schulter.

»Das lange blonde Haar, ihre Kleidung. Natürlich sind ihre Gesichtszüge entstellt.« Der Pathologe winkte sie heran, und Maddalena tat, was sie um keinen Preis tun wollte. Sie betrat den steril wirkenden Raum, der nach scharfen Mitteln stank.

Der alternde Arzt warf ihr einen ausdruckslosen Blick zu, der so viel bedeutete wie: »Ach, Sie schon wieder? Hat mein Freund Comandante Scaramuzza Sie nicht endlich ausgetauscht?«

Selbstverständlich äußerte er seine trivialen und verletzenden Gedanken nicht, aber Maddalena konterte rein auf Verdacht: »Einige Zeit werden Sie schon noch mit mir vorliebnehmen müssen. Falls Sie nicht demnächst in Pension gehen.«

»Was lässt Sie das vermuten?«

Maddalena war unfähig, dem Pathologen darauf eine Antwort zu geben, denn sie erschrak zutiefst.

Dort lag Aquamarine, das hübsche Mädchen, das sie aus dem Restaurant »Rickys« kannte. Die blonden Locken fielen wie die von Ophelia weit über den Rand des Obduktionstischs.

Dann begann der Forensiker unweigerlich zu dozieren.

»Die junge Frau menstruierte. Sie ist fünfzehn bis siebzehn Jahre alt und weist die Ihnen bereits bekannten körperlichen Verletzungen auf. Zudem hatte jemand nach ihrem Tod ungeschützten, gewaltsamen Geschlechtsverkehr mit ihr, was die Verletzungen an der inneren und äußeren Vagina eindeutig belegen. In ihrem Blut befinden sich unbedeutende Mengen Alkohol und THC, Marihuana. Das Mädchen hatte vor ihrem Tod außerdem durch den Stich einer Biene einen anaphylaktischen Schock erlitten.«

»Ach«, warf Maddalena ein, »sie war also allergisch? Was bedeutet das in diesem Zusammenhang?«

Darauf bekam sie keine Antwort. Der Pathologe warf ihr lediglich einen geringschätzigen Blick zu, der ihr zu verstehen gab, sie würde nichts verstehen.

Und Arturo Fanetti meinte wie immer völlig selbstbezogen:

»Meine Ginevra ist gegen Erdnüsse allergisch. So etwas kann auch zum Tod führen.«

»Hat es aber in diesem Fall nicht«, wetterte der boshafte kleine Mann.

Arturo Fanetti packte Maddalenas Arm, was auch er sonst tunlichst vermied. Da unterschied er sich nicht von Piero Zoli. Sie war beiden Kollegen dankbar, denn sie schwankte. Der Boden unter ihren Füßen drohte wegzukippen.

»Das ist sie doch, die Kleine aus dem ›Rickys‹? Ich lese es an Ihrer bewegten Reaktion ab.«

Bevor Maddalena Fanettis Frage beantworten konnte, stürmten Ferdinando und Eduardo herein.

Der Forensiker klärte die Verwandten ohne einen Funken Empathie über den Tatbestand auf und bat sie, das tote Mädchen zu identifizieren.

»Ja!«, schrie Ferdinando. »Ja, das ist meine Tochter. Daran besteht nicht der geringste Zweifel. Meine Aquamarine liegt da. Wie kommt sie hierher?«

Eduardo schrie auf. »Unser Kind kann nicht tot sein. Da muss ein fataler Irrtum vorliegen.«

»Da Sie die Leiche soeben eindeutig identifiziert haben, muss ich Sie leider enttäuschen. Ein Missverständnis ist völlig ausgeschlossen.« Der Pathologe sprach gelassen, so als würde er ihnen eine mathematische Aufgabe erklären. »Gehören diese Bekleidungsstücke Ihrer Tochter?« Er hielt ein Paar kurze Shorts aus Jeansstoff, ein knappes Shirt, ein verdrecktes Hoodie und schlammige Chucks hoch.

»Ja, das hatte Aquamarine an, als sie das Restaurant verließ, und ich schimpfte noch mit ihr wegen dieser freizügigen Bekleidung«, wimmerte Eduardo.

Die Brüder waren vor dem Obduktionstisch auf den Boden gesunken, jeder hielt eine kalte Hand von Aquamarine in der seinen.

Bedauernswerte Burschen, dachte Maddalena und kämpfte gegen die Tränen an.

»Das ist ein Alptraum. Das kann nicht wahr sein.«

»Wussten Sie übrigens, dass Ihre Tochter Rauschgift konsumierte?«

Bevor Ferdinando antworten konnte, griff Maddalena ein. »Dottore, das geht entschieden zu weit. Fehlt es Ihnen denn an jeglichem Mitgefühl? Sehen Sie nicht, in was für einem beklagenswerten Zustand die beiden Signori sind? Sie haben gerade ihr Liebstes verloren.«

»Commissaria Degrassi. Hier liegt ein Irrtum vor, den ich gern berichtigen möchte. Die Signori haben nicht eben erst ihr Liebstes verloren, sondern es geschah bereits zu dem Zeitpunkt, als die junge Frau erwürgt wurde.«

Maddalena war baff angesichts von so viel Herzlosigkeit.

Der Dottore winkte seinen Assistenten zu sich. »Todeszeitpunkt? Und zwar genau, wenn ich bitten darf.«

Der junge Mann im weißen Kittel las von einem Blatt Papier ab, das an den nackten Füßen von Aquamarine befestigt war.

»Montagabend, gegen zwanzig Uhr.«

Ferdinando erwies sich als der stärkere der beiden Brüder. Er stand auf, beugte sich über seine Tochter und küsste ihre Stirn. »Mein gutes, liebes und armes Kind. Wer hat dir das angetan? Wenn ich deinen Mörder in die Finger kriege, wird er das Licht der Sonne nicht mehr erblicken. Das schwöre ich bei meinem Leben.«

Maddalena sprach begütigend auf die beiden Männer ein, bat sie eindringlich, keine voreiligen Schlüsse zu ziehen, und folgte ihnen zusammen mit Fanetti und Zoli aus dem Leichenschauhaus.

Was für ein beschissener Tag.

Draußen schien die helle Sonne am strahlend blauen Himmel, als wäre nichts geschehen.

Maddalena musste sich zusammenreißen, um nicht wie ein Schulmädchen loszuflennen.

## 62

Caterina wusste weder ein noch aus.

Toto und sie hatten einander immer sehr nahegestanden, doch seit sie wieder hier war, hatte sie den Eindruck, dass sich Welten zwischen sie geschoben hatten.

Es schien, als hätte sie jeglichen Zugang zu ihrem einst so vertrauten Cousin verloren.

»Toto«, versuchte sie es abermals. »Kann ich dir helfen? Du trägst offensichtlich schwer an deinem Geheimnis. Konntest du dich der Commissaria denn nicht anvertrauen?«

Doch Toto schwieg.

»Caterina, wann fährst du wieder nach Florenz?«, fragte er unvermittelt.

»Vorerst bleibe ich hier. Ich muss mir über einiges klar werden. Weißt du, *tesoro*, mein lieber Schatz, nicht nur dir ergeht es so. Auch in meinem Kopf spielen die Gedanken verrückt.«

»Erkläre mir das bitte genau.« Toto sah sie so vertrauensvoll an, dass Caterina nicht anders konnte, als ihm die Wahrheit zu sagen. »Vielleicht bleibe ich in Grado, bei euch. Enzo ist nicht der richtige Mann für mich.«

»Aber Francesco ist schon der richtige Sohn?«

»Natürlich, Toto. Was für eine Frage. Ich werde mir einen guten Rechtsanwalt nehmen und mein Kind zu mir holen.«

»Wird Enzo das erlauben?«

»Er wird ebenso wie ich um das alleinige Sorgerecht kämpfen, so nennt sich das. Aber ich habe meinen Entschluss gefasst. Und genauso solltest auch du handeln. Wir sind aus dem gleichen Holz geschnitzt, du und ich, wir sind vom gleichen Schlag. Beide wollen wir Gerechtigkeit und keinen Schaden anrichten. Das ist doch so, Toto? Und daher musst du dir endlich dein hässliches Geheimnis von der Seele reden, sonst erstickst du daran.«

Toto reagierte natürlich völlig anders, als Caterina es sich erhofft hatte.

»Was bin ich froh, dass du bei uns bleibst. Ich kann dann mit Francesco spielen, und wenn Olivia stirbt, habe ich gleich neben euch mein Zimmer, weil Emilia wieder auf die Universität von Padua gehen muss. Sie will Apothekerin werden.« Er war begnadet darin, sich Dinge zu merken, die sie als völlig nebensächlich erachtete.

»Toto«, fuhr Caterina ihn daher unduldsam an, »was redest du für Quatsch? Ja, Emilia wird zu Ende studieren und dann Davide heiraten. Das ist nicht die Frage. Deine Schwester hingegen ist nicht todkrank. Das hast du dir in deinem verwirrten Hirn zusammengereimt. Sei froh, dass außer uns beiden gerade keiner daheim ist. Mama kauft den Supermarkt leer, und Olivia ist bei Dottor Beltrame, um die Ergebnisse ihrer Untersuchung zu besprechen. Ich hoffe, er sagt ihr nichts Ernstes. Doch unabhängig davon würden die beiden sich fürchterlich über deine kalten Worte aufregen.«

»Wo sind die Verlobten?«

»Die sind schwimmen gegangen.« Caterina verzog ihr Gesicht zu einer Grimasse, und Toto lachte.

In diesem Moment klopfte es an der Haustür.

»Ich mache auf«, sagte Caterina, und gleich darauf trat Sebastiano ein, geheimnisvoll in alle Richtungen spähend.

Toto starrte den Freund perplex an. »Wir wollten uns doch nicht mehr treffen, bis Gras über die Sache gewachsen ist. Warum hast du unseren Pakt gebrochen?«

Caterina gab vor, nicht zu lauschen, obwohl sie genau das selbstverständlich tat.

»Psst, nicht vor ihr«, zischte Sebastiano und machte eine Kopfbewegung zu Caterina hin.

»Bürschchen, sag, tickst du noch richtig? Das hier ist mein Haus, und du hast hier gar nichts zu melden.«

»Tante Antonella ist die Hausherrin, nicht du«, stellte Toto überzeugt fest.

»Das spielt keine Rolle. Ich bestimme, was passiert, solange meine Mutter nicht anwesend ist.«

Sebastiano sackte in sich zusammen. »Entschuldigen Sie, Signora, aber ich muss mit Toto dringend etwas besprechen.«

»Das kannst du gern machen, aber nur vor mir. Es ist so viel passiert, und einer muss verhindern, dass alles noch schlimmer wird. Wisst ihr etwas über Aquamarines Verbleib? Denn wenn das so ist, seid ihr Mittäter.« Caterina hatte sich richtig in Fahrt geredet, wusste aber keinen anderen Ausweg, als die beiden zu zwingen, ihre Karten offen auf den Tisch zu legen.

Toto nestelte an seinem T-Shirt, das einige Flecken aufwies, und Sebastiano schüttelte bedauernd den Kopf.

»Wir haben keine Ahnung, aber wir müssen eine Sache unter uns klären. Es gibt da etwas, das niemand wissen darf.«

»Keineswegs«, schnauzte Caterina ihn an. »Das werde ich zu verhindern wissen, glaub es mir.«

Die Tür flog schwungvoll auf, und ihre Mutter eilte herein, beladen mit Einkaufstüten und einen Schwall Meerluft hinter sich herziehend.

»Toto, mein Liebling, wen haben wir denn da? Dich, meinen Schatz. Hat die Commissaria dich endlich in Freiheit entlassen? Wir wollten dir schon einen Anwalt zur Seite stellen. Was bin ich froh. Ist das junge Mädchen aus dem ›Rickys‹ endlich heimgekehrt?«

Dann erst sah sie den anderen Jungen und verzog ihr Gesicht.

»Du bist für das alles hier verantwortlich, du hast unseren Toto in eine miese Geschichte hineingezogen. Was willst du hier bei uns?«

Caterina nahm ihrer Mutter die Tüten ab.

»Was gibt es zum Essen?«, fragte Toto ungeachtet der Spannung, die sich in der Küche breitgemacht hatte.

Gierig schleckte er über seine Lippen.

Unverbesserlich, dachte Caterina betrübt.

»Mama, Sebastiano will etwas mit Toto besprechen. Ich finde, dass das nicht möglich ist. Die beiden dürfen sich nicht ohne die Anwesenheit eines Erwachsenen unterhalten.«

»Sehe ich genauso.«

»Ich bin erwachsen, und zwar schon länger als Aquamarine und Sebastiano zusammen«, fuhr Toto erbittert auf.

»Aber mündig bist du deswegen noch lange nicht.« Es fiel Caterina nicht leicht, ihren Cousin mit seiner geistigen Unzulänglichkeit zu konfrontieren. Doch diesmal musste es ausgesprochen werden. Kein Weg führte daran vorbei.

»Toto«, warf ihre Mutter beschwichtigend ein, »was hältst du davon, wenn ich uns Spaghetti alle Vongole zubereite, während ihr nach oben geht? Ich habe im Fischgeschäft herrliche dicke Veraci-Muscheln erstanden.«

»Ja bitte, Tante Antonella, mach das. Ich sterbe vor Hunger. Darf Sebastiano mitessen? Er hat mir gestern auch eine sehr gute Mahlzeit bereitet. Wir haben sie im Boot gegessen und ... ähem ... dazu getrunken.«

Caterina wurde hellhörig. »Was hast du unserem Toto gegeben? Doch wohl keinen Alkohol? Er darf nichts trinken, da er regelmäßig seine Medikamente nehmen muss.«

»Damit mein Bart endlich wächst«, pflichtete Toto ihnen vertrauensselig bei.

»Geht hinauf ins Zimmer von Emilia. Sie und Davide sehen wir so schnell nicht wieder«, sagte ihre Mutter, und Caterina verstand, worum es ging.

»Kommt mit mir, Jungs. Und dann möchte ich alles erfahren, ohne dass etwas ausgelassen wird.«

»Das werden wir noch sehen«, gab Sebastiano frech zurück.

»Wir können es auch ganz anders angehen. Ich brauche nur die Kommissarin oder Inspektor Zoli anzurufen. Es liegt ganz bei euch. Entweder ihr redet offen mit mir, oder ich telefoniere mal kurz mit der Polizei.«

»Ist schon gut.«

Emilias Zimmer roch ätzend wie ein Frisiersalon mit einem integrierten Nagelstudio. Caterina sank auf das ungemachte Bett ihrer Schwester und rümpfte die Nase. Toto und Sebastiano ließen sich ihr gegenüber auf dem Flokatiteppich nieder.

»Toto, ich habe dich sehr lieb. Lass dich bitte nicht in die Irre führen.«

Sebastiano drückte seine Schuhspitze so fest, dass es bestimmt wehtat, in Totos Unterschenkel.

»Ich rate dir zum letzten Mal, hör sofort auf, Toto zu beeinflussen«, fauchte Caterina. »Du glaubst wohl, dass ich das nicht bemerke? Ihr habt weniger Chancen, als ihr glaubt, wenn ihr euren Mund nicht endlich aufmacht, also redet besser.«

»Caterina«, begann Toto ängstlich und knabberte an seinen bereits bis zum Schaft abgebissenen Nägeln, »da gibt es ein Geheimnis, das wir dir und auch keinem anderen auf dieser Welt jemals verraten dürfen. Es steckt ein böser Mensch dahinter. Der murkst uns ab, wenn wir auch nur einen Ton von uns geben.«

Sebastiano, der unter Caterinas scharfem Blick aufgehört hatte, Totos Bein zu malträtieren, beugte sich zu ihm und versuchte, ihm etwas ins Ohr zu tuscheln.

Caterina riss den Jungen erbarmungslos von ihrem Cousin weg.

»Au!«, brachte Sebastiano weinerlich hervor.

»Gar nichts von euren Geschichten ist wahr. Ihr lügt wie gedruckt und bildet euch eine Horrorstory ein, an der ihr, blöd, wie ihr nun mal seid, auch noch festhaltet. Wahrscheinlich habt ihr selbst Dreck am Stecken und wollt euch bloß schützen. Was verschweigt ihr?« Sie klang so grimmig, dass sie sich fast vor sich selbst fürchtete.

Doch es zeigte Wirkung.

Toto richtete sich kerzengerade auf und verkündete mit lauter und selten klarer Stimme: »Aquamarine kommt nicht wieder, denn sonst hätte Onkel Ricardo sie schon längst heimgebracht.«

»Oder in ein Krankenhaus, und die hätten sich gemeldet«, sprudelte es jetzt, da der Bann gebrochen war, aus Sebastiano heraus.

»Onkel Ricardo?« Caterina verstand im ersten Moment nicht, um wen es sich handelte.

Schleppend lüftete sich der Schleier. Sie konnte nicht anders, als gellend laut nach ihrer Mutter zu brüllen.

»Mama, lass alles stehen und liegen und komm sofort in Emilias Zimmer! Ich habe etwas Ungeheuerliches erfahren.«

»Warum? Muss Tante Antonella das wirklich hören? Sie hat ein schwaches Herz, ihr darf nichts passieren.«

»Ich schaffe das nicht allein.«

Ihre Mutter kam schnaufend die Treppe herauf und stand bleich im Türrahmen. »Was gibt es?«

»Setz dich besser neben mich. Vielleicht kannst du entschlüsseln, was vorgefallen ist.«

»Toto, du bist ganz rot im Gesicht, was hast du zu Caterina gesagt? Vertraue dich uns bitte an.«

»Tante Antonella.« Er schluchzte gequält auf und verbarg sein Gesicht in ihrem Schoß. »Onkel Ricardo hat sie sicher von der Insel abgeholt.«

»Wer in Gottes Namen ist dieser Onkel Ricardo? Ich habe noch nie von ihm gehört.«

»Doch, Mama. Das hast du.«

»Er ist der älteste Onkel von Aquamarine«, nuschelte Sebastiano.

»Weiter, das ist wichtig. Was hat der Mann mit dem Mädchen zu tun?«

»Wir haben Aquamarine und Goran auf der Mönchsinsel beobachtet. Wir sind mit dem Boot meines Vaters hin und haben die beiden unter einem Baum sitzen sehen. Das Rauschgift, das Goran ihr gab, hat sie wohl nicht vertragen. Sie ist umgekippt, und der Typ hat sich mit seinem Stand-up-Paddle aus dem Staub gemacht. Wir sind zu ihr gelaufen und haben sie auf die Seite gedreht. Sie war ohnmächtig, hat aber noch geatmet. Daraufhin sind wir zurückgefahren und zum Restaurant geflitzt. Ferdinando und Eduardo haben wir nicht angetroffen, sie waren nicht da, obwohl es schon acht Uhr am Abend war. Dafür aber der andere Onkel, Ricardo. Er versprach, sofort mit seinem Schnellboot zur Insel zu fahren und Aquamarine heimzuholen oder ins Krankenhaus zu schaffen. Uns verbot er, irgendwem irgendetwas zu erzählen. Wir hatten richtig Angst vor ihm, weil er uns mit dem Tod gedroht hat, wenn wir etwas verraten. Wegen dem Rauschgift, meinte er, weil das eine Schande und daher eine reine Familienangelegenheit sei.«

»Und dann war Aquamarine verschwunden, und die Commissaria holte uns zu sich, und wir beichteten alles bis auf das Treffen mit Onkel Ricardo.«

»Was? Das kann doch nicht euer Ernst sein? Wisst ihr denn nicht, was das bedeutet? Dieser schäbige Onkel hat eurer Freundin Aquamarine womöglich etwas angetan. Ist euch das denn nicht klar?«

Toto und Sebastiano sahen sich ratlos an.

Caterina griff nach ihrem Handy.

»Kind, auch wenn ich es wegen Toto nicht begrüße, du tust das Rechte.«

»Mama, ich fürchte mich. Was, wenn sie Toto etwas anhaben?«

»Das werden wir zu verhindern wissen. Ich hole jetzt wirklich einen Anwalt, der ihm zur Seite steht und ihn beschützt.«

»Commissaria Degrassi«, weinte Caterina kurz darauf ins Telefon, »ich habe eine Aussage zu machen.«

Die Commissaria war ganz Ohr. »Worum handelt es sich?«

»Es geht um Toto, Sebastiano und Aquamarine. Einer ihrer Onkel hat damit zu tun.«

»Eduardo?«, fragte die Commissaria.

»Nein. Es geht um Ricardo.«

Die Commissaria sagte etwas zu einem ihrer Kollegen, das Caterina nicht verstand.

»So erzählen Sie doch, was Sie wissen.«

»Bitte, Commissaria Degrassi, sagen Sie mir zuerst, ob Sie das Mädchen inzwischen gefunden haben.«

»Ja, leider.«

»Ist sie in Sicherheit?«

»Die Kleine ist tot.«

Caterina brach in Tränen aus. »Das kann doch nicht wahr sein! Wie soll ich das Toto beibringen? Sebastiano sitzt auch bei uns.«

»Gut. Lassen Sie ihn nicht weg. Lippi, mein Kollege, ist schon unterwegs zu Ihnen. Er bringt Sie alle zu mir. Zoli holt in der Zwischenzeit Ricardo.«

Caterina fiel noch etwas ein. »Und wie verhält es sich mit diesem Goran Sganbatic? Haben Sie ihn schon ausfindig gemacht?«, fragte sie zaghaft nach.

»Ja. Meine Kollegin Rita Beltrame ist auf dem Weg nach Nova

Gorica. Dort lebt der junge Mann. Alles Weitere besprechen wir auf dem Polizeirevier.«

Mit bebenden Fingern und rasendem Herzen wies sie die beiden Jungs an, sich fertig zu machen.

»Mama, koche uns trotzdem einen großen Topf Pasta. Es wird dich beruhigen, und du kannst sonst nichts tun. Ich melde mich, sobald ich mehr weiß.«

# 63

Goran hörte ein Motorengeräusch, das unverkennbar zum Auto seines Vaters gehörte.

Erleichtert ging er zum Fenster und zog den Vorhang beiseite.

Endlich wieder Zigaretten.

Viel wichtiger war aber etwas anderes: Er hoffte aus tiefstem Herzen, dass Aquamarine gesund war und, so gestand er sich ein, dass sie ihn nicht verpfiffen hatte.

Wie hätte er verdammt noch mal wissen sollen, dass sie auf Bienen- und Wespengift allergisch reagierte?

Darauf aufmerksam gemacht hatte sie ihn jedenfalls nicht, und das war ein schwerwiegender Fehler gewesen.

Ihre letzten verzweifelten Sätze mit dem unheilschweren Inhalt klangen immer noch in seinen Ohren und begleiteten ihn in seinem fieberhaften, von Alpträumen geplagten Schlaf.

»Eine Wespe oder eine Biene hat mich erwischt, dagegen bin ich schwer allergisch. Wo ist mein Spray? Ich habe es doch nicht zu Hause vergessen?«

Aquamarine war in Panik verfallen, und ihm erging es nicht anders. So schnell er konnte, hatte er sich sein Stand-up-Paddle geschnappt und den Picknickkorb in die Verankerung gehievt. Niemand war ihm begegnet außer dieser alte Knilch, der sich mehr für die Fische im Wasser interessierte als für ihn.

Keinen einzigen Blick hatte Goran über seine Schulter zurückgeworfen.

Einmal war ein Schulfreund von ihm von einem Insekt gestochen worden und hatte genau wie Aquamarine zu röcheln begonnen. Dieser Zustand hatte einige Zeit angedauert, aber gestorben war er nicht. Damit beruhigte Goran sich, sobald die nicht zu verhindernden Schuldgefühle hochschwappten und unweigerlich an seinen Nerven zerrten.

Adele sah anders aus als sonst. Sie trug hochgekrempelte Jeans und eine bunte langärmelige Tunika, die bis zum Hals zugeknöpft war.

Und das bei diesen Temperaturen, dachte er. Gut, hier im Karst war es entschieden frischer als unten in der Stadt.

Waren das seine Timberlands, die sie angezogen hatte? Ihm kam es vor, als schlurfte sie, so als wären ihr die Schuhe ein paar Nummern zu groß.

Sie trug ein Körbchen mit Lebensmitteln.

Voller Vorfreude öffnete er ihr die Tür.

»Schwesterlein«, sagte er, »ich habe schon sehnlichst auf deinen Besuch gewartet.«

Er drückte ihr einen Kuss auf die Stirn, und sie erwiderte zögerlich seine Umarmung.

Schwitzte sie?

»Iss erst mal, und ich berichte dir, was ich in Erfahrung bringen konnte.«

Sie warf ihm einen unergründlichen Blick zu.

»Es geht um ein Mädchen, stimmt's?«

»Ja.« Es fiel ihm nicht leicht, das zuzugeben. »Was ist mit ihr?«

»Erzähl du es. Bitte. Vielleicht verstehe ich dann alles eine Spur besser.«

Alarmiert sah er hoch und begegnete ihrem tieftraurigen Blick.

Da war etwas ganz eindeutig nicht in Ordnung.

»Adele?«

»Goran, tu mir den Gefallen und sag mir, was passiert ist. Was hast du mit der Sache zu tun? Warum musstest du Grado so abrupt verlassen?«

Sie war seine Lieblingsschwester, von ihr drohte ihm keine Gefahr, also konnte er sich ihr bedenkenlos anvertrauen.

»Es gibt ein Mädchen, ein wunderbares. Ich habe mich in sie verliebt und gab ihr einen Verlobungsring mit einem Aquamarinstein, der so blau ist wie ihre Augen. Sie wurde auch nach dieser Farbe benannt, ihr Name ist Aquamarine. Ich lud sie zu einem Picknick ein und wusste nicht, dass sie unter einer Wespenallergie litt. Sie wurde gestochen, und ich geriet in Panik und haute ab.«

Irgendetwas war komisch, Adele verhielt sich merkwürdig.

»Goran.« Seiner Schwester standen Tränen in den Augen. Eine löste sich und lief die Wange hinab. »Dein Mädchen ist tot. Ich habe es in den Nachrichten gehört.«

Goran brach zusammen.

»Das ist meine Schuld …«, jammerte er.

Adele stieß einen Schrei aus und rief: »Stopp, halt deinen Mund! Ich will nichts weiter hören. Und ich hoffe, dass du mir eines Tages verzeihst.«

Die Tür zur Hütte wurde aufgestoßen, und eine Polizistin stürmte herein, gefolgt von einem Polizisten.

»Signor Sganbatic, Sie sind hiermit festgenommen.« Der Polizist zog Handschellen hervor, und Goran sah seine Schwester verzweifelt an.

Er verstand nicht, was Adele sagte. Kein einziges Wort.

Gorans Welt stürzte endgültig zusammen.

»Ich wusste nichts von der Allergie. Und als Aquamarine dann zu röcheln begann, erinnerte ich mich an meine Schulzeit. Damals habe ich so etwas schon einmal erlebt, und es ist niemand gestorben.«

»Bruder, du musst mit den beiden Polizisten zurück nach Grado fahren und alles erzählen. Ich werde dafür sorgen, dass du einen guten Anwalt bekommst, weil ich dich sehr lieb habe.«

Adele wandte sich an die Polizistin und sah sie kläglich an.

»Bitte erlauben Sie mir, ihm die Last von seinen Schultern zu nehmen. Ich habe Angst um ihn, Angst, dass er sich etwas antut.«

Die Polizistin nickte unmerklich.

»Goran, Aquamarine ist nicht am Bienenstich gestorben. Sie wurde ermordet.«

Goran folgte den Polizisten und seiner Schwester anstandslos zu deren Autos.

# 64

Maddalena saß mit Comandante Scaramuzza und ihrem Team im großen Vernehmungsraum.

Eine gewisse Schwermut hatte sie alle erfasst, ohne Ausnahme. Das junge hübsche Mädchen, das noch seine gesamte Zukunft vor sich gehabt hätte, war tot.

Dahingerafft in der Blüte seiner Jahre. Inzwischen hatten sie Toto, Sebastiano und Goran Sganbatic einzeln vernommen.

Alle drei waren zu Tode erschrocken und konnten nicht fassen, was ihr fehlerhaftes Verhalten für Folgen nach sich gezogen hatte.

Wären sie nicht von der Insel abgehauen, hätte Aquamarine eine reelle Chance gehabt.

So aber hatten die drei sie ihrem Schicksal überlassen und damit ungewollt ihren Tod besiegelt.

Der Comandante ergriff als Erster das Wort.

»Wenn wir von Fehlern sprechen, gibt es in dieser Sache einige, die welche gemacht haben. Und ich spreche nicht von den unfähigen Mönchen, die auch eine Runde über die Insel hätten machen können, anstatt sich hinter hohen Mauern zu verschanzen, um zu sehen, ob nach der Abfahrt des letzten Dampfers noch jemand auf der Insel verblieben war. Beten allein hat noch keiner armen Seele das Leben gerettet.«

»Die Ordensbrüder sind meiner Meinung nach die Letzten, denen wir einen Vorwurf machen sollten«, warf Fanetti ein.

»Sie waren ja auch mal ein Klosterschüler, mein Junge. Daher versteh ich Ihren Standpunkt komplett.«

Zu Maddalenas grenzenloser Überraschung grinste der Comandante von einem Ohr zum anderen.

Fanetti ergänzte beleidigt: »So würde ich das nicht betrachten. Ich finde bloß, dass es andere gibt, die falsch, wenn nicht gar fahrlässig gehandelt haben.«

»Ist ja schon gut«, sagte Maddalena versöhnlich, denn einen

Zwist unter üblicherweise Verbündeten brauchten sie jetzt am allerwenigsten. Es galt mehr denn je, an einem Strang zu ziehen. »Kluges Mädchen«, lobte der Comandante sie unerwartet. Heute war er in Bestform. »So, meine Herrschaften, jetzt nehmen wir uns diesen Onkel vor. In welchem Vernehmungsraum sitzt er?«

»Drüben in der Zwei.«

»Degrassi, kommen Sie mit, wir erledigen das gemeinsam. Und machen Nägel mit Köpfen.«

# 65

»Signor Baldan! Ich bin Comandante Scaramuzza. Das hier ist meine Commissaria Maddalena Degrassi. Sie wissen, was Ihnen vorgeworfen wird? Es geht um nichts Geringeres als Mord. Also lassen Sie mal hören. Wo waren Sie am Montagabend zwischen achtzehn und einundzwanzig Uhr?«

»Ich wollte mich mit meinen Brüdern zum Abendessen im Restaurant treffen, aber ich musste warten, da sie sich verspätet hatten.«

»Sie haben die ganze Zeit vor dem Lokal gewartet?«

»Ja.«

»Hat Sie jemand gesehen?«

»Nein, ich glaube nicht.«

Scaramuzza sprang von seinem Stuhl auf, stützte sich auf dem Vernehmungstisch ab und warf ihm stimmgewaltig ein »Sie lügen!« entgegen.

Erschrocken wich Ricardo zurück. »Nein, nein, ich ...«

»Sie lügen. Sie wurden vor dem Restaurant von zwei Männern angesprochen und um Hilfe bei der Suche nach Ihrer Nichte gebeten. Toto Merluzzi und Sebastiano Boemo haben Sie erkannt und eindeutig identifiziert. Dazu liegt uns eine eidesstattliche Aussage der beiden vor.«

Wenn Aquamarines Onkel bis dahin noch vorgehabt hatte, sich irgendwie aus der Sache rauszureden, so wusste er spätestens jetzt, dass es keinen Zweck hatte zu leugnen.

Tränen schossen in Ricardos Augen, er stützte die Ellbogen auf den Tisch und raufte sich die Haare. »Ich weiß nicht, was in mich gefahren ist ...«, jammerte er. »Ich wollte das alles nicht.«

Scaramuzza war am Ziel. »Signor Baldan, Sie sind dringend tatverdächtig, Ihre Nichte Aquamarine Baldan ermordet zu haben. Alles, was Sie sagen, kann vor Gericht gegen Sie verwendet werden, und ich würde Ihnen dringend raten, einen Anwalt hinzuzuziehen.«

»Ich brauche keinen Anwalt, ich gestehe alles.«

»Zoli«, rief der Comandante in die Gegensprechanlage, »bringen Sie den Rekorder und«, er konnte sich ein süffisantes Grinsen nicht verkneifen, »Ihren Block und einen gespitzten Bleistift mit.«

Als ob Zoli darauf gewartet hätte, erschien er innerhalb weniger Sekunden und ließ sich auf dem freien Stuhl neben Maddalena nieder, die nicht umhinkonnte, ihren nicht immer sehr geschätzten Stiefvater und Vorgesetzten für seinen heute an den Tag gelegten Elan zu bewundern.

»So, Signor Baldan, erleichtern Sie Ihr Gewissen.«

Ricardo tat ihm den Gefallen.

»Ich habe vor dem Restaurant auf meine Brüder gewartet, als dieser Krüppel und sein jüngerer Freund auftauchten. Sie fragten nach meinen Brüdern, die aber ja nicht anwesend waren, und erzählten mir, dass sie meine Nichte auf der Isola Barbana angetroffen hätten und sich große Sorgen um sie machten, da Aquamarine von einem Joint ohnmächtig geworden war.«

Maddalena, die selbst einen trockenen Mund hatte, fragte dazwischen, ob er ein Glas Wasser haben wolle, was ihr einen strafenden Blick vom Comandante einbrachte.

»Ja bitte.«

Wieder musste die Gegensprechanlage herhalten, als Scaramuzza mit lauter Stimme befahl, einen Krug und vier Gläser zu bringen.

»Fahren Sie bitte fort, Signor Baldan«, sagte Maddalena.

Er räusperte sich. »Ich beruhigte die beiden Burschen und erklärte ihnen, dass ich mich sofort um die Sache kümmern würde und sie heimgehen sollten. Daraufhin bin ich –«

In diesem Augenblick öffnete Lippi ungeschickt die Tür zum Vernehmungsraum und balancierte eine Karaffe Wasser und vier Gläser auf einem Tablett herein.

Scaramuzza scheuchte ihn mit einer Handbewegung aus dem Raum und forderte Ricardo auf weiterzusprechen.

Maddalena goss Wasser in sämtliche Gläser.

»Ich fuhr also mit meinem Boot raus auf die Insel. Dort sah ich Aquamarine unweit der Anlegestelle ganz einsam und allein auf einer Bank kauern. Ich konnte sie nie ausstehen, wissen Sie. Die Kleine war ein aufsässiges Kind und stand meinen Plänen für meinen Sohn Feliciano im Weg. Er, und nur er, soll einmal das Restaurant übernehmen. Es ist wie für ihn geschaffen. Er würde es aber nie bekommen, solange Aquamarine da war, um die Nachfolge ihres Vaters anzutreten. Das war mir in diesem Moment absolut klar. Ich trat an sie heran, legte meine Hände um ihren Hals und drückte mit ganzer Kraft zu. Sie strampelte, versuchte sich aus meiner Umklammerung zu befreien, wollte schreien, aber da kam nur ein Glucksen, dann war sie auf einmal völlig ruhig und erschlaffte in meinen Armen.«

In diesem Augenblick zerbrach Zolis Bleistift.

Niemand nahm davon Notiz.

»Ich ließ ihren Hals los, und sie rutschte fast fließend zu Boden. Da lag sie nun, dieses hübsche Geschöpf. Ihre gebräunten Schenkel leuchteten im Abendlicht. Das Top war ihr nach oben gerutscht, sie trug keinen BH. Ich spürte eine heftige Reaktion und …«, er räusperte sich erneut, »konnte mich nicht mehr zurückhalten.«

Er sprach nicht weiter.

Alle drei am Tisch starrten ihn wortlos an. Maßen ihn mit Blicken, bis er von sich aus fortfuhr.

»Ich habe das alles nicht gewollt, aber … ich verging mich an ihr, und dann … dann warf ich sie ins Wasser, in der Hoffnung, dass sie niemals gefunden werden würde.«

Einige Sekunden lang herrschte Stille im Raum. Das Tonband lief weiter, bis Scaramuzza aufstand und sagte:»Signor Baldan, Sie sind festgenommen wegen des dringenden Tatverdachts, Aquamarine Baldan vorsätzlich und aus niederen Beweggründen getötet zu haben. Ein Kollege wird Sie in Ihre Zelle führen.«

Diesmal erschien Lippi – er dürfte gelauscht haben – ganz ohne Auftrag über die Gegensprechanlage im Raum, legte Ricardo Handschellen an und geleitete ihn hinaus.

Scaramuzza stoppte die Aufnahme, lehnte sich zurück, verschränkte die Hände vor der mächtigen Brust, nickte Maddalena und Zoli zu und erklärte jovial: »Kollegen, so macht man das.«

# 66

Maddalena lehnte sich ein paar Tage später an die Fensterbank und starrte in den Himmel, der sich wie ein blaues Zelt über die Insel spannte und sie an die Augen von Aquamarine erinnerte. Sie dachte an die beiden Signori aus dem »Rickys«. Es würde einige Zeit dauern, wenn nicht gar ihr ganzes weiteres Leben, bis sie mit dem Tod von Aquamarine würden abschließen können. Ihr älterer Bruder, Ricardo, war für sie gestorben, ebenso ihr Neffe Feliciano.

Und irgendein Vögelchen hatte ihr gepfiffen, dass die beiden Signori ihr Restaurant zwar weiterführen wollten, um nicht endgültig zusammenzubrechen, aber künftig keiner Familie mit einer Tochter im Alter ihrer Aquamarine Einlass gewähren würden.

Toto, Sebastiano und Goran würden vor Gericht aussagen müssen, wobei Sganbatic eine eigene Anklage und empfindliche Strafe, vermutlich sogar ein Gefängnisaufenthalt wegen seines nachweisbaren Drogenhandels erwartete.

Olivia würde sich bald wieder erholen und eine Rehabilitationsmaßnahme antreten, da sie unter einem Erschöpfungssyndrom litt, und irgendwann sollte auch das Pech, das Toto verfolgte, ein Ende haben.

Maddalena wandte sich vom Fenster ab und holte ihr Handy. Sie wählte.

»Ciao, Maddalena. Mit dir hätte ich nicht gerechnet.«

»Ciao, Leonardo. Hättest du Lust, mich heute Abend zum Essen auszuführen? Ich komme mit meiner Moto Guzzi nach Triest. Mach dir also keine Umstände, mich abzuholen. Ich habe dir einiges zu erzählen und muss gehörig Dampf ablassen.«

»Nichts lieber als das.«

Maddalena hörte Morokuttis Frohlocken.

Aber es störte sie nicht.

*Anhang*

## »Madonnina del mare« – Liedtext

»Al primo sole si desta la città della marina
e in un bel giorno risuona la dolce campana vicina
mentre sul mare d'argento il pescatore contento
passa e s'inchina alla sua Madonnina dicendole piano così:
Madonnina del mare non ti devi scordare di me
vado lontano a vogare ma il mio dolce pensiero è per te
Canta il pescatore che va:
›Madonnina del mare con te questo cuore sicuro sarà.‹
L'ultimo raggio di sole muore sull'onda marina
e in un tramonto di sogni la barca cammina
fra mille stelle d'argento il pescatore contento
sente nel cuore un sussulto d'amore, sospira pregando così:
Madonnina del mare non ti devi scordare di me
vado lontano a vogare ma il mio dolce pensiero è per te
Canta il pescatore che va:
›Madonnina del mare con te questo cuore sicuro sarà.‹«

»Bei der ersten Sonne erwacht die Hafenstadt, und an einem schönen Tag läutet die süße Glocke in der Nähe, während auf dem silbernen Meer der glückliche Fischer vorbeifährt, sich vor seiner kleinen Madonna verbeugt und leise zu ihr sagt: ›Madonnina del mare, du darfst mich nicht vergessen, ich rudere weit weg, aber mein süßer Gedanke gilt dir.‹
Der letzte Sonnenstrahl stirbt auf der Meereswelle, und in einem Sonnenuntergang der Träume bewegt sich das Boot des glücklichen Fischers unter tausend silbernen Sternen. Er fühlt einen Liebessprung in seinem Herzen, er seufzt und betet: ›Madonnina del mare, du darfst mich nicht vergessen, ich rudere weit, aber mein süßer Gedanke gilt dir.‹ Weiter rudert der Fischer und singt: ›Liebe Madonnina del mare, mit dir wird dieses Herz sicher sein.‹«

# Rezepte

## Spaghetti alla puttanesca
*Nach Art der Gattin von Totos Chef*

*Zutaten für 4 Personen:*
Olivenöl, extra vergine
2 Knoblauchzehen
ein paar getrocknete Peperoncini
1 TL gemahlene Peperoncini
4 Sardellenfilets in scharfem Öl
1 EL kleine Kapern
1 Dose passierte Tomaten
grobes Meersalz
400 g Spaghetti No 5
100 g entkernte und geschnittene schwarze Oliven
1 kleiner Bund Petersilie

*Zubereitung:*
Das Olivenöl in einer großen Pfanne erhitzen.
Die in feine Scheiben geschnittenen Knoblauchzehen, die getrockneten und gemahlenen Peperoncini, die Sardellenfilets und die Kapern bei mittlerer bis stärkerer Hitze etwa sieben Minuten anschwitzen.
Ständig umrühren.
Dann die passierten Tomaten aus der Dose hinzufügen, ordentlich vermengen und durchrühren.
Weitere zehn Minuten bei mittlerer Hitze vor sich hin köcheln lassen.
Währenddessen einen Topf mit Wasser und gut einer Handvoll grobem Meersalz zum Kochen bringen und die Spaghetti bissfest kochen. Sie dürfen nicht zu weich werden.
Nachdem die Soße zehn Minuten geköchelt hat, die geschnittenen Oliven beimengen und verrühren.

Die fertigen Spaghetti direkt in der Pfanne mit der Soße vermengen und etwas vom Nudelwasser beifügen. Alles gut vermischen und kurz in der Pfanne ziehen lassen.
Mit der frisch gehackten Petersilie bestreuen.

## Pappardelle ai finferli e prosciutto ridotti

*Eine Vorspeise, die Commissaria Maddalena Degrassi mit Freunden im Restaurant »Rickys« genießt*

*Zutaten für 4 Personen:*
Olivenöl, extra vergine
100 g Prosciutto crudo
100 g Pfifferlinge, notfalls ein schmales Glas Funghi del bosco
grobes Meersalz
250 g Pappardelle, das sind etwa vier »Nester«
1 Becher Crème fraîche mit Kräutern

*Zubereitung:*
Das Olivenöl in einer Pfanne erhitzen. Den in feine Stücke geschnittenen Prosciutto dazugeben, bis er richtig brutzelt, die geputzten und klein geschnittenen Pfifferlinge dazugeben und beides einige Minuten braten.

In der Zwischenzeit in einem Topf Wasser und eine gute Handvoll grobes Meersalz zum Kochen bringen und die Pappardelle bissfest kochen.

Zum Schinken und den Pfifferlingen etwas Nudelwasser geben und die Crème fraîche unterrühren.

Die fertig gekochten Pappardelle-»Nester« auf vier Tellern anrichten, ein Loch in der Mitte formen und die Soße einfüllen.

# Tiramisu

*Eine Nachspeise, die Commissaria Maddalena Degrassi mit Freunden im Restaurant »Rickys« genießt*

*Zutaten für 6 Personen:*
8 EL kalter Espresso
4 EL Amaretto (bisschen mehr)
300 g Löffelbiskuits (46 Stück)
250 g Schlagsahne
500 g Mascarpone
60 g Zucker
10 EL Eierlikör
ca. 2 EL Kakaopulver

*Zubereitung:*
Espresso abkühlen lassen, dann mit Amaretto mischen, 20 Löffelbiskuits kurz eintunken und eine Glasform damit auslegen.
Schlagsahne schlagen, Mascarpone mit Zucker vermischen und Eierlikör dazugeben, die steif geschlagene Schlagsahne unterheben.
Die Hälfte der Mascarponecreme auf den Biskuits verteilen, eine zweite Schicht in Amaretto und Espresso getunkte Löffelbiskuits darauflegen, dann die restliche Creme darüber verteilen.
Mit Küchenfolie abdecken und für mindestens 3 Stunden im Kühlschrank kalt stellen.
Tiramisu kurz vor dem Servieren mit Kakaopulver durch ein Sieb bestäuben.

# Danksagung

Ich danke meiner wunderbaren Emons-Familie, ich danke meiner liebenswerten Familie, und ich danke meinem Lebensmenschen, Günter, für wertvolle Ergänzungen.

Wir haben während des akribischen, wertvollen Lektorats von Marit Obsen kaum geschlafen. ☺

# Die Bücher von Erfolgsautorin Andrea Nagele im Überblick

*Alle Titel sind auch als eBook erhältlich.*

## Thriller

**Du darfst nicht sterben**
ISBN 978-3-7408-0667-5

**Sag mir, wen du hörst. Sag mir, wen du siehst. Sag mir, wer du bist.**
ISBN 978-3-7408-1270-6

## Grado-Reihe

**Grado im Regen**
ISBN 978-3-95451-785-5

**Grado sotto la pioggia**
Italienische Ausgabe
ISBN 978-3-7408-0376-6

**Grado im Dunkeln**
ISBN 978-3-7408-0068-0

**Grado nell'ombra**
Italienische Ausgabe
ISBN 978-3-7408-0592-0

www.emons-verlag.de

**Grado im Nebel**
ISBN 978-3-7408-0298-1

**Grado nella nebbia**
Italienische Ausgabe
ISBN 978-3-7408-0891-4

**Grado im Sturm**
ISBN 978-3-7408-0523-4

**Grado nella tempesta**
Italienische Ausgabe
ISBN 978-3-7408-1525-7

**Grado im Mondschein**
ISBN 978-3-7408-0803-7

**Grado al chiaro di luna**
Italienische Ausgabe
ISBN 978-3-7408-1849-4

**Grado in Flammen**
ISBN 978-3-7408-1137-2

**Grado im Licht**
ISBN 978-3-7408-1271-3

*Weitere Kriminalromane*

**Tod am Wörthersee**
ISBN 978-3-95451-288-1

**Tod auf dem Kreuzbergl**
ISBN 978-3-95451-485-4

www.emons-verlag.de

**Tod in den Karawanken**
ISBN 978-3-95451-961-3

**Kärntner Wiegenlied**
ISBN 978-3-7408-0198-4

**Bittersüße Weihnachtszeit**
ISBN 978-3-7408-1272-0


*111 Orte*

**111 Orte in Klagenfurt und am Wörthersee,
die man gesehen haben muss**
ISBN 978-3-7408-1093-1